新潮文庫

悲嘆の門

下巻

宮部みゆき著

新潮社版

10820

目次

悲嘆の門

下巻

第四章　狩猟（承前）

6

都築《つづき》はまずパソコンに向かった。こんなに熱心に、目的を持ってネットから情報を収集するのは、今の状況すべての端緒となった動くガーゴイル像騒動のとき以来である。

俊子《としこ》にも言われた。「完全復調って感じですけど、今度は何をしてるんですか」

「ちょっと旅行に行くことになりそうだ」

危うく〈出張〉と言いそうになった。

古女房はそのへんも心得ていた。「パソコンを睨《にら》んでるだけじゃわからないことを調べに行くんですか」

うん、と答えてしまってから、さすがに決まり悪くなって、都築は俊子の顔を見た。

「たいした用件じゃないんだ」

「あら、そう」

エプロンがけの俊子は、空豆を盛った笊《ざる》を持っている。もう空豆の季節か。

「また入院しなくちゃならないような無理だけはしないでくださいよ」

俊子は台所に入り、暖簾《のれん》の陰になって姿が見えなくなった。そのまま、声だけで言う。

「あなたに女がいるなんて、夢にも思ったことはありませんけど」

いきなり、何だ。

「そういうことじゃないんですよね?」

「そういうことじゃない」

「事件なんですか」

「そういうこと——ではある」

「あなた、もう刑事じゃないのよ」

「元刑事なんだ、死ぬまで」

完全復調。そうなんだよ、俊子。俺は奪われた渇望《かつぼう》を返してもらって、元に戻った。

驚いたことに、俊子は笑った。嫌味な笑いではなく、愉快そうに。

「で、どこへ行くんですか」

「苫小牧《とまこまい》」

第一の事件。こういう調査は振り出しから始めるのが定石だ。

去年の六月一日に発見された最初の被害者、殺害され、左足の親指を切り取られ、不法投棄された冷蔵庫のなかに押し込められていた中目史郎《なかのめしろう》は、地元の居酒屋の経営者だった。四十一歳だというから、妻子持ちだった可能性も高い。

彼のいた場所と、彼を囲んでいた人間関係。そこが出発点だ。苫小牧の町、JRの駅に近い雑居ビルのなかにあるという居酒屋〈なかちゃん〉。都築はネット上で集められる情報をかき集め、ついでに飛行機とビジネスホテルの手配もすると、俊子に旅行鞄《かばん》を出してもらった。

毎日が日曜日の元刑事とは違い、現役の大学生は時間がない。四人目の被害者、川崎市内に住む薬剤師・小宮佐恵子《こみやさえこ》の周辺を調べるために、孝太郎《こうたろう》はまず授業とバイトのスケジュールをやりくりして、身体《からだ》を空ける必要があった。

——時間的にも金銭的にも、君が調査できるのは戸塚で発見された四番目の被害者だけだ。あとは俺に任せろ。

都築は勝手にそう割り振って、孝太郎の異議を認めてくれなかった。実際問題として、悔しいがおっさんの言うとおりだった。

　授業はサボれるだけサボればよしとして、クマーのシフト調整は厄介だ。頼もしい新人のマコちゃんが、社長の事件の余波が収まるなりBB島に引き抜かれるというハプニングが起こり、孝太郎とカナメのバディに戻ってしまっているのが痛い。

　それでも、カナメはずいぶん融通を利《き》かせてくれた。

「学校の用事じゃ、仕方ないよ。あたしたちは学生なんだから、本分を守らなくちゃね」

　その思いやりは、孝太郎にはちくちく刺さった。クマーで過ごす時間を減らしたい——一ヵ月前だったら思いもしなかった願望には、もうひとつ別の理由もあったからだ。

　オフィスでじっとモニターと向き合っていると、つい目を上げ、左目で〈視《み》て〉しまいそうになる。だってすぐそこにいるのだから、真岐《まき》誠吾《せいご》は。

　やめておけと、ガラは忠告してくれた。

　——誰も信じられなくなる。

　そうかもしれないけれど、真岐に限っては大丈夫だ。ガラだっていつも正しいとは限らないと、孝太郎は自分に言い聞かせる。だからこそ視るまい。自分が正しいと確かめる必要なんかない。それでも気持ちが揺れてしまうなら、しばらくのあいだ物理的に自分をクマーから引き離そう。理性で、頭でそう思う。だが心は、都築のおっさんの言葉を大音量で再生するのだ。

――田代慶子《たしろけいこ》は本当に真岐誠吾と付き合っていたのかもしれない。

真岐はそれを隠していたのかもしれない。

孝太郎のなかに植えつけられた疑惑を裏付けるように、警察は今も頻繁に真岐に連絡してくるし、刑事が訪ねてくる。真岐が捜査本部のある警察署に呼び出されることもあるようだ。

現実世界では田代慶子は失踪《しっそう》したままなのだから、捜査は継続中なのだ。ほかの要素をとっぱらい、〈大学時代の仲良しグループのメンバーのうち、一人が殺害され、一人はその直後に失踪〉という事象だけを取り上げてみても、捜査機関が仲良しグループの残りのメンバーに注目するのは当たり前だ。真岐だけでなく、孝太郎が通夜《つや》で遭遇した人たちも、警察の興味の対象になっているのだろう。

だけど、ホントにそれだけだろうか。真岐の場合は特別なんじゃないのか。山科鮎《やましなあゆ》子《こ》と田代慶子、二人の女性と特別に親密な関係にあった男性だからこそ、あんなにしばしば刑事の訪問を受けているのでは？

こんなことを考える自分が許せない。

結局、ドラッグ島の前田《まえだ》島長《とうちょう》が骨を折ってくれて、他の島からも応援を頼み、明日七月一日から、十日間の休みをもらえることになった。

「学校が夏休みに入ると、ネットの動きも活発になるんだ。だからそれまでには復帰してくれよ」

「はい、必ず」

「一応、おまえからも真岐さんに断っとけ。スミマセンってな」

今、いちばんしたくないことなのに、孝太郎は真岐の机まで行き、事情を報告した。真岐はモニターにドラッグ島のシフト表を表示すると、眉根《まゆね》を寄せてそれを眺めた。

「ゼミに参加しようと思いまして……今、このタイミングでないと入れなくて」

孝太郎が言わずもがなの嘘《うそ》くさい言い訳を口にしてしまうほど、不審げな眉の寄せ方だ。

そして短く言った。「ん、わかった」

それだけか。叱《しか》らないのか。どんなゼミなんだ、どうしたんだと訊《き》かないのか。

もしかしたら真岐さんも、オレのことがちょっと煙《けむ》たい？　真岐さんと社長の学生時代なんか何にも知らないはずのオレが、出し抜けに田代慶子のことを訊いたから？

駄目だ。いかん、いかん。こういうのを疑心暗鬼っていうんだ。

逃げ出すように早足で休憩室へ向かうと、マコちゃんに会った。膨らんだ肩掛け鞄が重そうだ。

「今日はあがり？」

「はい。コウさんも？」

「うん。駅まで一緒に行こう」

マコちゃん、顔色が冴《さ》えず、元気がない。

「BB島、やっぱキツいか」

「日によって……ですね」

「書き込みの量にも質にも波があンのかな」

「ううん、それはいつも同じです」

日々怒濤《どとう》の如《ごと》く、と、マコちゃんは言った。

「だから僕の気分の問題です。その怒濤を受け止めきれないときがあるっていうか」

なるほど。今日はそういう日らしい。

「オレ、都合ができちゃって、これから十日間休むんだ。カナメが一人になっちゃうから悪くって。マコちゃん、もしうちの島に戻ってきたいなら、大歓迎の二乗だぞ」

「んんん。考えときます」

駅まで並んで歩くうちも、マコちゃんは口数が少なかった。いつもなら、何か嫌なことがあったときこそ明るくふるまい、ウツを吹っ飛ばすのがマコちゃん流なのに。

——よっぽど疲れてるんだな。

男同士でも、「ホントにいい子」と言ってしまいたくなるような、素直で前向きで優しい男の子。絵に描いたような好青年。

マコちゃんだったら、大丈夫の二乗だ。

ガラだって、いつも正しいとは限らない。孝太郎は頭のなかでぐるぐる復唱する。いつも正しいとは限らない。限らない。限らない。

マコちゃんで、それを実証しよう。御茶ノ水の駅まで、あと交差点を三つ渡る。時間は充分ある。

孝太郎は足取りを緩め、マコちゃんから一歩遅れた。ちょっとうなだれ、底のすり減ったスニーカーを引きずるように、これまたいつもの元気者らしくない歩き方をしている彼の背後につく。

右目を閉じ、左目を瞠《みは》る。

あたりが真っ黒になった。

〈真っ暗〉ではない。視界が黒く塗り潰《つぶ》されてしまったのだ。驚いて、孝太郎は立ち止まった。二歩、三歩、マコちゃんが離れてゆく。すると孝太郎の背中の側からうっすらと光がさしてきた。今日は朝から曇天で、身体にまとわりつくような湿気も強い。六月末日の太陽は、雲と湿気のバリアの向こうでかったるそうに輝いている。その光だ。

孝太郎は目を上げた。

視線の先に、巨人がいた。

真っ黒けな煤《すす》の塊。いや、うごめいているから煤じゃないか。透明なビニールでできた巨《おお》きな人形《ひとがた》のバルーンに、真っ黒な煙を吹き込んで、いっぱいに膨らませたもの。そんなふうにしか喩《たと》えられない。

巨人は孝太郎の目と鼻の先を歩いている。マコちゃんと同じ歩調で歩いている。なぜならそれは、マコちゃんの〈影〉だから。

孝太郎の左目に視える、深山信《みやままこと》という人間の〈言葉〉の蓄積。マコちゃんの〈物語〉。

それは彼の足元にうずくまってはいない。死体袋のように無力ではない。立って歩いている。マコちゃんより何倍も大きくて、軽く背を丸め、彼の上に覆《おお》い被《かぶ》さるようにしながら歩いてゆく。マコちゃんが巨人に守られているようにも見えるし、巨人がマコちゃんを追い立てているようにも見える。まして今は、マコちゃんがくたびれたようにうなだれているから、なおさらだ。

巨人が一歩足を運ぶたびに、孝太郎は地面が震動するのを感じた。それほどに、この真っ黒けな巨人には重量感があった。

見つめる孝太郎の視線に気づいたのか、歩みを止めないまま、巨人が振り返った。巨人はのっぺらぼうだ。目も鼻も口もない。なのに孝太郎は、目が合ったように感じた。互いに認識し合った、と。

巨人を構成している真っ黒な煙のようなものが渦巻く。絶え間なく動いている。ぶんぶんという低い音が聞こえた。

それでわかった。煙じゃない。真っ黒な虫の群れだ。蠅《はえ》か蜂《はち》か虻《あぶ》。あるいは孝太郎なんかぜんぜん知らない熱帯や砂漠の地にだけ棲《す》みついている、危険で不愉快な毒虫。それが群れ集まって飛び交い、巨人を形作っている。

喉元《のどもと》に酸っぱいものがこみ上げてきた。

「コウさん?」

マコちゃんが立ち止まり、孝太郎を振り返っている。「どうかしたんですか」

その声と同時に、巨人はゆっくりと向きを戻し、孝太郎から目を逸《そ》らした。

「な、何でもない」

急いでマコちゃんに追いつく。どうしてもそばに寄れない。巨人がいるから。ガラと同じで、巨人にもきっと実体はない。孝太郎が触っても、通り抜けるだけだろう。でも寄りたくない。膝《ひざ》がガクガクした。

――だから、やめておけと言ったのだ。

ガラの声が短い銀糸となって左目の奥をよぎり、すぐ消えた。

帰宅すると、明日からの調査に備え、自室に籠《こ》もって、ネットから収集できる限りの情報を集めた。ノートパソコンに入れておくだけでは不便なので、手書きのメモも作った。

今さら驚くことではなかったが、小宮佐恵子の近影まで入手することができた。調査に役立つものではあるが、気分はよくない。

連続切断魔の被害者――マスコミ的・ネット的には未《いま》だに山科鮎子まで入れて五人ということになっているが、その個人情報が、ネットのなかには揃《そろ》っていた。仕事、家庭環境、人柄、店の経営者ならその評判。まだ身元が割れていない秋田の女性被害者についてでさえ、遺体発見時の状況や、これまでに「自分の家族ではないか」「知人ではないか」と照会をかけてきた人びとについての情報が、断片的なものながらアップされている。なかには、二年前から消息が知れない叔母ではないかと、はるばる北九州から訪ねていった女性が、「結局、叔母ではありませんでした」と解《わか》るまでの顛末《てんまつ》を、詳細に記したブログの文章もあった。そこには担当刑事の名前も、冷凍保存されている遺体がどんなふうに見えたかも書かれていた。

どんな事件や事象にも〈関係者〉というものがいて、出来事の全体像をつかんではいなくても、部分的な事実は具体的に知っている。その人たちが少しずつネットに書くと、あるいは誰かに話し、聞いた人が（記者でもレポーターでも近所の学生でも）書き込むと、やがてそれがひとまとまりの情報として立ち上がってくる。そういう細かいネタを集めてまとめる作業をするネット使いもいる。

——おまえたちの世界には、私以上の怪物が満ち溢《あふ》れているぞ。

すべてが悪意によって動いているわけではない。むしろ善意や、一種の誠意とさえいった方がいい感情が起こさせる行動。漏洩《ろうえい》ではない。開示だ。市場資本主義の自由世界に、秘匿《ひとく》された情報があってはならない。市民にはすべてを知る権利があり、知識は公表されるべきだ。義務ではない。それもまた権利だ。

だが、その結果、情報ハイウェイを怪物が闊歩《かっぽ》することになった。

異形《いぎょう》の怪物でも、やはり悪意があるとは限らない。孝太郎はそう思う。見てくれが異様な怪物でも、それはその事象の異様さが反映されているだけであって、怪物の存在そのものはニュートラルで、善にも悪にも染まっていない。そういうケースの方が多いはずだ。

だが、なかには本当の悪意の塊もある。それをどうやって見分けたらいい？

私は善悪を判断しない。ガラはそう言った。判断しないガラは、孝太郎の側からも善悪の判断がつかない存在のままだ。見分けがつかないことでは、ガラと情報の怪物は同じだ。

どっちも〈言葉〉そのものなのだから。

根《こん》を詰めていたせいか、夕食の席では上の空で、久しぶりに（そして極めて珍しいことに）家族四人揃ってテーブルを囲んだのに、孝太郎は何を言われても生返事だった。朝、おはようというだけで、もう何ヵ月もすれ違いの生活を続けてきた父さんは、いつの間にか社内で異動したらしく、それも昇進だったようで、だから母さんは機嫌がいい。

孝太郎にはいつも無愛想な一美《かずみ》は、両親が揃うとフレンドリーになる。現状、それがこいつの少女的戦略なのだろう。

テーブルを離れて五分後に、「夕飯に何を食べたの？」と訊かれても答えられない。

そんな状態だったから、美香《みか》が元気かどうか聞き損ねた。田代慶子を狩った夜、お茶筒ビルから帰還したとき、園井家《そのいけ》の前で不審な若い男を見かけたことも言い損ねてしまった。

ただ一美の顔を見て、大事なことをひとつ思い出した。

部屋に戻るとリュックのなかをかき回し、『太陽の世界』から、あの忌《い》まわしいメモを取り出した。

破り捨てようとして、やめた。森崎友理子《もりさきゆりこ》の見解が外れていて、美香にはもう何も起こらない方がいいに決まっている。が、もしも万に一つ何か起きたら、そのときはこれが役に立つかもしれない。

まだあと少し仕事が残っている。パソコンを立ち上げ、孝太郎はモニターを睨む。

マコちゃんの巨人。

そもそも視ない方がよかった。だから詮索《せんさく》しない方がいい。あれからずっと、作業しながらも迷っていた。

やっぱり駄目だ。メール作成画面を呼び出す。情報を開示するのは市民の義務だ。

情報を得るのは市民の権利だ。

カナメは今どこにいるのか。

〈孝太郎だよ　おつかれさん〉

件名を打ち込み、手を止めて考えた。

〈休みの件、ホント悪い。恩に着る。今度おごるから〉

カナメ、ごめん。

〈今日、帰りにマコちゃんと一緒になった。めちゃめちゃ元気なくて心配。マコちゃんのあんな顔、初めて見たよ。BB島でトラブってるとか、聞いてない？　何かあっても、オレたちには心配かけられないってしゃべりそうにないから、カナメに訊く。情報持ってたら教えて〉

送信し、逃げるように画面を切り替え、情報収集と整理の作業を続けた。風呂《ふろ》に入れと階下《した》から声がかかったので、とっとと応じた。

戻ってきても、カナメからの返信は入っていなかった。

7

小宮佐恵子が勤めていた川崎市内の調剤薬局は、〈さくら薬局〉という。

住宅地と商業地のカクテルという感じの町筋に、複数のクリニックが同居したいわゆるメディカルポートの大型ビルがあり、その近隣に調剤薬局が散在している。さくら薬局もそのひとつだ。古びた雑居ビルの一階で、後から増設したらしい出入口の車椅子《くるまいす》用スロープだけが真新しい。

「以前、近所に住んでいてこの薬局でお世話になった者です。近くまで来たので、小宮さんにお悔やみを申し上げたくて寄らせていただきました」

近ごろの若い者にしては上出来の挨拶《あいさつ》である。応対してくれた、白衣の胸ポケットに名札をつけた男性薬剤師は、孝太郎に丁重に頭を下げた。

「それはわざわざありがとうございます」

その頭のてっぺんが薄い。

「たくさんの患者さんにお見舞いをいただいてます。小宮さんは結婚前からここにいて、古株でしたからねえ。皆さんと親しくなっていたので」

そのへんの情報もネットにあった。小宮さんを知っている、何年も持病の薬をもらっていた、去年インフルエンザにかかったとき、タミフルと解熱《げねつ》剤を渡してくれたのが小宮さんだった、いつも出口まで送ってくれる優しい人だった——エトセトラ、エトセトラ。

「早く犯人が捕まってほしいです」

「本当にね。我々も祈るような気持ちで毎日を過ごしています」

孝太郎の左目は、ここでは初物を視ていた。邪悪なものではなく、高ぶった感情の残滓《ざんし》でもない。不安の凝《しこ》ったもの。懸念《けねん》の薄い影。そして細いけれどくっきりとした恐怖の糸と、悲しみの欠片《かけら》。

病院や薬局は、健康を損ね、あるいは損ねているのではないかと思う人びとが訪れる場所だ。ほかの場所とは視えるものが違う。ここで交わされ、ここに残る〈言葉〉に棘《とげ》はない。孝太郎の左目の闇《やみ》に突き刺さったりしないし、そこで暴れたりもしない。

かすかに、悲しい匂《にお》いがする。〈言葉〉に匂いを感じたのも、ここが初めてだ。

犯人の痕跡《こんせき》もない。殺人事件にふさわしい〈言葉〉は視えない。田代慶子がひきずっていたような影は、どこにもない。ここに出入りする人びとが事件について交わしたであろう膨大な量の会話に、不安や悲しみや悼《いた》み以外のものは存在せず、それらの多くは事件前から残っていた〈言葉〉の名残に混じってしまったか、時間とともに薄れて消えてしまう程度の濃度であったのだろう。

小宮佐恵子を殺害した犯人は、ここの関係者ではない。犯人がここに来たことがあったとしても、そのときの〈言葉〉の跡は、もう追跡不可能だ。

「小宮さんのご家族は、今もあのマンションにお住まいなんでしょうか」

「いいえ、やっぱりショウ君のことを考えると、旦那《だんな》さんお一人じゃいろいろ無理ですからね。おじいちゃんおばあちゃんのいるご実家の方に帰られました」

夫の実家という意味だろう。子供は三歳の男の子。名前は翔《しょう》君。可愛《かわい》い盛りだ。

「あの、これ」

孝太郎は持参した小さな花束を差し出した。「ご迷惑でなかったら、小宮さんが使っていた机に飾っていただけますか」

「はい、有り難くそうさせていただきます」

薬局を出ると、孝太郎は小宮佐恵子の通勤ルートをたどった。大通りに出ると、彼女が利用していた市営バスが何度か通ったが、それには乗らずにずっと徒歩で行った。

入居者用の保育園を備えている大規模マンションは、それだけでひとつの街のようだった。五百世帯——もっとあるか。

〈言葉〉の集積は無数の塵《ちり》のように舞い、風に吹かれるかのように散ってはまた集まり、流れをつくってはすぐに消える。これまた膨大だ。こんな大きな集合体を〈視る〉のもまた初めてで、ブツが多すぎて何をどうすることもできない。

孝太郎の左目の闇には、危険も邪悪も、弔意も映らない。みんな薄れてしまっている。

開放型のマンションで、管理棟が別にあり、オートロックではなかった。小宮家は西側の三階、三〇三号室だ。外廊下をそのドアの前まで歩く。ネームプレートが外され、新聞受けには何も挟まっていない。ドアの前に置いた牛乳瓶に活《い》けられた白い小菊の花束が枯れかけていた。

痕跡はない。この家はだいぶ前に無人になったらしい。さくら薬局で渡した花束は、ここで活けた方がよかったかなと思いながら、外階段を下りた。

保育園はマンションの一階部分、北東側の一角に設けられていた。大きなガラス窓の内側から、フェルトか色紙を切り抜いて作った「めばえ保育園」の文字が貼《は》りつけてある。出入口のドアも窓枠も、縁取りがパステルカラーだ。

小さな子供を預かっている施設は、昨今、どこでもセキュリティを固めている。孝太郎がもっと年少か年長でないと、家族のふりをしても訪ねることは難しい。

だが、通りすがりに内部を覗《うかが》われないよう、洒落《しゃれ》た植え込みの陰になっている出入口に近づいただけで、用は足りた。

明るいパステルグリーンの縁取り。飛散防止の格子《こうし》状のワイヤー入りのガラスのドア。そのすぐ内側に、〈言葉〉が凝っている。

思念の残滓。ここにも、量は少ないが塵のようなものが舞っており、そのなかには、色のついていない、ただ淡く光るだけの断片や糸の切れ端がたくさん含まれていた。きっと子供たちのものだ。まだ〈言葉〉に習熟していない。色に染まっていない。

それらを圧して、孝太郎が思わず息を呑《の》んだほど奇怪などす黒い言葉の塊が、汚泥《おでい》さながらに、ドアにべったりへばりついていた。死体袋が破れて、元は人間だったものが腐り果てて液状化した中身が飛び散ったみたいに。

うごめいている。汚泥のなかの蛆虫《うじむし》どもが、ガラスの上を這《は》い回っている。すぐにもバケツと雑巾《ぞうきん》と消毒薬を持ってきて、洗い流して浄《きよ》めてしまいたい。

――誰にも見えなくてよかった。

心の呟《つぶや》きに、〈誰にも〉のなかに含まれない声が応じてきた。

――あれは穢《けが》れだ。

ガラも視ている。

――犯人のだと思うかい？

――さあ、な。

小宮佐恵子の事件とはまったく関係ないかもしれない。何か別の揉《も》め事。親同士の喧嘩《けんか》とか、職員間の軋轢《あつれき》とか。

いや、とてもじゃないが、そんなレベルのものとは思えない、汚く凝《しこ》った〈言葉〉だ。この凝りの色を、不気味な蛆虫どもの動きを目の裏に焼きつけておこう。

すぐに目指すべきは、遺体発見現場、戸塚の県道沿いにあるガソリンスタンドだ。


「だ、大丈夫ですかぁ？」

後ろから、調子っぱずれな声が呼びかけてくる。孝太郎には返事をする余裕がなかった。

件《くだん》のガソリンスタンドは、耐用年数ぎりぎりの建物と、古色を帯びた設備が組み合わさってできていた。すべてが古いのだ。そのなかで、敷地の隅に置かれた移動式の簡易トイレのボックスだけが真新しい。

孝太郎はその扉を全開にし、便器に覆《おお》い被さるようにして吐いていた。大丈夫かと声をかけているのは、店員の兄《あん》ちゃんだ。

小宮佐恵子の遺体が押し込められていたトイレは、もう使われていなかった。神奈川県警の黄色いテープで封鎖されたままだ。

「オレらもやっぱ気味悪いし、お客さんも怖がるし、犯人が捕まるまではそのまんまにしとこうって、社長がね。だから簡易トイレ置いて――」

茶髪にピアス、絵に描いたようなチャラ男《お》の風貌《ふうぼう》ながら親切な店員からそこまで聞いたところで、孝太郎は吐き気を堪《こら》えきれなくなり、当の簡易トイレに駆け込んだのだった。

見間違えようがなかった。はっきりと残っていた。孝太郎の左目に、その光景が焼きつくようだった。

めばえ保育園のときと同じだ。汚泥のような黒い粘液と、そのなかでのたくる蛆虫の群れ。それが今度はちゃんと立っていた。人の形を成して。

ここに遺体を捨てにきた犯人の名残。その思考の、〈言葉〉の残渣《ざんさ》だ。指紋や足跡と同じ、痕跡に過ぎない。なのに、うごめく蛆虫たちの蠕動《ぜんどう》に、人形《ひとがた》そのものも微妙に動いているように見えた。

マコちゃんの巨人と同じく、この汚泥の塊ものっぺらぼうだ。どっちを向いているのかわからない。それで少しだけ救われた。もしもこんなものと〈目が合って〉しまったら、孝太郎は正気を保っている自信がない。

ここに残されているのは、もの凄《すご》い悪意だ。ただ真っ黒。音は聞こえない。声もない。そこまでまとまりがついていない。その点も保育園にあったものと同じだが、トイレという場所につきまとう穢れと、性的な匂いも強く漂っている。

——あのヘドロの塊が〈男〉だからだ。

人形の股間《こかん》にぶら下がっているものが視えるからだ。そう気づくと、またぞろ猛烈な吐き気に襲われて、胴震いしながら吐いた。朝食べたものを全部戻してしまい、それでも足りずに胃液を吐き続けた。

「救急車、呼ぼうか」

店員がおずおずと背中をさすってくれた。もう大丈夫ですと、濁った声で返事をした。

「お客さん、もしかすっと、霊感とかあるヒト？」

いるんだよね、たまに。店員は言う。

「ここへ来るなり泣き出しちゃう女の子とかさ。あのトイレのとこに、ロープを首に巻きつけた裸の女の人が、真っ青な顔して突っ立ってるとか言って」

トイレの水を流し、孝太郎は身を起こした。

「オレはそういうタイプじゃないです」

「あ、そう」

「殺された小宮さんを知ってたもんで……いっぺん、ここで手を合わせたくて」

「そうなのか。そりゃ、ごめんね」

スタンドの事務室へ移動すると、店員がおしぼりをくれた。

「すみません。お客じゃないのに」

「いいの、いいの。あれ以来、お客さんはほとんど来ないから」

「野次馬ばっかりですか」

「最初のころは凄かったらしいけどね。最近は、おにいさんと似たような人たち。小宮さんの知り合いとか、近所の人が花を持ってくるとか。あとは記者とかマスコミの人たち」

献花台も置いてあったそうだ。

「いつまでもこういうものを残しとくのもどうかって社長が言うから、先週末に取っ払っちゃったんだけど」

ホトケさんは、もううちに帰ったんだしね。店員は、チャラい外見にはそぐわないけれど、この古びたスタンドの景色にはふさわしいことを言った。

「ずっとここで働いているんですか」

「オレ？　違う違う、オレは先月から。社長と宮田さん、何だかんだで警察に喚《よ》ばれることが多いんでさ。仕事にならないんだよ」

お客さんも来ないから商売にもならないんで別にいいんだけどと、ヘラヘラ言う。

「留守番ぐらいはいないとまずいでしょう。んで、オレがいるの」

「社長さんて、ここの経営者の人？」

「そう。宮田さんはバイト。十年選手だって言ってたよ」

「まだ警察に喚ばれてるんですか」

「疑われてるわけじゃないよ。ただ、トイレの合鍵《あいかぎ》のことがあるからさ。警察がお客さんたちのこと調べるのを手伝ってるわけ。だいたい現金払いだけど、たまにはクレジットの人もいるし、一応防犯カメラもあるし」

映りは悪いけどと言いながら、漠然と天井の方を指さしてみせた。

「ちょっと変なこと訊きますけど、社長さんと宮田さん、お子さんがいますか」

店員が小首を傾《かし》げると、大きなピアスがよく見えた。「宮田さんは一人もんだよ。社長の息子はオレと同い年」

友達なんだ、という。「高校が一緒。オレは一年で中退しちゃったけど」

「ああ、だからあなたがバイトに」

「うん、頼まれたんだ。プー太郎してンだったらうちのスタンドで留守番しろって」

スタンドの経営者もバイトの宮田も、めばえ保育園とは関係がない。

汚泥の塊は、保育園の出入口の内側にあった。あれを残した人物は、保育園の関係者だ。職員か、園児の家族か、出入り業者か。いずれにしろ内部の人間だ。

このスタンドの二人と、目の前の気のいい兄ちゃんはシロだ。

「おにいさん、〈あなた〉なんて言うんだ」

冷やかしではなく、店員は素朴に感心している表情で、そう言った。

「ちゃんとしてるねえ。育ちがいいの？　それともあれか、宗教やってるとか」

「そういう人も来るんですか」

「うん。拝ませてくださいって」

みんな、きりがつかないからだ。酷《むご》い事件なのに、解決の見通しが立たず、ただ正誤さえあやふやな情報ばかりが流布《るふ》している。

「連続切断魔なんて、ひどいネーミングだよね。やってることはもっとひどいけど」

「――そうですね」

「気分、落ち着いた？」

「はい、お世話をおかけしました」

「いいっていいって」

スタンドから立ち去るとき、孝太郎は建物の裏手へ抜けた。トイレの入口が見える。右目をつぶる。

あの人形の汚泥の塊は、厳然としてそこに存在していた。頭の部分が軽く左右に揺れている。ああいうものが、現実の物理的現象である風に吹き流されるわけはない。

——上機嫌でハミングしてるみたいだ。

忌《い》まわしさに、またぞろ胃がむかついた。怒りで目の奥が熱くなった。

スタンドの角を曲がって、不意に店員が姿を見せた。箒《ほうき》とちりとりを持っている。掃除を始めるのだろう。孝太郎はとっさに右目を開いたが、ほんの刹那《せつな》、左目だけで彼を視ることになってしまった。

その姿はおぼろだった。半透明だ。だが彼は巨人を連れてはいないし、汚泥や死体袋を引きずってもいない。ただ存在が薄く、軽い。〈言葉〉、〈思考〉が蓄積していないのだ。

でも親切だった。軽かろうがバカっぽかろうが、いいヤツだった。

小宮佐恵子を絞め殺し、右脚の膝から下を切断し、遺体をここへ運んできてトイレに押し込めた犯人は、正反対の人間だ。軽そうにも見えずバカっぽくもなく、ちゃんとした社会人で、めばえ保育園に出入りしても、誰も不自然に思わない。

だけど、人でなしだ。

——ガラ、あいつを追える？

あの人形を残した人間を、ガラなら追跡できるのではないか。

孝太郎の左目の闇《やみ》は沈黙したままだ。

——ガラ、答えてよ。

銀色の糸がすうっとよぎった。

——あれはただの痕跡ではなく、排泄物《はいせつぶつ》だ。

——どういう意味だよ。

——あの人形の主《ぬし》は、あの場で。

沈黙。銀糸の尾が震える。

——おまえにわかるように表現するなら、〈気が済んだ〉のだ。

殺人死体遺棄という所業を行い、それを済ませてトイレのドアを閉めた瞬間に、〈気が済んだ〉。それがどんな感情であれ——恨みであれ怒りであれ情欲であれ、犯人が小宮佐恵子に抱いていた黒い思いは、犯人の内側から外に出た。そう、排泄された。

——だから、あれほど鮮明にあの場に残っている。だが主とは切れている。排泄物だから、もう〈言葉〉の体をなしてもいない。

——要するに追跡できないってこと？

——だが、主に接近すればわかる。

指紋や血液型を照合するように、か。

県道に沿ってしばらく歩き、ファミリーレストランを見つけた。一階部分が広い駐車場になっている。平日の昼間でガラガラだ。柱にもたれて呼吸を整え、孝太郎は都築に電話をかけた。

元刑事はすぐ応じた。「どうした？」

「今どこですか」

「羽田だ」

そっか、苫小牧へ飛ぶのだ。

「戸塚の遺体発見現場のトイレのこと、覚えてますか」

「男女兼用の個室で、開閉するには鍵が必要だったはずだが」

「ああいう合鍵って、誰にでも簡単に作れるもんですか。ドラマで見たことがあるけど、鍵を借りたときに石鹸《せっけん》とか粘土で型をとって、それを鍵屋に持ち込んで――」

「そのとおりだが、ちゃんとした鍵屋なら、よっぽど筋の通った説明がない限り、そういう依頼は受けつけない」

そうだろうと、孝太郎も思う。

「小宮佐恵子さんを殺した犯人は、そういうときに筋の通った説明ができそうな、鍵屋の店員に信用してもらえそうな人物です」

「なぜわかる」

「小宮さんの子供の保育園の関係者だから」

都築は一拍分だけ黙った。空港内を流れるアナウンスが聞こえる。

「おまえさんは何を見た?」

「また吐いちゃいそうだから、言えません」

吐いた? 都築の声がちょっと高くなった。

「だったらもうやめろ。あとは俺がやる」

「張り込みって難しいですか?」

「素人《しろうと》には無理だ。おい、何を見たんだ。ガラはどう言ってる?」

「アナウンスを聞いてないと、搭乗時間に遅れますよ。行ってらっしゃい」

一方的に電話を切っても、都築はかけ直してこなかった。孝太郎はその場にしゃがみ込んだ。さっきの動揺が尾を引いていて、ぐったりする。

保育園の関係者なら、小宮佐恵子と顔見知りだったろう。園児の父母なら、親しい付き合いをしていた可能性だってある。仕事が終わって子供を迎えに保育園に向かおうとしている途中で、その人物が、

――ちょうどわたしも行くところですよ。一緒にどうぞ。

自家用車のドアを開けて招いたら、小宮佐恵子が警戒せずに乗り込んでも不思議はない。そういう形でなかったら、人目の多い街中で若い母親を掠《さら》うことはできないはずだと都築が言っていたことを、孝太郎は思い出す。

――で、そいつが連続切断魔なのか。

そんな〈普通の〉人間が、日本中を飛び回って連続殺人をやらかしている？　かぶりを振り、いったんその思考をしまい込む。今はとにかく、どうやって犯人に接近するか考えなくては。やっぱりめばえ保育園を張り込むのがいちばんだろう。犯人がいつ来るかわからない。どんなタイミングで現れるのかもわからないけど――ちょい待ち。園のホームページかサイトは？　急いでノートパソコンを取り出し、検索してみる。可愛らしいイラストに取り囲まれたカラフルなトップページが出てきた。年配の女性園長の顔写真が載っている。「めばえ保育園の沿革と創立の精神」という文章。

その他のページ――今週の園の活動報告や、父母の交流ページ、行事の報告、写真ページなどは、すべてセキュリティで保護されていた。二段階で暗証番号と、園児の個人番号を入力しなければならない仕組みになっている。

ここへ入り込むことができれば、めばえ保育園関係者の〈言葉〉の群れに触れることができる。手がかりが見つかる。ただあてもなく張り込みを続けるより、ずっと近道だ。

オレってバカだと、孝太郎は自分の頭を拳骨《げんこつ》で軽く打《ぶ》った。クマーでそこそこできるバイト君になったつもりでいるけれど、根っからのネット人間ではないことが、こういう時にバレる。

孝太郎一人の力では、このセキュリティを突破することはできない。泥縄《どろなわ》式に勉強するにしても、誰かに教えてもらわねば。だけど厄介だ。何故《なぜ》そんなことを覚えたいのか、何をするつもりなのかと問われたら、もっともらしい嘘をつかなくちゃならない。

腰を上げ、駅に向かった。どんどん早足になる。さっきの都築の言葉じゃないが、〈よっぽど筋の通った説明がない限り〉、クマーの誰も、こんなハッキングに協力してなんかくれるわけがない。考えろ、考えろ。

戸塚駅で切符を買い、横須賀《よこすか》線のホーム目指してコンコースを歩いていると、携帯電話に着信があった。音声電話だ。表示を見ると、カナメからだった。

「もしもし？」

「コウちゃん」と言って、カナメはすぐ気がついた。「にぎやかなところにいるね。駅？」

いつものカナメらしくない、くぐもったような声音だ。

「ちょっと静かな場所に移ってくれない？　話はすぐ済むから」

「今でないと駄目か」

「イヤなんだもん、ホントは」

怒っているように言う。口を尖《とが》らせているのかもしれない。

「こんな話、あとに残したくないし。だからメールもイヤなの。思い切って電話したんだから、ちゃちゃっと聞いちゃって。二度と言わないから」

コウタロウが悪いんだよ、という。

「オレ、何か悪いことしたの」

「あんなメール、寄越すんだもの」

マコちゃんが心配だ、情報があったら教えてくれ、と頼んだメールだ。

「マコちゃんのことで、誰かに何か聞いたの？　噂《うわさ》を聞いた？　コウちゃんって、普段は自分からこんなこと気にするタイプじゃないでしょ」

孝太郎は慌《あわ》ててコンコースの端へ寄った。

「オレはただ、あんな元気のないマコちゃんは初めて見たから、気になって」

「ホントにそれだけ？」

それだけじゃない。ガラにもらった左目の力を使ったら、マコちゃんが異形の真っ黒けな巨人を連れていたからだ。

孝太郎が黙っていると、カナメも黙る。ややあって、ため息が聞こえた。

「こうなると、言わないと隠してることになるから、あたしもそれはイヤなんだ」

嫌なことばっかりなんだな、カナメ。

「マコちゃん、すごくいい子だよね」

ひとつ年下なだけなのに、カナメも〈いい子〉という表現を使う。

「けど、昔はそうじゃなかったんだって」

「昔って、いつの話だよ。あいつまだ」

「マコちゃん、中学二、三年のころから腕のいいネット使いだったんだって。天才肌っていうの？　でね、その天才の能力を、あんまり感心しない形で使ってた時期がある」

〈荒し〉とかハッキングとか。

「お役所のホームページに侵入して、トップページに変な画像を載せちゃったり、健康食品の通販会社の顧客リストを盗み出して公表しちゃったり」

カナメはぶっきらぼうに言い募る。

「芸能人とかアスリートとかのブログを勝手に書き換えて、そのコメントをもとに炎上を煽《あお》ったりとか、いろんなイタズラが過ぎたらしいんだよね」

携帯電話を耳にあて、コンコースを行き交う人の流れに目をやりながら、孝太郎はまばたきをした。ここは蒸し暑い。汗が滲《にじ》んできて目に入る。

「クマーに採用される半年ぐらい前まで、マコちゃんはクマーのブラックリストに載ってた。ていうか、ブラックリストに載るほどの使い手だったから、真岐さんがスカウトして、説得したんだって」

——その能力とセンスを、もっといい方向に使えよ。

孝太郎をクマーに誘ったときと同じだ。相手の自尊心をくすぐりつつ、その価値観をふらっとさせるような、説教みたいなカウンセリングみたいな説得。

「それで改心したんだから、マコちゃんは根っからのワルじゃないんだと思う。だから今のマコちゃんもホントのマコちゃんで、みんなを騙《だま》してるわけじゃない。だけど」

カナメはきゅっと口をつぐむ。その表情が孝太郎には見えるようだった。

「昔のマコちゃんのことを知ってる人には、まだ——」

信用してもらえないんだよ、という。

「マコちゃんの過去を知ってる人が、BB島にいるのかな」

人事権を持つ社長や真岐さん以外で、誰かいるとしたら、BB島の可能性がいちばん高い。あそこはそういう対象を監視《ウオッチ》する島なのだから。

「猪瀬《いのせ》島長《とうちょう》は知らないと思うよ。知ってたら、こんなに早くドラッグ島から引っ張らなかったんじゃない？」

それは孝太郎も同感だ。

「BB島でも、あいつ優秀なんだよな」

「そう」

「島長に目をかけてもらって——だから」

クソ面白くもねえと思った誰かが、噂を流した。深山信の正体、知ってる？　あいつとんでもないタマなんだぞ。

「あたしたちがグダグダ考えたってしょうがないけど、ともかくマコちゃんが今へこんでるのは、BB島のなかが荒れてて、居心地よくないからだろうね」

「異動しなきゃよかったのに」

カナメは返事をしなかった。

「とにかくそういうことだけど、あたしはマコちゃんが好きだし、態度を変えるつもりはないから」

「オ、オレだって」

「よかった」

やっと、カナメの口調が和らいだ。

「コウタロウはそういうヒトだもんね」

じゃあねと、電話は切れた。孝太郎はコンコースの壁にもたれた。

マコちゃんと、彼にくっついていたあの真っ黒けな巨人。

あいつはマコちゃんの過去だった。マコちゃんが放ってきた〈言葉〉の集積の化身。

ネットの世界では、〈言葉〉がそのまま〈行為〉だ。言葉しか存在しない世界だから、言葉が全《すべ》てなのだ。

それが蓄積して、発信者の〈過去〉になる。山科鮎子の言葉が脳裏に蘇《よみがえ》る。

――書き込んだ言葉は、その人の内部にも残る。

――誰も自分自身から逃げることはできないのよ。

この先いつまで、マコちゃんはあの巨人を連れて歩くのだろう。マコちゃんの背後からのしかかっている、毒虫の大群でできた巨人。マコちゃんがどれぐらい〈いい子〉でいて、〈いい人〉になっていけば、あの化け物を形作っている負の資産は償却されるのだろう。浄化され、消えてなくなるのだろう。

それとも、もう永遠に消えないのか。

山科鮎子の考え方が、〈言葉〉というものの理解の仕方としては正しいと、ガラは言った。図らずも、孝太郎はその裏付けを摑《つか》んだことになる。

目の前がぼやける。ここは暑くてたまらない。汗が目に入って——

違う。これは涙だ。オレは泣いてるんだ。

社長に会いたい。これまでの出来事を、体験を、得た知識を、孝太郎が視《み》てきたものを全部打ち明けて、聞いてもらいたい。あの人ならわかってくれる。全身でそう思った。

こんなにも誰かが恋しいのは、生まれて初めてだった。

8

十数年前、都築は一度、公務で苫小牧を訪れたことがある。所轄《しょかつ》時代、強盗殺人事件の捜査で、現場に残されていた足跡《げそこん》を洗っていくと、北海道内でのみ販売されているスノーブーツが浮上してきたのだ。そのメーカーの工場が苫小牧市郊外にあった。訪ねてみると大きめの町工場という風情《ふぜい》のところで、目的のスノーブーツはとうの昔に廃版になっており、達磨《だるま》ストーブが赤々と燃える事務室の隅で、段ボール詰めされた大量の資料を見せてもらった。

当時、苫小牧は製紙会社の街だった。地域経済の土台を、製紙産業ががっちりと固めて支えていたのだ。

あれから日本経済そのものも上がったり下がったりしたし、製造業は海外進出が進み、製紙業界は企業の合併や吸収が相次いだ。その影響は、きっと苫小牧の街にも表れているはずなのだが、照会するべき都築の記憶の方があまりにも薄れていて、

——ビルが増えたし、立派な家が多いなあ。

その程度の呑気《のんき》な感想しかわいてこない。

ただ、空が高い。それだけは変わらない。

ある程度の規模と財力を持つ地方都市は、みんな街の景色が似てくる。その土地らしさは、生活の細部——食べ物とか地酒とか生活習慣とかにまで踏み込まないと、なかなか感じ取れなくなる。豊かになると、生活の基礎部分が均一化されるからだ。

そして自然のなかでは、個性や差異は、どうやっても人の手が届かない高みや深みのなかにのみ残されてゆく。だから北海道の持つ空気感の豊かさはこれからもずっと健在だろうし、たとえば南アルプスの急峻《きゅうしゅん》で美しい山並みもそのままだろう。結局、良くも悪くも変わってゆくのは人間だけなのだ。

第一の被害者・中目史郎が営んでいた居酒屋〈お呑処《のみどころ》　なかちゃん〉は、彼の従弟《いとこ》があとを継いで営業を続けていた。ネットには、被害者としての中目史郎の個人情報ばかりではなく、そんな現況についても誰かしらが報告しているのだ。

今は万事がそんなものだとわかっており、便利であてになるからこそネットを漁《あさ》った都築だが、気分が良くはなかった。被害者の情報ばかりがさらしものにされている。

中目史郎の遺体が、不法投棄された冷蔵庫に押し込まれていた場所は、市の北東部にある住宅地の外れで、緩やかな丘陵地のなかほどの、雑木林のなかだった。ちょっとした窪地《くぼち》でゴミが溜《た》まりやすく、人目につきにくいから、勝手にゴミ投棄場にされてしまった。

人が近づかない場所ではない。木立を透かして近隣の家々の色とりどりの屋根が見える。この丘はいい散歩コースになりそうだ。なのに、その途中にゴミが溜まっている。

ホテルのフロントに手荷物を預けると、都築は真っ直《ま》ぐ《す》ここに来た。ネットにはこの地番だけでなく、目印になる建物や道路標識などの情報もあったので、迷いはしなかった。ゴミ投棄場の縁に立ち、仏頂面《ぶっちょうづら》の上にさらに渋面《じゅうめん》を重ねて、駅前の雑居ビルにある〈なかちゃん〉とここの位置関係はどうなるのか——と確かめるとき初めて、空港の売店で買った住居地図を開いた。

大きなプラスチック製のプレートが、立木の枝にくくりつけられている。〈ゴミの不法投棄は法律で禁じられています〉。文章としておかしいが、ともかく〈いけません〉ということを伝えるために一生懸命だ。その看板が薄汚れ、立木の足元はゴミに埋もれている。傍らには古い二槽式の洗濯機が転がっている。

〈夜間立入禁止〉〈火気厳禁〉〈煙草《たばこ》の吸い殻を捨てないで！〉

これらの張り紙や立て看板は即席の作りで、おそらくは遺体発見後、一時的に押し寄せた報道関係者や野次馬に対処するためのものだろう。そのまま残されて、風雨にさらされている。

人を殺し、壊れた冷蔵庫に押し込んで、こんな場所に運んできてうち捨ててゆく人間は、どんな心性の持ち主か。

——三島君なら見えるのかな。

ガラの左目の力とやらで、ここに犯人が残していったものを視てとることができる、か。

——そんなもん、俺は信用しない。

仏頂面と渋面を混ぜてさらに苦みを加え、それでも足りずに奥歯を嚙《か》みしめて、都築はゴミ投棄場に背を向け、丘を下った。

中目史郎には離婚歴があるが、子供はいない。別れた妻は再婚して東京に住んでいる。殺害された当時、常連客の女性と交際していたが、彼女は警察にも周囲にも言っている。

「友達に毛が生えた程度の付き合いで、結婚なんてどっちも考えてなかったし、揉めたこともない」

「シロウちゃんは意外とモテる人だったから、ほかに女がいたかもしれないけど、わたしは知らないし、知っても気にしなかった」

付き合っている女に意外とモテると言われる中目史郎、本人は心外かもしれないが、彼がお客のあいだで立ち働いている様子を撮影した動画を見ると、納得がいく。髭面《ひげづら》の、むくつけき大男なのだ。ぼうぼうの髭のせいで表情がわからないし、暗い山中でばったり会ったら、熊《くま》と見間違うかもしれない。

だが、しゃべると印象が一変する。柔和ないい声で、人当たりも優しい。この動画は一昨年の九月、〈なかちゃん〉開店五周年記念のパーティの際に撮ったものだという。そんな個人的な映像をネットに垂れ流した失礼な奴《やつ》は誰だと思いつつ、手間が省けて助かるとも思う都築は、ますます不機嫌な顔にならざるを得なかった。

——居酒屋なんて商売をやってて、いつもこんな温和な顔をしていられたんだとしたら、けっこうな人物だ。

地元の高校を卒業して調理師学校へ進み、二十二歳で結婚し、二十八歳で離婚したこと。調理師としての修業は主に小樽《おたる》で積み、地元に戻ったのが三十四歳のとき。実家の一部を改装して定食屋を始め、この店の評判がよかったことが〈なかちゃん〉の開店へと繋《つな》がる。

彼の両親は健在で、今も実家にいる。〈なかちゃん〉を始めると中日史郎は実家を出て、店から歩いて二、三分のワンルームマンションに引っ越したが、月に何度かは実家に帰って両親と食事したり、両親が揃《そろ》って〈なかちゃん〉に来ることもあったという。

彼は一人息子だった。納骨まで済み、事件の続報が絶えても、両親の悲嘆はおさまらない。実家の近所の人びとは、ほとんど外出せず、たまに顔を見せても幽霊のように青ざめ、痩《や》せ細った中目夫妻の身を案じている。

遺体発見現場の次に、都築はこの実家へ行った。史郎が定食屋をしていた部分には、今でも店の外観っぽい装飾が残っている。だだっ広い公道から少し離れ、モデルハウスみたいないい家が建ち並ぶ住宅地だが、近くに〈道央最大規模〉を謳《うた》う運送会社のトラックターミナルがあるから、旨《うま》くて安い定食屋なら繁盛《はんじよう》しても不思議はない。

従弟が引き継いだ新生〈なかちゃん〉の開店は午後五時である。まだ時間があるから、都築は次に、中目史郎が卒業した地元の公立高校と調理師学校へ足を運んでみた。誰かから何か聞き込もうというつもりではない。そこにいる誰であれ、刑事でも記者でもレポーターでもない都築の質問にぺらぺら答えてくれるような者の言うことに用はない。

高校には若者が大勢いた。幹線道路沿いの小さなビルのなかの調理師学校に出入りする人びとも若者が多かったが、都築と同年代らしい、会社員ふうの男性もちらほら混じっていた。定年退職後の第二の人生に、飲食店を経営しようというのだろうか。だとしたら、退官してなお未練たらしく刑事の真似事《まねごと》をしている都築よりも、はるかに健全で建設的だ。

どちらの学校も、内部に入ってみればきっと教室も、普通の場所で、普通の人びとが集っていて、何の不吉な兆《きざ》しもなく、多少の人間関係の疎《うと》ましさや危うさを水面下に隠しつつ、平穏に暮らしているのだろう。かつてその教室にいた当時の中目史郎が、将来、四十一歳で人の手にかかって死ぬなどと誰も想像しなかったように。本人だってそんなことを夢にも思わなかったろうに。

足が疲れて、同じ道路沿いにあるドーナツショップに入り、ドーナツセットを買って、窓際《まどぎわ》に座った。店内はだだっ広く、人が少ない。窓から見える駐車場も広々としている。都築の家の近所にも何軒かあるチェーン店で、同じドーナツ、同じ器のコーヒーだが、まるで違う店のようだ。

コーヒーを飲み、ノートパソコンを取り出す。老眼鏡をかける。

中目史郎の事件が全国レベルで注目を集めたのは、二件目の秋田の事件のときだ。「どちらの被害者も足の指を切り落とされている」という要素が衝撃を生んだ。ただ、秋田の件では被害者の身元が一向に割れないこともあって、時間の経過と共に注目は薄れていたのだが、三件目の三島の〈真美《まさみ》ママ〉殺害で一気に火が燃え上がり、連続殺人犯〈指ビル〉の存在が幻のように浮かび上がってきた。そしてこのとき、中目史郎も、ただの殺人事件の被害者としてではなく、連続猟奇殺人事件の一番目の被害者として、あらためて多くの人びとの興味の対象となったのだ。

では、それ以前はどうだったのか。昨年の六月一日の遺体発見から、九月二十二日に秋田市内の市営住宅のゴミ置き場から女性の遺体が発見されるまでのあいだ、中目史郎の事件はどのように報道されていたのか。何がこの事件のトピックだったのか。世間は——ネット社会の、今現在は連続切断魔の話で持ちきりの人びとは、あれをどういう殺人事件だと解釈・推定していたのか。

都築がネットの海から捜し出せた限りでは、遺体発見直後は、中目史郎が押し込められていた冷蔵庫が、以前からそこにあったものか、それとも遺体と一緒に現場に運び込まれたものなのか、話題になっている。数日後には、地取《じど》り捜査によって、前者であることがはっきりしたが、これは重要な分岐点だった。なぜなら、遺体が冷蔵庫ごと運ばれてきたならば、複数犯の犯行である可能性が濃くなるからだ。現場に重機の類《たぐ》いを使った形跡がない以上、一人の人間にあんなことができるわけがない。

だが、冷蔵庫が以前から現場にあったとなると、この犯行は一人でも可能になる。中目史郎を殺害し、遺体を現場に運んでゆく。あるいは、何らかの口実をつくって中目史郎を現場に呼び出し、その場で殺害して冷蔵庫のなかに押し込める。どちらもあり得る（ちなみに、この冷蔵庫はさほど汚れていなかった。だからこそ、後に現場へ別の不法投棄を実行しに来た不運な人間が、ひょいとドアを開けてしまったのだ）。

しかし今、都築は考える。あれは本当に一人で可能な犯行だろうか。

中目史郎が〈ガタイがいい〉〈大柄〉だという情報も、遺棄に使われた冷蔵庫が〈家庭用の大型冷蔵庫〉であることも、あちこちで書かれていた。その冷蔵庫が〈見た目はスマートだけど奥行きが深くてたっぷり収納〉なので、〈十年ぐらい前の人気商品〉だったことも、情報としてあがっていた。

だが、情報だけでは駄目なのだ。現場へ足を運んでみなければわからないことがある。あの大男の中目史郎を、あんな足場の悪い場所で絞め殺し——あるいはずっしりと重い遺体を丘の中腹のくぼみまで運び上げてきて、そこで持ち上げて、奥行きの深い冷蔵庫のなかに押し込み、ドアを閉める。それだけの作業を、たった一人でやり遂げられるものだろうか。現場を踏んで、初めてそう疑問に感じた。

——俺も焼きが回った。

何が「もういっぺん」の都築だ。俺はもうロートルのポンコツだ。

都築もまた多くの人びとと同じく、秋田の事件を振り出しに、一連の動きを見てきた。つまり、スタートの時点から既に、うっすらとではあっても、〈同一犯による連続殺人〉という筋書きに感染していたということだ。その筋書きに呑《の》まれていたから、出発点に戻ってまっさらで考えてみようとしなかった。

猟奇殺人を行う連続殺人者は、共犯者を持たない。自分自身のなかだけで完結する魔術的な思考に導かれて行動するので、たとえ同じタイプの破壊的な欲望を抱いている人間とでも、共同作業をすることができない。だから単独犯だ。かつての〈指ビル〉、現在の連続切断魔もそのはずだし、そうでなければならない。それが犯罪捜査の、犯罪プロファイリングの常識だからだ――

しかし、中目史郎を殺害し、遺体を遺棄したのは複数犯かもしれない。主犯を手伝う共犯者がいたのかもしれない。都築はむらむらとそう感じる。ならば、それは複数の〈指ビル〉、複数の連続切断魔が手を組み気を揃えて全国を殺人行脚《あんぎゃ》しているという、空前絶後の事態を意味するのか。

それとも、この事件は単体の殺人事件なのか。前例が四件もあって、田代慶子のような愚かな模倣犯を生み出しやすい状況だった山科鮎子の場合とは違う。この事件は振り出しだ。この事件こそが起点なのに。

だだっ広くて静かで甘い匂《にお》いの漂うドーナツショップの片隅で、都築は憮然《ぶぜん》としてコーヒーを飲み、キーを叩《たた》き、ちょっと以前に書かれたこんな文章を見つけた。

〈苫小牧の被害者は冷蔵庫に押し込まれて不法投棄のゴミ捨て場に遺棄されていた。秋田の被害者は市営住宅のゴミ捨て場に遺棄されていた。三島の被害者は衣装ケースに詰め込まれていた。戸塚で発見された被害者はトイレの個室に閉じ込められていた。連続切断魔は、全ての犯行において共通する要素を持たせながら、少しずつズラして表現している。被害者の身体《からだ》の切断部位が違うのも、表現をズラす意図があるからではないか〉

月は丸いし、すっぽんも丸い。別物だが似ている。その程度の解釈だ。そして、見事なまでに連続切断魔という〈物語〉に染まっている。この文章がアップされたのは、山科鮎子の事件が起こる二日前だ。遺体は下町の空き地に放置されていた。この書き手は、彼女のケースをどう解釈しただろう。

今も公的には、山科鮎子殺しも連続切断魔の五番目の犯行だということで世間は騒いでいるのだ。どうにか解釈して、自分の考察に当てはめねば恰好《かっこう》がつくまい。そして、どうにか解釈して当てはめてしまうことが、きっとできる。それが物語というものの特性なのだから。

――醒《さ》めている人間はいるか。

都築はモニターに向かって目を細める。

この北の街で、物語に感染せず、中目史郎の遺体遺棄の状況という動かしがたい事実だけに目を据えている人間は、いるか。

〈なかちゃん〉では魚を焦《こ》がしたらしい。

店の入っている雑居ビルの向かいに、狭い道を一本挟んで、古びたゲームセンターがある。最近ではアミューズメント・スポットと呼ぶらしいが、ここのマシンはみんな中古品だから、ゲーセンの呼称の方がふさわしいだろう。

午後六時十分。都築は五時前からこのゲーセンにいて、メダルゲームをしている。六時になったら店に入ろうと思っていたのだが、五時の開店以来ずっと見張っていても、一人の客も〈なかちゃん〉に入っていかない。だから時間を潰《つぶ》しているのだ。

中目史郎の従弟の居酒屋経営の手腕、あるいは料理の腕前は、故人に遠く及ばないものと見える。店の外装や看板を変えた様子はないが、変わっていないのは外見だけか。それとも、昔からの常連客たちと新しい店主のあいだに、何か軋《きし》むものがあるのだろうか。

都築の鼻にはぷんぷん臭《にお》う。が、一人で入っては目立って仕方がない。〈なかちゃん〉の出入口が見えるところに並んでいるゲーム機のなかで、都築の手に負えそうなものはメダルゲームだけだったから、独占している。ここも客が少ないので、カウンターの店員を含め、誰も文句を言わない。そうこうしているうちに、〈なかちゃん〉から焦げ臭い匂いが漂ってきたというわけだ。

もっと遅い時刻に出直そうか。常連客と遭遇するにはその方がいいとわかっていた。が、まずは店主と話をしたい。まわりにいくらか客がいて、自然な感じで話しかけたい。それにしても何を焦がしたんだろう。

メダルゲーム機の椅子《いす》は硬く、尻《しり》が痛くなってきた。思い切って行ってみるか。すぐ店に入らなくてもいい。出入口の板戸の脇《わき》に、気になるものがある。近づいて、見てみたい。

七夕飾りの笹竹《ささだけ》である。五時五分前に、ジーンズにポロシャツ姿で、白い前掛けをした三十がらみの男が店から出てきて、戸口の脇に立てかけたのだ。

時節柄、不自然なものではない。様々な業種の店で、この時期には七夕の笹を飾っている。自由に願い事を書いてさげてくれと、短冊《たんざく》を添えてあるところだってある。〈なかちゃん〉の笹には、もうたくさんの短冊がさがっていた。色とりどりで綺麗《きれい》だ。装飾品としても洒落《しゃれ》ている。だが都築は、短冊に書かれた願い事が読みたい。

ポロシャツの男が現店主、おそらく中目史郎の従弟なのだろう。ぱっと見ただけなので、風貌が似ているのかどうかはわからないが、故人ほどの大男ではない。中肉中背。髪を短く刈っていて、髭も剃《そ》っていた。

焦げ臭い匂いが薄れてきた。〈なかちゃん〉に入っていく客はいない。都築はゲーム機を離れ、賑《にぎ》やかなBGMを背中に聞きながらゲーセンから外に出た。湿った、雑居ビルの集まる裏路地らしい夕闇《ゆうやみ》に包まれる。

ぶらぶら散歩するような足取りで道を渡り、〈なかちゃん〉のビルの前でちょっと足を止め、まわりを見て、台車用のスロープを踏んで店の前に進んだ。都築より背の高い笹竹が、こちらに向かってお辞儀している。

短冊のひとつを指で引っ張って、目を近づけた。老眼鏡なしで読める、手書きの大きな文字が並んでいた。

「早く犯人がつかまりますように　愛子《あいこ》」

次々と、都築は短冊を読んだ。男文字も女文字もある。明らかに子供の字もあった。

「なかちゃん　天国で飲んでるか　ケンタ」

「はんにんがたいほされますように　みき」

「なかちゃん　おいしいお酒をありがとう　また一緒に飲もうね　なっちゃん」

「犯人がつかまって死刑になりますように　早苗《さなえ》」

「なかちゃんは永遠だ！　犯人よジゴクに落ちろ！　克巳《かつみ》」

「なかちゃん寂しいよ　帰ってきて　理恵《りえ》」

「史郎よ　安らかに　怜治《れいじ》」

ひととおり読んで、腕時計に目を落とした。六時四十四分。客はこない。店内から、かすかに音楽が聞こえる。都築には、どのジャンルの音楽だかわからないタイプの曲だ。

よし。俺は東京から出張で来た。地酒の旨いのを飲ませてくれないか。事件のことは知らない。まったく知らない。俺はそういうおっさんだ。

自分にそう言い聞かせながら一歩足を踏み出し、板戸に手をかけたとき、背後から肩を叩かれた。

孝太郎はマコちゃんと連絡をとり、午後九時に会う約束をした。場所はお茶筒ビルを指定した。

〈空きビルなんだ　真っ暗だから物騒に思うかもしれないけど　大丈夫だから〉

メールのやりとりだから口調も雰囲気もないはずなのに、孝太郎が〈急用だ〉と書いただけで、マコちゃんは悟ったらしい。何の用ですかとか、どうしたんですかと訊《き》かなかった。観念したみたいに素直だった。

〈電気がきてない場所だから　ノートパソコン　フル充電よろしく　あと　マコちゃんの昔の得意技を見たいから　そっちの準備もよろしく〉

お茶筒ビルの外で落ち合ったとき、マコちゃんは夜よりも暗い顔をしていた。風がなく蒸し暑くて、二人とも汗ばんでいる。

「このビルですか」

マコちゃんはお茶筒のシルエットを見上げ、孝太郎はさっさと先に進んだ。

「うん。幽霊が出るって噂があるけど、オレはまだ見たことない」

この前ここに来たとき、通用口の鍵を都築のおっさんに返してしまわなくてよかった。おっさんも「返せ」と言わなかったのは、もう手遅れだと思ったからだろうか。それとも、もう現状以上に悪いことにはなるまいと思ったからだろうか。

だとしたら、おっさん。あんたは甘い。オレはもっと悪いことをしようとしている。

懐中電灯を片手に、孝太郎が先に立って階段をのぼった。足を止めずに四階までのぼり、

「ここから屋上に上がれるんだ」

梯子《はしご》を下ろして、マコちゃんを促した。それまでずっと無言だったマコちゃんが、初めて訊いた。「この部屋じゃ駄目ですか。屋上じゃ、人目につきますよ」

「なんでそんなこと気にするんだよ」

「だって、コウさんは僕の〈昔の得意技〉を見たいんでしょう?　僕と一緒にいると

ころを目撃されるのはまずいんじゃないですか」

マコちゃんの顔の暗さは、悲しみや悔しさの表れではなかった。諦《あきら》めと、少しの怒りに、内向した自尊心の黒い輝き。だから、その口元には薄い笑みがあった。

孝太郎が言葉を返せずにいるうちに、マコちゃん——いや、ここではもうその愛称はふさわしくない——深山信は薄笑いを浮かべたまま続けた。

「昔の僕のこと、誰から聞きました？　コウさんは他人の噂話や悪口が好きじゃないはずなのに」

「芦谷《あしや》さんから聞いたんだ」

カナメから、とは言いたくない。

「でも、進んで教えてくれたんじゃない。このごろ深山君が元気ないから心配だって、オレが言ったから——」

「そうですか。カナメさんらしいや」

お茶筒ビル四階の暗闇のなか、それぞれノートパソコンを入れた鞄《かばん》とリュックを肩に、二人は向き合って立っていた。孝太郎の手のなかの懐中電灯が、足元に光の輪を穿《うが》っている。二人とも、ただ真っ暗な人間のシルエットになっていて、どっちがどっちだか見分けがつかない。

「頼みがあるんだ」

ハッキングしてほしい。

「ほしいのは情報で、何か盗もうとか、誰かに悪さをするためじゃない。だけど、ほかに方法がない。深山君ならできるだろ?」

孝太郎と向き合う真っ暗なシルエットは、じっと動かない。

「ある保育所のホームページなんだ。子供関係の情報だからセキュリティが固い。オレは、保護者と園の関係者のやりとりが見たいんだ。画像もほしい。隅から隅まで全部見たいんだよ」

「——どうして僕に?」

「だって、できるだろ」

「町の保育園のセキュリティを破るくらいなら、ほかにもできる人がいますよ。コウさんができないだけです」

孝太郎はひとつ息を吐いた。不思議と心は平静で、感情の高ぶりはない。

闇に包まれているせいだ。お茶筒ビルの内側の闇は、今や孝太郎の仲間といっていい。多くの恐怖と驚きと、深い秘密を共有してきた。その闇の温《ぬく》もりが頼もしい。

「おっしゃるとおり、オレのへボな腕じゃできないんだ。だから君に頼むんだよ」

「どうして僕が引き受けなくちゃならないんでしょうか」

「引き受けてくれないと、オレが態度を変えるからだよ」

踏み出した。もう後戻りはできない。三島孝太郎は悪いことをする。

「オレが態度を変えると、君にとって居心地が悪いのは、BB島だけじゃなくなるぞ。そんなの、すごく簡単だ。さっき君が言ったとおり、オレは他人の悪口が好きじゃない。でもそんなオレでも、君の過去を知ったら我慢できなくなった。今まで騙されていたとわかって、ショックを受けてしまった」

もう、〈マコちゃん〉を信用できない。

「オレが悩めば、カナメも悩む。君といちばん親しくしていたオレたち二人の悩みは、まわりにも影響する。そのうち、ドラッグ島からほかの島にも波及する」

悩んでみせることなんか簡単だ。孝太郎が悩んで苦しめば、カナメがすぐ感染することもわかりきっている。あの娘《こ》はそういう娘だ。

「逆に、オレたちが今までどおりにニコニコしていれば、BB島の雰囲気の方が変わる可能性が高い。君のことをやっかんで、過去の話を言いふらしている奴の方が居づらくなってくるさ」

その方がいいだろ？　問いかける孝太郎の声を、お茶筒ビルのなかで息づく闇が増幅する。いいだろ？　いいだろ？　いいだろ？

深山信はゆっくりと言った。「もっと手っ取り早くて、いい方法がありますよ。僕がクマーを出ていくんです」

「そんなの最悪の手段だ」孝太郎は切り返した。「この状態でクマーを辞めたら、君は昔に逆戻りだよ。昔よりもっと悪くなる。真面目《まじめ》にやってたって、結局は昔のことが持ち出されるんだって、クサって拗《す》ねて、まともな道から外れていく。いたずらが過ぎるハッカーじゃなくて、本物の犯罪者ハッカーに進化しちゃうぞ」

「なんでそう断言できるんですか？」

「それが世の習いだからさ。更生ってのは、最初の段階でつまずくと、駄目なんだ」

違う。本当はこう言いたい。声を大にして叫んでやりたい。

オレには視えるからだ。オレの左目には、おまえが連れている暗黒の巨人が視えるからだ。毒虫の大群でできた巨人が、おまえの背中にのしかかるようにそびえ立ち、おまえの踵《かかと》を踏むようにして尾《つ》いて歩いているのが視えるからだ。

そいつはぶんぶん唸《うな》りながら、おまえの隙《すき》を覗《うかが》っている。おまえをとって喰らい、呑み込んで消化して、おまえそのものになってしまう好機を待っている。おまえに償却されずに、おまえと一体化できるときを待っている。

「──クマーを辞めちゃ駄目だ」

囁《ささや》くように吐き出すと、闇が孝太郎の口真似をする。駄目だ、駄目だ、駄目だ。

「辞めずに留《とど》まって、乗り越えなよ。オレがバックアップするから」

「そのためには、まず僕がコウさんの要求をきかないといけない？」

「そういうこと。こいつは取引だ」

孝太郎も深山信も沈黙し、闇も黙った。

「──僕は」

再び聞こえてきた深山信の声は、不純物を濾《こ》しとったみたいに澄んでいた。

「パソコンの使い方を覚えてすぐに、この子は天才だって言われるようになりました」

彼の才能の発見者は両親で、それを開花させてくれたのは、近所の大学生だった。

「僕の家庭教師をしてくれていたんです。優しくて明るい、いい人だった」

深山信がひとつ新しいことを覚え、それを応用してさらに新しいことをやると、いつも褒めてくれた。マコト君は本当に天才だ。

「どうして褒められるのか、僕にはわからなかった。こんな簡単な、明快な作業をやっているだけなのに、なんでそんなに驚いて褒めてくれるのかなって」

天才とはそういうもんなんだ――と、孝太郎は思う。

「ネットのなかでいたずらをしているときだって、褒めてくれる人たちはいた。でもやっぱり僕は、こいつらなんでこの程度のことで感心するのかなあって思った。真岐さんには、そこを突かれたんです」

――人騒がせなハッキング行為なんかやってたって、本当はちっとも面白くないんだろう？　満足してやしない。だったらやめろ。

「めちゃめちゃ単純な理屈だったけど、僕の胸にはすとんと落ちた。どうしてかな？」

黒いシルエットが首を傾《かし》げる。

「真岐さんて、そういう説得力だけはある人ですからねえ」

孝太郎もそう思う。だが今は、真岐のことを考えたくない。

「だったらいいだろ。真岐さんの説得を受け入れたように、真岐さんの弟分のオレの説得も聞けばいい」

「あなたと真岐さんは違います」

矢のように鋭く突き刺さる反論だった。

「三島さん」

深山信も呼び方を変えた。

「僕は今も、いろんなことがわからないネット使いの元天才少年のまんまです。でも今は、とても大事なことがひとつわかります」

孝太郎は黙って待った。言いたいことがあるなら、さっさと言えよ。

「あなたは今、僕との取引のために、取り返しのつかないものを差し出した。僕にはそれが何なのか見えてるけど、あなたには見えてない。それだけはわかります」

そして軽く笑うと、肩から鞄をおろした。

「準備はしてきました。始めましょう」

久しぶりだから、ちょっと緊張する。深山信は、そんな人間的な台詞《せりふ》を吐いた。孝太郎も、そばにくっついて彼の作業を見るのは嫌だった。見てなくたって、自分が実行犯以上に悪い主犯であることはわかっている。

彼を四階に残し、三階に下りた。階上《うえ》よりも空気が淀《よど》んで、埃臭《ほこり》い。壁際に寄り、もたれかかって、そのままずるずる腰をおろした。

この階の様子をよく見たことはない。足を踏み入れたのも初めてだ。懐中電灯の光の輪に、居室らしい造作《ぞうさく》が浮かび上がる。クロゼットみたいな扉がある。洗面化粧台も見えるが、トイレの便器は見当たらない。

闇《やみ》は静かで、少しだけひんやりしている。孝太郎は懐中電灯を消し、傍らに置いた。両手で顔をこすり、頭を抱えた。しばらく、そうしてじっとしていた。

誰かが囁きかけてくる。

さやさや。聞こえるのではない。感じる。気配だ。孝太郎は顔を上げた。

闇が見える。うち捨てられ、忘れられた闇。

右目を閉じ、左目だけを開ける。

すると視えた。ぎょっとするほど近くに、銀糸をより合わせたようなものが、ゆらりゆらりと揺れながら立っている。

おおまかに、人の形をしている。そう、ちょうど漢字の〈人〉。優雅にほっそりとして、頼りなげにたゆたっている。

囁いているのは、それを構成している無数の銀糸の群れだった。ひとつひとつが囁いている。左目の力で視えるし、聞き取れた。同じことを、バラバラに、しかし一斉に囁いている。

(さみしいさみしいさみしいさみしいさみしいさみしいさみしいさみしいさみしいさみしい)

少しのあいだそれに見惚《みと》れて、孝太郎はようやく気づいた。オレは〈幽霊〉を視ているんだ、と。そういえば都築が、このビルには若い女の幽霊が出ると言っていたじゃないか。

かつてここで、若い女の口から発せられた言葉。その言葉によって象《かたど》られた想《おも》い。それが今も残っている。

銀糸の人形《ひとがた》は、孝太郎が理解したことを悟り、気が済んだかのように、ふわりと向きを変えて移動し始めた。左右の足を動かして、漂うように歩いてゆく。そして壁を通って消えた。

気がつけば、この部屋にはほかにも〈言葉〉が残っていた。あの幽霊ほどくっきりしていない。もっと淡い。薄い。あるいは擦り切れている。人形になりきれず、不定形なゼリーみたいにうごめくだけ。

——泣いてる。

忘れ去られたことが悲しいのか。置き去りにされたことが悔しいのか。

唐突に、孝太郎は思った。オレは泣かない。

昨日、マコちゃんと別れ、自分でも知らぬ間に泣いてしまったあと、決めたんだ。

もう二度と泣かない。

さみしい寂しい淋《さび》しい。その〈言葉〉は封印だ。この世のどこにも、その想いを残さないことに決めた。

なぜなら、オレは狩人《ハンター》だから。

「三島さん」

階上から呼ばれた。

「できましたよ」

孝太郎は両目を開け、淋しい幽霊たちのゆらめきを視界から消し去って、立ち上がった。


都築の肩を叩き、問答無用でその場から引き離して、裏路地の先に駐《と》めたカローラのなかに押し込んだのは、小柄な男だった。歳《とし》は四十ぐらいだろう。格別、腕っ節が強そうにも見えなかったし、下がり眉《まゆげ》毛に目が細く、その目を困ったようにしばたたいていた。カローラの運転席にはもう一人の男がいて、そちらはさらに若く、せいぜい二十五、六か。針金みたいに痩せていて、神経質そうな青白い顔をしていた。

都築が彼らに逆らわなかったのは、二人にバッジを提示されるまでもなく、そのカローラが覆面パトカーだということがわかったからである。で、そのままここ——苫小牧南警察署へ引っ張ってこられて、五階建ての建物の四階の一角、外にバルコニーのある小会議室に入れられて、もう何時間になるか。時計の針は、間もなく九時を過ぎる。

長机がひとつと、椅子が五脚。壁際にたたんだパイプ椅子も立てかけてある。日に焼けたクリーム色の壁紙には、絵柄のない無地のカレンダー。

バルコニーの隅に、スタンド型の灰皿が置いてあるのが見える。署内の喫煙場所なのだろう。相手をしてくれる者もなく、ぽつりと閉じ込められていて、無性に煙草が吸いたくなってきてしまった。

都築は嘘《うそ》をつかなかった。住所・氏名・経歴、すべて本当のことを言った。作り話をしたのは、この街を訪ねた動機だけだ。四、五年前、家内と道南を旅行したとき、〈なかちゃん〉で旨い酒を飲みましてね。つまみに出してくれたほっけも、ホタテ貝の刺身も旨かった。中目さんがあんな事件で亡《な》くなったことは知っていましたから、機会があったら立ち寄って、ご家族か店の人に、おくやみのひとつも言いたいと思っていたんです。ただそれだけです。本当にそれだけ。今の私は民間人だから。

しかし、ミンカンジンという呪文《じゅもん》の効き目は悪かった。少なくとも、都築が恃《たの》んでいたほどには奏功しない。それ故《ゆえ》に、都築を見つけてしまった不運な刑事二人組は、今もおろおろと、上司と対応策を練っている。いや、さすがにその段階は過ぎて、都築の身元を照会しているところか。親切のつもりで、自己申告した経歴を裏書きしてくれそうなかつての部下の名前をいくつか挙げてみたが、彼らも忙しい身の上だ。すぐにはつかまらず、手間がかかっているのかもしれない。

お茶の一杯も出てこない。あの刑事たちは、ときどき戻ってきては会議室のドアをちらりと開け、もうしばらくお待ちをとかごちょごちょ言って、その後ろに上司らしい別の警察官の顔が見えるときもあり、そのたびに都築は鷹揚《おうよう》に手を振って、かまわないからやってくださいという意思を示した。仕方がない。

しかし、煙草が吸いたい。どうしても吸いたい。永年の禁煙がおじゃんになってもいい——と思ったら、ドアが全開になって、あの二人組が入ってきた。

「たいへんお待たせしてすみませんでした」

年長の、下がり眉毛の方が口を開き、都築の向かい側の椅子を引いて腰掛けた。今にも、やれやれ——とボヤきそうな疲れた顔をしている。神経質そうな若い方の刑事は、その椅子の背もたれの脇に突っ立った。顔色は白いのに意外と髭が濃いようで、口のまわりがうっすらと青黒く変わっている。

「たいへんなのは私じゃなくて、そちらさんの方のようですが」

やっと口を開く機会ができた。待ちくたびれて、ふやけた声が出た。

「私の何が、お二人にご厄介をかけているんですか」

若い方の頰がひくひくした。目が怒り、口の端がぐいとへの字になる。

年長の方は苦笑した。笑うとさらに眉毛が下がる。「都築さんの身元の照会に時間がかかってしまいました。上の方が――厳密にやるようにと申しまして」

あらためましてと、背広の内ポケットに手を入れて名刺を出した。

「私はここの刑事課の鳥巣《とりす》と申します。こちらは松山です」

鳥巣刑事の肩書きは〈巡査部長〉だ。都築は丁寧に名刺を受け取った。若い松山はむっとした顔で立っているだけだ。

都築は言った。「あいにく、私は名刺を持ち合わせていません。現在は無職なもので」

鳥巣は軽く手をかざして、「はい、はい、承知しています。警視庁の城南《じようなん》署の、今井刑事課長と連絡がつきました。都築さんのことはすっかり伺いました」

今井はかつての都築の部下で、身元照会先として名前を挙げた二人のうちの一人である。東京へ帰ったら真っ先に挨拶《あいさつ》せにゃならんな、と思った。

「そうでしたか。いや、お手間をかけさせてつくづく申し訳ないが、私は本当に、ただ中目さんのお悔やみを言いたかっただけなんですよ」

うんうんと、鳥巣刑事はうなずいた。そのまま問うてきた。

「だから、〈なかちゃん〉の前に、中目さんの実家に行かれたわけですか」

都築はちょっと驚いた。それが素直に顔に出たはずだ。が、鳥巣刑事の下がり眉毛の角度は変わらないし、細い目からは表情が覗《うかが》えない。

「そのあと、中目さんの出た学校も見に行かれましたよね」

——尾行されてたのか。

俺も焼きが回ったと、また思った。まったく気づかなかった。

「よくご存じですね。そうすると、私は中目家に行ったときからマークされてたわけだ」

「いやぁ、マークというのはどういうことでしょうかね」

鳥巣刑事はぬるりとかわす。都築はこっちから札を出すことにした。

「皆さん、中目家を張ってるんですね。犯人から接触がある可能性があるんですか」

若い松山刑事が口を開いた。「そんなこと、あんたに教える必要はない」

息んでいるせいで、妙に甲高い声になっている。可《か》愛《わい》らしいくらいに青い。都築はふと懐《なつ》かしく思った。いたいた、俺の下にも、こういう若いのが。

「失礼だぞ、松山君」

鳥巣刑事は、青二才の部下を呼び捨てにしないのだ。

「でも鳥巣さん！」

部下にかまわず、鳥巣刑事は口元に苦笑を浮かべた。「東京で起きた五番目の事件で、とうとう犯行声明が出ましたからね。こっちにも何かあるんじゃないかって、私らも身構えているわけです」

「そうですか。しかし、あの犯行声明はマスコミに送りつけられたもので、被害者の遺族にはノータッチでしたよ。他の被害者のところにも、今のところ犯人からの接触はないようです。まあ、報道されていないだけかもしれないが……」

都築は薄笑いしてみせた。

鳥巣刑事は細い目をまばたきした。「私らは歩兵ですから、上の決めた捜査方針に従うだけでして。情報も上の方で握ってますからなあ。細かいことはわかりません。帳場が立ってるのは中央署ですし」

そうなのだ。居酒屋店主殺害事件の捜査本部は苫小牧中央署にある。

「ぶっちゃけたところを申しますと、都築さん。あなたの目つきがねえ、ちっと鋭すぎるというか、やっぱりその、立ち居振る舞いもね、一般市民とは違うわけですよ。だもんで、私らもやっぱり、お声をかけずにいられなかったんです」

「ほう。私は怪しく見えましたか」

「怪しいって意味じゃあないです。プロっぽかった」

「私はもう引退したロートルですよ」

「したっけ、ねえ」

ここで急に、鳥巣刑事は打ち解けたみたいに軽く身を乗り出し、話の舵《かじ》を、彼が進みたい方向に切ってきた。

「警視庁におられた都築さんなら、私なんかよりずっとよくご存じでしょうが、こういう派手な事件には、いろんな人間が寄ってきますよねえ。マスコミだけじゃなくってね。ただの野次馬じゃないんだけど、その、フリーのルポライターとかノンフィクション作家とか映像作家とか、なんだかんだ」

都築は調子を合わせた。「ええ、ええ」

「つい先週は、大学生みたいな若い男が中目家を訪ねてきて、ビデオカメラを持っててね、玄関先でしつこくしたもんで、私が行って話を聞いてみると、自分はネットジャーナリストだっていうんですよ。そりゃ何だって訊いたんですが、どうにも要領を得ない」

「カメラ一丁担《かつ》いで事件や事故の現場へ行って、撮影して取材してコメントをつけて、ネットの動画サイトに流したり、自分のブログに載せたりしてるんでしょう」

鳥巣刑事の細い目が、一瞬だけ普通サイズに拡大された。「そうです、本人はそう言ってましたよ。よくご存じですねえ。都築さんはネットに詳しいんですか」

中年の入口に立ったばかりの鳥巣刑事など、都築の目から見れば松山刑事と同じくらいの若造だが、このタヌキぶりは面白い。

「毎日が日曜日で暇だから、ときどきパソコンをいじってるだけですよ」

「そうですか。私はどうもサイバー何とやらは苦手で。田舎者ですからねえ」

「で、その自称ネットジャーナリストをどうしました？」

「何とか説得して追い返しましたよ。報道の自由とか、市民の知る権利とか、警察の秘密主義とか二時間近く演説されましたわ」

「お気の毒に」都築はまた薄笑いを上塗りする。「そうすると、現状、その手の輩《やから》を追っ払うのがお二人の役目なんですか」

鳥巣刑事はしおしおとうなずいた。「そういうわけです。ご遺族の気持ちを思えば、放っておけませんし」

「そこへ私が現れたもんだから、こりゃまた面倒そうなのが来たもんだと」

「はあ。実は、ひょっとすると、中目さんのご両親がいよいよ私立探偵を雇ったか、とも思ったんですが」

それほどに都築の目つきが鋭く、立ち居振る舞いがプロっぽかったから、と。

「捜査が膠着《こうちゃく》状態になって、長いですからね。私ら、信用を失《な》くしています」

その言葉は嘘ではないが、そうとう誇張されている。都築の鼻にはそう匂った。

「だが、事件がこう大きくなっちゃね」

なにしろ連続切断魔ですからと、都築は声を強めて言ってみた。

「しかも日本中を股《また》にかけてる——と言ったらおおげさか。西日本はまだ手つかずですからね。しかし行動力のある野郎です」

「まったくですよ」

鳥巣刑事は、またうんうんとうなずく。

「合同捜査ってのは難しいですね。普段は行き来がありませんから、そう簡単に呼吸が合うもんじゃありません。上の方のことはわかりませんが、私ら現場の歩兵には、その土地なりの方法論があるんでね」

「お察しします」

「うちの単独捜査なら、ゆっくりでも確実に一歩進めるところを、三歩進んで二歩下がって差し引き一歩前進、という感じですから。いちいち歯がゆくってねえ。中目さんのご遺族に叱《しか》られても仕方ありません」

この言葉にも誇張があると、都築は感じた。

「そんなんですから、新聞やテレビの記者に食い下がられるだけだって往生してるのに、素人《しろうと》だか玄人《くろうと》だかわからないような自称ジャーナリストや自称作家なんかにも寄ってこられて、あっちこっち探られて、挙げ句に不確実な情報をふりまかれたんじゃたまりません。下手をして、犯人——連続切断魔を刺激するような羽目になったら」

目も当てられませんわ、と、ぼやき節をひとうなり。都築には、鳥巣刑事の腹のなかが手に取るように見えた。

「よくわかりました。私が軽率なことをしたもんで、皆さんの貴重な時間を無駄にした。まったく面目ない。このとおりです」

座り直して頭を下げると、鳥巣刑事は大いに慌《あわ》てた。少なくとも慌ててみせた。

「いや、お詫《わ》びするのはこちらの方です。こんなところまで引っ張ってきて、失礼な対応をいたしました」

と言いつつ、ついでのようにひょいと訊く。「今回のご旅行は、奥さんはご一緒じゃないんですね」

「ええ、家内は家内で忙しくってね。私と違って主婦業には定年がありませんし、おばさん同士の付き合いもあるし」

「はあ、そうですか」

「実は私、春先に腰の手術を受けたばっかりなんですよ。脊柱管狭窄症《せきちゅうかんきょうさく》、ご存じですか」

鳥巣刑事は問いかけるように部下の顔を仰ぎ、松山刑事は初めて、〈怒り〉と〈不愉快〉以外の表情を顔に出した。〈揶揄《やゆ》〉だ。

「腰椎《ようつい》がずれて神経を圧迫して、足が痺《しび》れたり痛んだりする症状ですよ」

「へえ、なんで知ってるの」

「僕の母がかかってるんです。閉経後の女性に多い症状で、男はならないもんだって」

だから揶揄するわけか。やっぱり青い。都築は彼の目を見て言った。

「オーケストラの指揮者にも多いんだよ。あと、意外とアスリートにも。若いときに激しい運動をしてた人が、中年期以降に発症する場合が多いそうだから、あなたもスポーツマンなら気をつけた方がいい」

松山刑事はまた〈不機嫌〉の仮面を付けてしまい、むっつり黙った。別に、あんたに答えたわけじゃない、鳥巣さんに答えただけだ。

「ともあれ、手術がうまくいってギプスも外れて、自由の身になったのが嬉《うれ》しくってね。あっちこっち旅行してるんです。家内はそんなの付き合いきれないって、呆《あき》れてますよ」

「そうですか。羨《うらや》ましいなあ」

無駄に明るい雰囲気になった。

「もう皆さんのお邪魔はしません。〈なかちゃん〉へ行くのは、事件が解決してからにしますよ。明日には東京へ帰ります」

「せっかくのご旅行を、申し訳ないです」

鳥巣刑事は立ち上がり、

「お預かりした免許証をお返しします。ちょっとお待ちください」

松山刑事を促す。若い部下は最後まで、足音まで不機嫌そうに出て行った。

「すみません、鳥巣さん」都築は声をひそめて呼びかけた。「あなた、こっちの方は」

手で喫煙の仕草をしてみせる。

「はい、持ってますよ」

内ポケットを探り、つぶれたキャスターマイルドのパッケージと使い捨てライターを取り出し、都築に差し出した。

「ありがたい。そこでいいんですね」

都築はバルコニーの外へ顎《あご》をしゃくった。

「ずいぶん昔に禁煙して、ほとんど忘れてたんですけどね。なんだか急に、無性に煙が恋しくなっちまった」

「私も減煙がせいいっぱいで、禁煙できないでいるんです。特に、苛《いら》ついているときにはどうしても煙草《たばこ》に手が出ますよね」

すみませんと、鳥巣刑事はまた謝った。

「こんなところに雪隠詰《せっちんづ》めにされたからですよ。都築さんの禁煙を破ったのは苫小牧南警察署だって、奥さんにお伝えください」

「家内にはバレませんよ。一本だけだ」

「いやいや、バレますよ」

都築のためにバルコニーに通じる戸を開けて、

「遅まきながら、お茶の一杯ぐらいお持ちしましょう。ゆっくり吸っててください」

鳥巣刑事が小会議室から消えると、都築はバルコニーに出て戸を閉め直し、手すりのそばまで歩いて行って、煙草に火をつけた。ひと口吸って、途端に咳《せ》き込んだ。ほしかったのは煙草ではなく、煙草を吸うという動作だけなのだと、自分でもわかった。

苫小牧南警察署の周囲には、小さなビルが建ち並んでいる。ほとんどの窓に光はない。足元の街路にも人通りも車の通行もなく、信号だけが生真面目に灯《とも》っている。

背後の夜の闇に、気配がした。

こんなふうに現れることができるのは、誰だか決まっている。

「――何の用だ」

背中を向けたまま、都築は訊いた。

「こんなところで何をしている、老人」

煙草の先端が赤く燃える。都築はゆっくり振り返った。ガラは手すりの上に立ち、翼は左右に広げたまま、長い髪を夜風になびかせていた。

「そうか、おまえさんには飛行機は要らんよな。それにしたって、よくここがわかったもんだ」

「おまえの〈言葉〉をたどれば、どこにいようが見つけられる。忘れたか」

そういえば、そんなふうに脅されたこともあった。

「俺はただ、地元の刑事の話を聞いていただけだ。いや、話を聞かれただけか」

どっちでもいい。結果として得たものは同じだ。

中目史郎の事件を捜査するこの地の刑事たちは、連続切断魔になどかまけていない。

この事件は単独の、独立したものだと判断している。彼らが追っているのは中目史郎を殺した犯人だけだ。そして、既に標的を絞り込んでいる。

だから鳥巣刑事らは〈なかちゃん〉を張っていた。被害者の実家を張っていた。意味ありげにそこを訪ねてまわる都築を怪しみ、尾行した。ネットジャーナリスト云々《うんぬん》の話は嘘ではなかろうが、それだけの理由で覆面パトカーを張りつけるわけがない。

山科鮎子殺害と同じく、中目史郎殺害も単発の殺人事件だ。ここの捜査本部はそう確信して動いており、おそらく犯人逮捕が近い。だからこそ、都築のような「妙に目つきの鋭い」不審者を放っておけず、ただ追っ払うだけでも済まず、ここに連れてきて身元を確認したらさらに厄介者だと判明しておろおろする、という展開になってしまったのだ。

ついさっき、都築とのやりとりのなかで、鳥巣刑事はこう言った。

（下手をして、犯人——連続切断魔を刺激するような羽目になったら）

ただ〈犯人〉と言ってから、急いで言い換えた。私らはこれが連続切断魔の事件だと思ってますよと念を押すように。

事実は、違うからだ。

犯人は、中目史郎を取り囲むごく内輪の人間関係のなかにいる。ただ動機は、初動捜査ですぐ浮上する、金銭トラブルや男女関係の揉《も》め事などの、わかりやすいものではないのだろう。もっと潜在的なもの。小さなきっかけで浮上して、事件が起こる直前までは、当の犯人も被害者も、さほど大きな問題だと認識していなかったようなもの。

スタンド型の灰皿のところまで戻り、都築は煙草を消した。そして深くひとつ息をした。

——この事件は〈振り出し〉じゃない。

連続切断魔なんか関係ない。

ただ、そうなると訝《いぶか》しいのは、昨年六月一日の遺体発見から、九月二十二日の秋田の〈第二の事件〉までの四ヵ月近くのあいだに、ここの捜査本部がなぜこの事件を解決できなかったのかということだ。秋田の事件の被害者が右足の薬指を切り取られていたために、この二件は連続殺人事件であり、連続切断魔（当時は指ビル）の仕業だと、社会全体が動揺を始めた。そうなる以前に中目史郎の事件が解決を見ていたならば、以降の展開はかなり違っていたろう。

壁があるのか。地縁、血縁の壁。被害者とその関係者、親族たちを縛りつける沈黙の糸。それを解きほぐすには、忍耐が要った。凪《な》いだ小さな沼の、水面からはけっして見通すことができない深みに、ひそかに繁茂する毒のある水草にたどりつくまでには、慎重に水を汲《く》み出してゆく作業が必要だった――

だとすれば、その作業のあいだに起こった連続切断魔騒動は、この事件の特別捜査本部にとっては、はた迷惑な不確定要素になったろう。被害者の遺族にも、犯人にも、うっすらとした疑惑や不安を抱えて双方のあいだに立つ彼らの身近な人びとのあいだにも、ショッキングな殺人事件だけが社会に引き起こすことのできる負の躁《そう》状態、闇のカーニバルとでも呼ぶべき大騒ぎは、直接的にも間接的にもただならない影響を与えたはずだ。それによって心理状態が変わる。記憶が改変される。事実への解釈が偏向する。そして個々の態度や行動を変えさせてしまう。

「――老人」

呼びかけに、都築は目を上げた。ガラの姿は闇に溶け込み、闇より暗いシルエットがおぼろに見えるだけになっていた。

「おまえの手に〈罪〉がついている」

反射的に、都築はたった今まで煙草を持っていた手を見おろした。

「その手で〈罪〉に触れたのだ。〈罪〉が記した言葉に触れた」

意味がわからない。都築は顔をしかめた。その顔に向かって、ガラが指先を上げた。

何か軽いものをふうっと投げかけるような動作をした。都築は思わず手で顔を守り、後ずさりした。

「な、何だ。何をした？」

そのとき、小会議室のドアが開いて鳥巣刑事が戻ってきたのが見えた。たちまち、ガラは闇に溶けて消えた。都築は戸惑いを引きずりながらも室内に戻った。

「お待たせしました」

鳥巣刑事が都築の免許証を返してくれた。「お茶でもお持ちしましょう」というのは言葉だけだった。本当に都築を帰してしまっていいのか、署の上司か捜査本部の誰かに確認していたのだろう。

「お騒がせして申し訳ありませんでした」

「いえいえ、こちらこそ。ホテルまでお送りしますよ」

断ろうとして、すぐ思い直した。鳥巣刑事は一人だ。若い松山刑事は戻ってきていない。

「鳥巣さんが送ってくださるんですか」

「はあ。私も家に帰りますので、自家用のオンボロ車ですが」

「それでしたら、お言葉に甘えます」

署の裏手の広い駐車場に、確かにだいぶ年季の入った白い軽乗用車が駐めてあった。鳥巣が通勤の足に使い、仕事に忙殺されていないときには、これで女房の買い物に付き合ったり、子供を学校に送り迎えしたりしているのかもしれない。

都築の勘が正しく、犯人逮捕が近いなら、鳥巣が帰宅するというのは嘘だろう。元警視庁刑事という厄介なお荷物をホテルに戻すのに、貴重な人材と公用車を使いたくないが、署の正面玄関で手を振ってハイさようならにするにはまだ一抹の不安が残る。で、一捜査員の私的な好意でお送りします。

が、もしかすると鳥巣刑事自身が、何かしらまだ都築に引っかかるものがあり、話したがっているということもあるかもしれない。都築はそれに賭《か》けることにした。どっちみち、こっちには負けて取られるものなどほとんどないのだ。

寝静まった街に、車が走り出す。安全運転だ。都築は穏やかに口を切った。

「〈なかちゃん〉は、すっかり寂れていますね。閑古鳥《かんこどり》が鳴いていた」

前を向いたまま、鳥巣はうなずいた。「中目さんは人好きする人で、常連客みんなに親しまれていたそうですからね。皆さん、やっぱり足が遠のいているんでしょう」

下がり眉毛をちょっと動かし、急いで言い足した。「でも、あの店は遅い時間になると混むんですよ。都築さんがいらしたのは、開店直後だったでしょう」

車内はこざっぱりと片付けられており、余計なものはなく、私用車らしい雰囲気を感じさせるものは、ルームミラーにぶらさげられた小さな人形ぐらいのものだ。木彫りの猫の人形だった。長い尻尾《しっぽ》がぶらぶら揺れるようになっている。

「私はね、鳥巣さん」

都築は鳥巣を見ず、その尻尾を見て言った。

「本当にお悔やみの気持ちで、その一心だけで来てしまったんです。しかしねえ、あの寂れた店を見ていたら、何だかむらむらと思うところが出てきてね」

鳥巣は黙っている。車のスピードが心持ち落ちた。

「〈なかちゃん〉のまわりの人たちは、何かしら感じてるんじゃありませんかね。この事件の核心というか――キモというか」

「どういう意味でしょうか」

「私はもう民間人だから、偉そうなことを言える立場じゃありません。しかし、現役時代の勘が、まだいくらかは残ってますからね。その勘が言うんですよ」

わざとぞんざいに尊大な感じに、都築は続けた。「中目さん殺しは内輪の事件だね。思い切って〈身内の事件〉と言ってもいい。だから捜査に手間がかかってるんだ。連続切断魔なんて大げさな野郎の仕業じゃないね」

鳥巣がぐいとブレーキを踏んだ。前方の信号が黄色になったから、そのせいだとごまかすことができるぎりぎりの距離だ。

都築は鳥巣刑事の横顔に向き直る。「皆さんもそう踏んでるんでしょう。捜査本部の上の方じゃ見解が割れてるのかもしれないが、ンなことはどうでもいい。あなたは私と同じ意見のはずだ。さっきわざわざ言い直したからね」

〈犯人〉を、〈連続切断魔〉に。それを指摘すると、メーターの針が振れるみたいに、鳥巣刑事のまなざしが揺れた。

「いやあ、どうですかねえ」

下がり眉毛が忙しく上下する。

「私はただの歩兵ですし、割り当てられた仕事をこなしてるだけですから。指揮をとってるのは道警の――」

「信号が青になりましたよ」

おんぼろの軽乗用車は、がたんと揺れて走り出した。

「申し訳ない。私も、あなたを悩ませようってわけじゃないんです。捜査に首を突っ込む気もありません。ただ、私が腹の底で何を考えているのか、あなたは気にしている。だからこうして親切に送ってくれるんだ。だから私もぶっちゃけたところを申し上げようと」

はあ、と鳥巣刑事は小さく言った。

「いい店だったのに、あんなに寂れちゃうんだから、もったいないね。故人も悲しんでるでしょうなあ。中目さんの従弟《いとこ》って人は、商売人じゃないのかな。前から店を手伝ってたんですかねえ」

水面下の揉め事が、そのへんにあったのではないか。これは都築の完全なはったりだったが、元刑事の勘が言わせたはったりではあった。

「——今の店主のカツミ君は、中目さんと仲がよかったそうですよ。従弟というより兄弟みたいなものでね。どうしてもあの店を潰《つぶ》したくなくて、引き受けたんだそうです」

「だけど、あの様子じゃあねえ。逆効果だ。ほとんど開店休業じゃないですか」

言いながら、都築は考えていた。従弟の名前はカツミというのか。〈カツミ〉。その名前に覚えがある。なぜだろう。

そうか、あの笹竹《ささだけ》だ。店の前に飾ってあった七夕の笹竹。短冊《たんざく》がたくさん下げてあった。そのなかにあった——

そしていきなり、スイッチが入ったみたいに理解した。あやうく「あっ」と声を出してしまいそうになった。

——おまえの手に〈罪〉がついている。

都築は短冊に、そこに記された言葉に触れた。ガラはそのことを言っていたのだ。あの短冊を書いた者のなかに、犯人がいる。

何か言いかける鳥巣刑事を制して、都築は早口に言った。「本当に申し訳ない。これ以上のご迷惑はかけないと約束しますから、〈なかちゃん〉に寄ってくれませんか。店内には入りません。店の入口を眺めるだけでいい。お願いします」

都築の目に、何かこの世のものではないものを見るような色が浮かんでいたのだろう。鳥巣刑事は車を脇《わき》に寄せ、いったん駐めた。

「いったい、何をするつもりですか」

「ですから、〈なかちゃん〉へ行きたいんですよ。出入口に七夕の笹竹が飾ってあったでしょう?　あれを見たいんです。確かめたいことがある」

都築は三島孝太郎と違い、ガラの〈眼力〉を与えられていない。もう一度笹竹を見たところで、どうにも確かめようがない。だが思いついてしまった以上は、黙って引き揚げるわけにはいかない。

「都築さん」

夜目にも、鳥巣刑事の顔は青白い。下がり眉毛が困っている。

「本部の上の方は、あなたが……東京の事件の本部から、その、何といいますかね……顧問というかオブザーバーというか、そういう形で、こっそりうちへ様子を見に来たんじゃないかと勘ぐっていたんです」

連携が難しいんで——と、言い訳のようにぼそぼそ言う。「うちの本部は何かというと叱られてばっかりなもんで」

「寝ぼけたことを言うもんじゃない。何ですか、顧問てのは。私はそんなたいそうなもんじゃありませんよ」

警視庁のスパイと思われたか。相手がこれほど困った顔をしていなかったら、腹を抱えて笑いたいところだ。

「はい、それは違うとわかりました」

どうやら違うと、鳥巣刑事は言い直し、都築は噴き出してしまった。鳥巣刑事もしおしお笑う。

「だからさっさとお引き取り願えと言われまして、私としてはできるだけ失礼のないようにしたいと——」

「ええ、あんたは私に何の失礼もしていない。むしろ親切だ。だから、その親切をもうひと声。〈なかちゃん〉へ連れていってください。一分でいいんだ。それだけで、二度と近づきません」

鳥巣刑事は迷っている。都築はまたぞろ、わざと尊大に反っくり返った。

「駄目だというのなら私も考えを変えますよ。明日、出直したっていい。〈なかちゃん〉でじっくり飲んで、今の店主のカツミ君とやらに、あれこれ質問してもいいんだ。面白いことになるでしょうなあ」

鳥巣刑事の〈困ったメーター〉が振り切れたらしい。ため息をついて、車を出した。

だが都築はちゃんと見ていた。彼の目のなかにも、隠しようのない色が浮かんでいる。この厄介者のロートル元刑事が何を知りたがっているのか、俺も知りたいぞ、と。

〈なかちゃん〉のある路地に人気《ひとけ》はなく、明かりが灯っているのがかえってうら寂しい。都築は素早く助手席から降り、道を横切って笹竹に歩み寄った。

鳥巣刑事は運転席に残っている。首を縮めているようだ。また別の覆面パトカーが、〈なかちゃん〉を張っているのだろう。

色とりどりの短冊で身を飾り、詫びるように頭《こうべ》を垂れている笹竹。店内からは音楽と、かすかに人の声がする。女性の声だ。都築はいちばん手元に近い、ピンク色の短冊に指を伸ばした。

すると、それが起こった。

一瞬、指先で火花が散ったようだった。その火花が拡散し、みるみるうちに笹竹を包み込んでゆく。細い枝の隅々まで、みっしりと生えている淡い緑色のすんなりした葉の先まで、静電気が走るように——静かに素早く走査するかのように広がっていって、次の瞬間にはもう消えていた。

都築はまばたきした。眼前の光景は変わっていない。ただ一点、いや二点を除いては。

短冊のうちの二枚が、真紅に染まっている。

手が震える。都築はいったん両手を拳固《げんこ》にして、震えを握り潰した。

「なかちゃんは永遠だ！　犯人よジゴクに落ちろ！　克巳」

「史郎よ　安らかに　怜治」

真紅に染まっている短冊は、この二枚だった。一枚ではなく二枚。

主犯と共犯。そのどちらかが〈克巳〉。

都築はその場で姿勢を正すと、両手を合わせ、笹竹に向かって合掌した。そして足元に目を落としたまま、悠々と路地を歩いて、鳥巣刑事の待つ車の助手席に戻った。

「行きましょう。用は済みました」

車が大通りに出て、駅前のビジネスホテルへ向かう。行きには都築が歩いてきた道だ。たいした距離ではない。

「鳥巣さん、私は今から独り言を言う」

「は？」

「克巳という従弟《いとこ》は、中目史郎さんの父方なのか母方なのか知りませんが、親父《おやじ》さんの名前は怜治というんでしょう」

運転席の鳥巣刑事が、文字通り目を剝《む》いた。都築はかまわず続けた。

「その父子《おやこ》の犯行です」

タイヤが夜道でバウンドする。

「今の段階じゃまだ、どちらが主導的な役割を果たしたのかはわかりませんが、この件は、遺体が遺棄されていた環境を見る限り、多少なりとも計画性がなければ果たせない犯行だ。私の経験じゃ、こういう場合は年長者が指示を出していることが多い。それと、被害者の周辺に目立つ金銭トラブルはなかったようだから、動機は親族内の感情的なもつれなんでしょうな。もつれが長いこと積み重なって絡《から》み合って、殺意になった。爆発的な感情じゃないから、犯人も計画的に、計算高くなれた。これも若い者には似つかわしくない」

鳥巣刑事は顔に汗をかき始めた。冷汗だ。

「私は克巳をちらっとしか見ていないから、大柄な被害者を一人で冷蔵庫に押し込めることができるタイプかどうかわからんが――」

「一人でできたはずです」

思わず言ってしまった、というふうだった。自分が口をきいたことに、鳥巣刑事自身が驚いている。

「中目克巳は、中学、高校とラグビー部の選手でした。大学ではアメフトをやっていた。二年で中退したので、見るべき成績は残していません。それは学業の方も同じです」

都築は黙ってうなずく。口火を切ってしまうと、気が楽になったのだろう。あるいは腹をくくったか。鳥巣刑事はひとつ深く息をついてから続けた。「中目怜治は被害者の父親の弟です」

信号待ちになった。車はスムーズに停まる。対向車線のタクシーのライトが眩《まぶ》しい。

「六十五歳ですが、病気がちでひ弱な老人です。力仕事はできません」

「私と同年代だ」言って、都築はつい笑った。「手術する前の私もひ弱な老人だったから、似ているな」

「都築さん、お子さんは」

「いません。古女房だけですよ」

「克巳は中目怜治の一人息子です。職を転々として、三十過ぎても親に食わせてもらっている」

　昨今、珍しい話ではない。子育てが難しくなり、親が老齢になり子が大人になってもまだ〈大人育て〉が必要な時代だ。

「被害者の父親と叔父は、折り合いが悪かったんです。理由はいろいろありそうですが、どっちにも一人息子がいるのに、かなりデキが違うというのは——」

「まあ、ぶつかることがあるでしょうね」

「そうですよね。まわりも、そんな事情をよく知っていた」

　信号が青になったが、車を出す前に、鳥巣刑事は手でつるりと顔を拭《ぬぐ》った。

「中目怜治はずっと札幌で暮らしていて、会社員勤めを終えてからこっちへ移ってきたんですよ。ですからここでは新顔ですが、中目家の本家は戦前からの旧家なんです。近所付き合いも濃いし、親族も姻族も大勢います。誰も、一族のなかから〈縄付き〉を出すことを望んでいません」

　古い言い回しをする。自分より二まわりは年下だろう刑事から、都築は同業者の匂《にお》いを感じた。

「みんな口が固いし、頑《かたく》なです。私らも慎重に捜査しなければならなくて」

「わかりました」

それだけで充分だ。動かぬ物証を捜し、状況証拠を固めるために時間がかかっている。

「もう結構です。というか、私は何も聞いてない。あんたも独り言を言っただけだ」

都築の泊まるビジネスホテルの看板が見えてきた。

「都築さん、あなたは本当に――」

「私は顧問でもオブザーバーでもスパイでもありませんよ。民間人です。私一人の意志でここへ来て、私一人の考えをしゃべった」

シートベルトを外し、車から降りようとするとき、ふと思いついて、都築は訊《き》いた。

「被害者の左足の親指が切られていたのは、なぜだと思いますか」

鳥巣刑事は重くかぶりを振った。「未《いま》だに、さっぱり見当もつきません」

「そうか……。まあ、中目父子を引っ張れたらわかることだけど。ただね、これも独り言だが」

心のなかで地層を成している膨大な経験が、都築に囁《ささや》きかけてくる。今までも囁いていたのだろうが、連続切断魔の幻に邪魔されて、聞き取れなかったのだ。

「何か、まじないみたいなものだったのかもしれない」

「まじない?」

「ええ。そういう例を、私はいくつか知ってます。だいたい窃盗犯に多いんだが、殺人事件でも、たまにはあるんですよ」

　たとえば、撲殺された被害者の額に五寸釘《くぎ》が打ち込まれていたというケースだ。釘が打たれたのは被害者の死後だが、それにしても酷《むご》いやり口である。よほど強い恨みを持つ者の犯行だろうと思ったが、逮捕してみたら被害者の顔見知りでさえない、流しの空き巣の仕業だった。運悪く被害者と鉢合わせしてしまって殺害に及び、「死人が生き返ってくると怖いから」、わざわざ額に釘を打ったのだという。似たような理屈で、被害者を殺してから目隠しをしたというケースもある。死者に「自分の逃げてゆく方向を見られないため」だったという。見られなければ、追いかけられることもない。

　生きている人間は、殺せば死ぬから怖くない。だが死者は怖い。この国の人間には、そういう心性がある。あるいは、何か事がうまく運んだ前例があると、思考停止してただその前例を真似《まね》ることもある。験《げん》を担ぐのだ。

「申し訳ない、思いつきです。あまり深く考えないでください」

まだホテルのかなり手前だったが、都築は車を降りた。これきりだ。鳥巣刑事の白い乗用車が去ってゆく。

部屋に戻るのが待ちきれず、都築は路上で携帯電話を取り出し、メール文を打った。

〈苫小牧の事件は連続切断魔の仕業じゃない　単独の殺人事件だ〉

ひと息にそれだけ打ち込んで、少し考えてから続けた。

〈気をつけろ〉

宛先《あてさき》は三島孝太郎だ。何をどう気をつけろと？　思い込みにとらわれるなと？

振り出しだったはずの第一の事件が消えた。犯行声明が出た五番目の事件は、下手くそな模倣犯に過ぎなかった。

もしかしたら、ほかの三つも？

五つの事件がすべてバラバラで、連続切断魔なんか存在していないのかもしれない。存在しているように見えた――我々みんなで見ようとし過ぎただけだったのかもしれない。

都築からのメールが着信したことに、孝太郎は気づかなかった。深山信のノートパソコンに見入っていたからだ。

ハッキングに必要なツールもソフトも全《すべ》て揃《そろ》った、〈封印〉パソコンだ。こんなものにはもう触らない。深山信はマコちゃんになるときに、そう決めた。だが、パソコンを捨てることも、ハードディスクを破壊することも、中身を消去することもできずに手元に保管していたのだ。

おかげで、作業は呆気《あっけ》ないほど簡単に進んだ。孝太郎の目の前で、めばえ保育園のセキュリティはするすると解かれて、園の関係者と園児の保護者との連絡伝言板、交流ページ、写真添付の園の活動報告が、次から次へとスクロールされてゆく。

「ストップ！」

スクロールが止まる。孝太郎の左目の奥を浮遊していた無数の銀糸の動きだけが、視界を占める。

そのなかに、血のような赤い糸。

写真付きの書き込みだ。見つめるうちに、その糸がのたくり、文字が液晶画面から浮き上がって漂い始め、悪疫《あくえき》をもたらす線虫のように、ぐるぐる回って塊になり、その塊が分離して二つになり、それがおのおのまた二つになり、分かれたものがまたくっつき、何かの形を成してゆく。

孝太郎の左目、ガラからもらった眼力が、その形を視《み》てとってゆく。人形《ひとがた》だ。遺体遺棄現場、戸塚のガソリンスタンドの封鎖されたトイレの前で揺れていた、あの〈排泄物《はいせつぶつ》〉。あれと同じ形。ただ、こちらの色は真紅。飛び散る鮮血の色だ。

吐き気がこみあげてきて、孝太郎は片手で強く口を覆《おお》った。ノートパソコンの液晶画面の放つ青白い光に、深山信の不審そうな表情が浮かび上がる。みんなのマコちゃんの、邪気のない童顔。今はそれが子供の幽霊のように見える。

「三島さん、大丈夫ですか」

孝太郎は動けない。ミニチュアの人形は、鮮血を詰め込んだビニールの人形のようだ。そいつがこっちに寄ってくる。頭を振り、イチ、ニ、イチ、ニと手足を動かして。

子供のころ、孝太郎は蛾《が》が大嫌いだった。夜、照明にひかれて窓から蛾が飛び込んでくると、大騒ぎをして追い払ってもらった。ヤダ、ヤダ、あっちへやって！　ボクにくっついてくる！　ヤダ、とってとって！

今もあのときのように、闇雲《やみくも》に腕を振り回し、赤いビニール人形を散らしてしまいたい。

そうする代わりに、右目を開いた。赤い人形が消える。孝太郎はモニター上の一文を指さした。

「この書き込み――」

「園の連絡掲示板ですね」深山信は言って、孝太郎の顔を覗《のぞ》き込んだ。「出入りの花屋の書き込みですよ。園の中庭のプランターに、季節の花を植え替えましたって書いてある」

こんなものに、どうして眉《まゆ》をひそめるのか。なぜそんなふうに顔を引き攣《つ》らせるのか。いい子のマコちゃんは不審そうだ。仕方ないさ、君には視えないんだから。自分の連れている巨人さえ視えないんだから。

――出入りの花屋。

親しげに話しかけるような調子で、植え替えた花の名前と種類、特徴と花言葉を記し、子供たちと花を見て楽しんでくださいと書いてある。

〈町のお花屋さん　かつら屋　お花の配達・お庭の管理　何でもお引き受けします　めばえ保育園のお庭番　中園孝輔《なかぞのこうすけ》でした〉

書き込みの末尾に、笑顔の顔写真が添えてある。四角い顎に短髪、にっこり笑って、両目がへの字を並べたみたいな男の顔。歳《とし》はいくつぐらいだろう。若くはない。三十代から四十代初め。日焼けしている。

この男が、あの〈排泄物〉の主《ぬし》。

「かつら屋って花屋を検索してくれる？」

深山信は黙って指示に従った。こちらはセキュリティも何もない。普通の作業だ。

すぐに「かつら屋」のホームページが出てきた。

だが、孝太郎が、花の写真と店員たちの笑顔で溢《あふ》れるその華やかなトップページを見ることができたのは、ほんの一瞬だけだった。

左目には視えた。そこから溢れる血が、今度はどす黒い血が。無数の〈言葉〉の糸の群れ。いや、ただの〈言葉〉じゃない。悲鳴だ。その残滓《ざんし》が血しぶきになって孝太郎にはねかかる。

耐えられない。孝太郎は勢いよくノートパソコンを閉じた。

目が回る。身体《からだ》が冷えてゆく。饐《す》えた血。言葉、言葉、言葉。その大量の集積。腐った血。

こいつは、ほかにもやってる。

「三島さん！」

腕をつかまれ、揺さぶられて、孝太郎は我に返った。両目で見れば、そこにあるのは現実だけだ。深山信と、彼の封印パソコン。

「あ、ありがとう。もう充分だ。もういい」

撤収だ。深山信は横目でちらちらと孝太郎の様子を覗《うかが》いながら、手早くノートパソコンを終了して鞄《かばん》に突っ込んだ。

孝太郎が先に立って階段を下りる。

「あんなもんで、本当に充分なんですか」

背中に問われる。無視してどんどん下りる。

「何を探してて、何を見つけたんです？　僕を脅して封印を破らせたんだから、ちょっとぐらい説明してくださいよ」

「脅してなんかないよ」

「いいえ、あれは立派な脅しですよ。態度を変える、なんて言うんだから」

深山信の口調が、少し軽くなった。詳しくはわからないけれど、何か悪いことを一緒にやった共犯者同士。だから、深山信からマコちゃんに戻ってもいいか、と。

「三島さん、人が変わったみたいだ」

二階の踊り場まで下りていた。孝太郎は立ち止まり、振り返って右目を閉じた。

孝太郎とマコちゃんを包み込むように、あの黒い巨人が立ちはだかっていた。大きな頭を、ぬうっとこちらに差し伸ばしている。

い、それが見ているのは孝太郎だった。興味深そうに、面白そうに。そして唸《うな》っている。ぶんぶん、ぶんぶん。毒液でぱんぱんに膨らみ、はち切れそうな毒虫の群れ。

——仲間だ。

黒い巨人は、マコちゃんにとっては過去だ。彼の影だ。だが孝太郎にとっては仲間だ。孝太郎は、巨人の同類になってしまった。

——いいさ。覚悟の上だ。

あんなことをした奴《やつ》を捕まえるためなら。

9

翌朝、午前九時三十分。

三島孝太郎は、開店前の〈かつら屋〉の閉じたシャッターを見つめている。めばえ保育園からほど近い、一方通行の道に面した三階建ての真新しい店舗付き住宅で、〈かつら屋〉は一階、二階と三階は店の主人・中園孝輔とその家族の住まいなのだろう。ベランダや飾り窓に、フラワーボックスやプランターがたくさん置いてある。

周囲は住宅ばかりだ。庭付きの一戸建てが目立つ。裕福な住民たちが多いのだ。そのなかで〈かつら屋〉は繁盛《はんじょう》しているのだろう。

この道は、近くにある小学校のスクールゾーンだ。登校時間が過ぎた今は、人通りがなくひっそりとしている。曇り空から、霧のようなべとつく雨が降るというよりは流れてくるような天気で、孝太郎の髪は湿っていた。

家から持ち出してきたデジタルカメラで、シャッターの左側にある駐車スペースに駐《と》めてある白いヴァンを撮った。ナンバープレートがはっきり写っていることを確認する。少し脇に回り込んでもう一枚。今度は、車体の横っ腹の〈町のお花屋さん　かつら屋〉のペイントが写るように。

駐車スペースの奥には外階段がある。二階にある中園家の玄関に通じているのだ。階段の手すりの脇には郵便受けと表札。そこには〈中園〉としかなかったが、ヴァンの奥には補助輪付きの自転車と、ママチャリが一台ずつ駐めてあった。

商売で成功し、妻子と共に洒落《しゃれ》た家に住み、笑顔を振りまく男。

なのに、なぜ。

昨夜、マコちゃんと別れて家に帰ってから、都築のメールに気がついた。中目史郎の事件は〈単独の殺人事件だ〉。さらに追加で、

〈地元警察は犯人の目星をつけている　逮捕は近い　手出しは無用だ〉

第一の事件は、連続切断魔の仕業ではない。

芝居がかった犯行声明付きの第五の事件も、連続切断魔の犯行ではなかった。では、第二の秋田の事件、第三の三島の事件、第四の戸塚の事件。この三つ、この三つだけが連続切断魔によるものであり、その連続切断魔は中園孝輔なのか。

マコちゃんの封印パソコンから溢れ出てきた血。あれは三人分の血。三人分の犯行の痕跡《こんせき》――

中園家の玄関のドアが開いた。ジーンズに白いTシャツ、デニムのエプロンをかけてゴム長靴を履いた男が外階段を降りてくる。ホームページで見た顔写真より、さらに髪が短くなっていた。ほとんど丸坊主《まるぼうず》だ。

中園孝輔。右手の指のあいだでキーホルダーをぶらぶらさせている。一瞬、車のキーかと思ったが、違った。彼はヴァンの脇をすり抜け、建物の正面に回ってシャッターを開け始めた。

孝太郎は躊躇《ためら》わず、右目を閉じた。

開店の準備に取りかかる、働き者の花屋の店主の姿は見えない。かわりに、孝太郎の左目が捉《とら》えたのは、〈かつら屋〉の店舗のなかに立ちこめる赤黒い煙霧だった。

濃い煙霧だ。だが発煙筒のそれとは違う。焼き鳥屋の煙とも違う。重たげで、たっぷりと水分を含み、ほとんど雲に近く、実体感がある。手で摑《つか》めそうだ。

そんな煙霧のなかで、人に似て人ならぬものの影が立ち働いている。

今、外に出てきた。店内に満ちている煙霧よりもうんと赤みが強く、その内側で黒いものがいくつも渦を巻いていた。

双頭だ。幅の広い肩の上に、頭が二つ並んでいる。それぞれに、目鼻のくぼみと出っ張りがある。だからすぐそれとわかって、孝太郎は驚いた。右の頭が向いているのを前とするならば、左の頭は後ろを向いている。

どちらの顔にも表情はない。ただ顔の内側に、小さな黒い渦がいくつもとぐろを巻いている。消えては現れ、また消える。とぐろ同士がくっついたり離れたり、太くなったり細くなったり変化する。それは身体全体についても同じで、ぐるぐるの渦巻きの大群がひしめいているかのようだった。

手足は二本ずつだが、両手の指はそれぞれ十本以上あって、触手のように伸び縮みしながら絡み合っていた。足は一見、当たり前の人間の足に視えたが、動き回ると、ときどきぎょっとするような変形の仕方をした。膝《ひざ》が逆関節になるのだ。そういうときは足首から先も瞬間的に形を変え、蹄《ひづめ》のフォルムが出現した。

この人ならぬものには、尻尾もあった。足と同じぐらい太く、不恰好《ぶかっこう》に垂れ下がっている。その形と動きが訝しくて、孝太郎は首を傾《かし》げた。そして悟った。あれは尻尾じゃない。性器だ。

これが中園孝輔の〈言葉〉の集積、彼の体験と記憶の集合体だ。彼の正体だった。

孝太郎は左目を閉じた。両目を閉じたままその場で背を向けて、吐き気を堪《こら》えるために深く呼吸した。

戸塚のガソリンスタンドのトイレの前に残されていた汚泥《おでい》のような黒い粘液も、めばえ保育園の入口にべっとりとへばりついていたタールのようなものも、出自は同じだ。あいつのなかから外に出た排泄物。まさにガラの言うとおりだった。

時間を潰している余裕はない。早くこの男を捕らえ、次の犯行を阻止しなくては。

向き直り、一歩ずつ足を踏み出して道を渡り、〈かつら屋〉に近づいてゆく。中園孝輔は、店の前に植木鉢や花の入ったバケツを並べている。足元に水が流れている。

孝太郎が声をかける前に、彼が振り返った。間近で目が合い、中園孝輔はのけぞるようにして一歩退いた。

「おっと、すみません」

日焼けした顔が健康的で、声も力強い。陽気で闊達《かったつ》な花屋の主人。町のお花屋さん。

孝太郎は声が出なかった。明るい驚きに丸く目を瞠《みは》り、中園孝輔はこっちを見ている。

「えっと、うちに何か御用ですか」

第三者が見たならば、様子がおかしいのは孝太郎の方だろう。朝っぱらから悪寒《おかん》に震え、道端に立ち尽くし、吐き気を呑《の》み込んで蒼白《そうはく》な顔だ。実際、相手はこう言って孝太郎の顔を覗《のぞ》き込んできた。

「お客さん、大丈夫ですか。具合が悪そうですけど」

この男はちゃんとした商売人だから、孝太郎みたいな若造に向かっても、「お客さん」と呼びかけるのだ。

小宮佐恵子にはどう呼びかけたのだろうか。彼女を車に乗せるとき、何と言って誘ったのだろう。めばえ保育園のお庭番の中園です、これからお子さんのお迎えですか、私もちょうど行くところですから、よかったらどうぞ。

そして彼女を殺すときには、どう呼びかけたのだろうか。

「お客さん。ねえ、学生さん」

もう一度呼ばれた。孝太郎は、大深度の海底油田から原油を吸い上げるように、すべての気力を費やして、自分のなかから声を汲み上げなくてはならなかった。

「――中園孝輔さんですか」

相手はまばたきした。瞳《ひとみ》が澄んでいる。白目もきれいだ。

「ええ、そうですけど」

「めばえ保育園に花を入れてますよね。園の交流サイトを見て来たんですけど」

途端に、中園孝輔の顔つきがほどけた。あのガソリンスタンドの気のいい兄ちゃんのように、目元からくしゃくしゃっと人懐《なつ》こそうに笑った。

「毎度ありがとうございます！　はい、うちがめばえ保育園のお庭番ですよ。え〜と、お客さんは――園にお子さんがいるわけじゃないですよね。若すぎるもんなぁ」

「姉の……子供が通ってるんです」

「そうですか。いい保育園ですよね。お姉さんもご安心でしょう」

孝太郎は、筋書きを練ってきた。姉の子供がめばえ保育園にいる。いつも花壇がきれいに手入れされていて、感心していた。姉も褒めていた。今回、自分は大事なお祝い事があって人に花を贈るので、かつら屋さんに頼もうと思って来た、つきましては今夜どこどこに花を届けてほしい――

だが、そんなものは頭から消し飛んでしまった。こいつを震え上がらせてやりたい。この顔からつくりものの笑顔を消してやりたい。

「オレ、知ってるんです」

「はい、はい」

こいつは意味も解せず、ただ愛想だけで相づちを打っている。孝太郎は一歩詰め寄り、声を低めた。

「オレ、あなたがやったことを知ってるんですよ、中園さん」

健康的な中年男の仮面が強張《こわば》った。

「小宮佐恵子さんを殺したのは、あなたですよね。オレ、知ってます。証拠も握ってる」

強張った仮面の奥で、目玉だけが動いている。澄んだ瞳が尖《とが》って、すぐもとに戻った。

「な、何のお話でしょうか」

「ご家族には聞かれたくないでしょう」

孝太郎はさらに声をひそめ、わざとらしく中園家の二階の方へ目を上げてみせた。

「だから、詳しい話は今夜ゆっくり、別のところでしましょう。もっとも、あなたが断るっていうのなら、オレはそれでもかまいません。証拠を持って、警察へ行くだけだから」

中園孝輔の小鼻が震え始めた。仮面がそこからひび割れ始めている。

「どういう……ことなんだか……私にはさっぱり……」

「警察へ行く前に、オレの持ってる情報をネットに流しますよ。万が一、オレが警察で手間取っても、ネット市民があんたを追い詰めてくれるからね」

どこかから空気が抜けたみたいな声をたてて、中園孝輔は笑った。

「き、君さあ、学生さん。何を言ってるんだか私にはわからないんだけども」

「否認するんですか。だったらどうぞ、好きにしてください。オレはあんたにチャンスをやろうと思ってるだけだからさ」

「チャ、チャンス？」

「そ。逃げるチャンス」

二人は正面から見つめ合った。健全な人間の仮面を眼前に、孝太郎は考えずにいられない。今、あの双頭のどっちの頭と、オレは向き合っているんだろう。あの顔に表情は浮かんでいるのだろうか。真っ黒な渦の動きは変わっているだろうか。

中園孝輔も声をひそめた。

「――だって、私が何から逃げるんですよ」

「あんた殺人犯じゃないか。あんなひどいことやって、捕まったらただじゃ済まないのはわかってンだろ」

相手の顎《あご》が、何かを嚙《か》むように動いた。喉《のど》から出てきた不用意な言葉を嚙み殺したのかもしれない。

「あんただって、奥さんと子供を不幸にしたくないよね」

さらに顎が動き、口元がわななく。

「いい家だし、いい店だ。刑務所に入ったら、何もかも失うことになるよ。まず間違いなく無期懲役だろうからね。腰の曲がったじいさんになるまで、娑婆《しゃば》には出てこれないよ」

それとも死刑かな――と、孝太郎は鼻先で言い足した。「あんた、小宮さんのほかにもやってるだろ？　裁判員制度になってからは、被害者が二人でも極刑になる場合があるんだよ。犯行が悪質で、ヘンタイ的な場合なんか特にね。あんた、まさにそれじゃん」

分厚い掌《てのひら》に、長い指。働く男の手を持ち上げて、中園孝輔は自分の顔を拭った。いつの間にか汗でてかっている。そのまま口を覆った。左手だ。薬指に結婚指輪をはめている。

「わ、私は――」

仮面がひび割れた。孝太郎にはその音が聞こえるような気がした。良心と邪気、現実と妄想をその内側に等しく閉じ込め、固く封印していた四十男の顔の仮面が壊れてゆく。

そうか、と思った。この仮面が隠していたこいつの本質が、あの双頭なのだ。顔だけではない。外面《そとづら》だけではない。頭もついている。それほどにこいつの錯乱は深く、根本的なものなのだ。中園孝輔のなかには二人の人間がいる。

そのうちの一人、今の今までは背後に退いていた方が、前面に出てきた。内側から仮面に手をかけ、むしり取る。

「証拠って、いったい何だ。何を持ってるんだよ、おまえ」

口調まで変わった。脅しつけるような響きに、揶揄《やゆ》の声音がかすかに加わる。重厚な管弦楽の奥に、トライアングルの音が小さく混じるように。

「そんなこと、立ち話でべらべらしゃべれるもんか」

強気に言い返し、孝太郎は口の端をひん曲げて笑った。「だからさ、今夜、場所を変えてゆっくりご相談しましょう」

「――金が欲しいのか」

「まあね。だけど、本当に欲しいのはあんたの全面自供。告白ってヤツ」

　中園孝輔は顔をしかめた。その表情の動きはきわめて自然で、孝太郎はあらためて気がついた。町のお花屋さんの陽気な顔は、やっぱり仮面だった。こいつが妻子に見せている顔も、きっと仮面だ。あまりにも本物そっくりだから、本当の本物と緻密《ちみつ》に比べてみるまではわからない。でも偽物《にせもの》だ。

「俺の告白？　そんなもの聞いてどうするんだよ」

「ネットに流すんだ。オレ、確実にカミになれる」

　中園孝輔はネットには詳しくないらしい。ピンとこないようで、呆《あき》れたように目玉をぐるぐるさせた。「そんな真似をしたら、おまえ逮捕されるぞ」

「身元がバレるようなヘマするもんか」

　二人は睨《にら》み合った。孝太郎は顔に笑みを張りつけたままでいた。今度はこっちが仮面をつける番だ。こいつの真の顔に向き合い、自分の素顔をさらすのは恐ろしい。

「──今夜、九時」

　孝太郎は肩越しに親指で背後をさした。

「あの角を右に曲がった先に、月極《つきぎめ》駐車場があるだろ？」

　事前に下見してきた場所だ。青空駐車場で、フェンスに囲まれてはいるが、出入りは自由になっていた。

「あの東側の、看板が立ってるところで待っててくれ」

「何で俺がおまえの言うとおりにしなくちゃならない？」

「あんたはオレの言うとおりにするんだ。ほかに道はない。わかってンだろ？」

用は済んだ。あとはガラが、審判の場に運んでくれる。


電車のなかやカフェテリアの隅でつい眠り込んでしまい、あっと目を覚まして時計を見ると、五分ぐらいしか経《た》っていない。

それと似ていた。ふと意識が切れて、目が覚めたら孝太郎はお茶筒ビルの上にいた。屋上は、いつの間にかきれいに片付けられていた。ガーゴイル像の破片が消えている。それともうひとつ、奇妙なことに、四階におりる上げ蓋《ぶた》も失《な》くなっていた。

孝太郎は周囲を見回した。西新宿の街の夜景がやけに近い。上から覆い被《かぶ》さってくるみたいな圧迫感さえある。それとは逆に、建ち並ぶ超高層ビルの放つ光の群れは不自然に遠くて、科学雑誌のグラビアで見る、遥《はる》か宇宙の彼方《かなた》の星団のようだ。

近くでどさりと音がした。見ると、中園孝輔が倒れている。一拍遅れて、ガラがその傍らにふわりと着地した。

孝太郎は手を打った。「今度はずいぶん手早かったんだね」

田代慶子のときのように、人気のない場所に呼び出す手間をかけずに、狩りの獲物をさらってきた。

「けど、オレをここへ連れてくるときは、ちゃんと声をかけてからにしてくれよ。調子がくるっちゃうから」

ガラがこちらを向くと、背中の大鎌《おおがま》の刃《やいば》が鈍く光った。

「おまえはどこにも行っていない」

「へ？　どういう意味？」

「それより、こいつをどうする」

中園孝輔が痛そうに呻《うめ》いて、手で頭を抱えながら身を起こした。その場に座り込み、寝ているところを起こされたみたいにぼんやりとまわりを見ていたが、孝太郎を認めて跳び上がりそうになった。

「お、おまえ！」

「こんばんは」

孝太郎は彼に歩み寄り、すぐそばにしゃがんで目の高さを合わせた。中園孝輔は、何か悪いものを感染《うつ》されるのを恐れるかのように、尻《しり》で後ずさりした。ジーンズにTシャツ姿だが、エプロンは抜き。足元はスニーカーに変わっている。

孝太郎は満面の愛想笑いを浮かべて、訊いた。「何か持ってる？　ナイフとか武器になりそうなもの。オレに会いに行くのに、手ぶらじゃ不用心だと思っただろうから」

こいつが孝太郎の話を信じたなら、孝太郎をどうにかしよう、懐柔《かいじゅう》するか騙《だま》すか始末するか、何かしら手を打とうと考えたに決まっている。

中園孝輔は首を縮め、目尻を吊《つ》り上げて孝太郎を睨み据える。

「ここはどこだ？　おまえ、俺に何しやがった？」

「それはすぐわかるって。金は持ってこなかったの？　オレの沈黙を金で買おうとは思わなかったのかな」

そのとき、今までにない現象が起こった。孝太郎は両目を開いているのに、左目だけで視えるべきものが視えたのだ。あの双頭。赤い煙霧の塊のなかのタールのような黒い渦巻き。一瞬視えて、すぐもとに戻った。

「──おまえ、何なんだよ」と、中園孝輔は言った。「何者なんだよ」

口元が震えているので、「何なんらよ」「何者なんらよ」と聞こえた。

「オレの方こそ訊きたい。あんた、何者なんだ？　連続切断魔なのか」

再度、瞬間的に、左目の幻視。双頭の、こちらを向いている顔に表情が浮かんでいた。真っ黒な節穴のような一対の目と、それより少し大きめのこれまた真っ黒な穴のような口。それがまん丸になっている。写りの悪い心霊写真のなかで叫ぶ幽霊のようだった。

「俺は犯罪者なんかじゃない」

現実の中園孝輔は、〈しょんべんちびりそうな〉ほど怯《おび》えながら、怒っている。孝太郎に腹を立てていいのかどうかわからなくて混乱しているから、ちびりそうになっている自分に怒っている。

「嘘《うそ》つけ。小宮佐恵子さんを殺したのはあんただ。証拠があるんだから」

「しょ、証拠なんかあるわけない」

「そう思い込んでるだけだ。あんたみたいなことをやらかす人間は、たいていそうなんだ。自分はヘマしないと思ってる。けど、やってることはヘマばっかりなんだ」

決めつけられて、もっと怒るかと思えば、中園孝輔は顔色を失った。その考えが読めるようだった。もしかしたら俺は証拠を残してきてしまったのかもしれない。どこだ？　俺はどこでヘマをした？　強気に否定しようとする気持ちと不安とが相争い、やがて不安が優勢勝ちして、つっかえつっかえ言い出した。

「あの女が悪いんだ。車に乗るから。断りゃよかったのに、あれで運命が決まっちまったんだ。あいつに捕まってさ。そうなると、俺にはもうどうすることもできないんだよ」

孝太郎は、対峙《たいじ》するこの男の正気の度合いを測るつもりで目を細めた。

「車に乗るから？　だって、あんたが乗るように誘ったんだろ。これから保育園に行くんですか、だったらついでだからどうぞとか何とか言ってさ」

「そ、そ、そうだけど」

中園孝輔は手で喉を押さえ、目を白黒させた。「あれは俺じゃないんだ」

また左目の幻視。孝太郎はとっさに身を引いた。節穴の目と口を持つ方の頭がくるりと後ろを向き、もうひとつの頭がこっちを向いたからだ。その顔はのっぺらぼうで、ただ顔の皮膚のすぐ下で、蛇のような真っ黒のとぐろがぐるぐる回っていた。

「――あいつは――ああいうことが好きなんだ。俺は昔っからあいつに――ホントに悩まされていて」

最初は動物だったんだけど、だんだん人間に手を出すようになって。女が好きなんだ。足のきれいな女が好みなんだ。それと、ちょっと困ったみたいな顔をした女。

しゃがんだまま、孝太郎は見とれていた。コマ送りのように、一秒の十分の一ごとに、目の前の中園孝輔の姿が入れ替わる。普通の中年男、双頭の怪物。人間、怪物。

実体、正体。外見、内面。

「俺も必死で頑張って、あいつを抑えようとしてきたんだ。俺は真人間だから。あいつとは違うんだから」

すべては、自分の内側にいる連続殺人者の仕業だ。俺が悪いんじゃない。そう言っている。下手くそなサイコドラマの一場面みたいだ。このコマ送りみたいな変化も、奇抜な映像処理さながらだ。

中園孝輔は、ゲロを吐くような勢いでしゃべり続ける。同じ言い分の繰り返しを、しゃべり出すと止まらない。孝太郎は無造作に遮って訊いた。

「あんたを悩ましてるあんたのなかのそいつには、名前があるのか」

ゲロを吐くようなしゃべりが断たれた。ぷつん、と音が出そうな沈黙。

ガラは何をしているんだろう。背中で気配を感じる。この男にはガラが見えないんだろうか。気づく余裕がないだけか。今は半バカみたいに口を半開きに、脱力している。

「――俺は、ケダモノって呼んでるけど」

足が逆関節で、蹄《ひづめ》のある獣。

「あいつは、自分は俺だって言うんだ。一心同体だって」

「だろうな。気の毒だけど」

そう言ってしまってから、孝太郎は自分に驚いた。こんなクソ野郎が気の毒なもんか。自分のやったことを正視できずに、別人格のせいにして言い訳ぶっこいてるだけだ。

中園孝輔の顔が濡《ぬ》れている。また冷汗かと思ったら、涙だった。泣いている。

孝太郎は立ち上がり、シャツやズボンのポケットを叩《たた》いてデジカメを探した。持っていない。こうしてみたら、普段着姿で上着も着ていない。靴だけ履いている。

今朝、〈かつら屋〉から離れて都内に戻る前に、戸塚のあのガソリンスタンドへ寄ってみた。気のいい留守番役の兄ちゃんではなく、兄ちゃんが「宮田さん」と呼んでいたアルバイト店員が一人でいた。あいかわらず客はおらず、暇そうだった。

デジカメで撮った〈かつら屋〉のヴァンの映像を見せると、「宮田さん」はすぐに認めた。ああ、川崎の花屋さんね。お得意さんがこっちにいるとかで、ときどきうちに寄ってたよ。ふた月に一度ぐらいかなあ。

「あんたが小宮さんの遺体を捨てたガソリンスタンドへ行ってきたよ。店員があんたを覚えてた」

涙で潤《うる》んだ目で、中園孝輔は孝太郎を仰ぎ見る。「俺じゃないんだ。あんなことをしたのは俺じゃない」

「じゃあ、スタンドの常連客もあんたじゃないのか？　トイレの鍵《かぎ》を借りて、こっそり合鍵を作ったのもあんたじゃないのか？　だったら、あんたのなかのケダモノがそういうことをやってるとき、本来のあんたはどこにいたんだよ。え？」

返事なし。大の男が小学生の女の子みたいに泣いているだけだ。この場から逃げだそうともしない。

「小宮さんのほかにもやってるよな」

拍子抜けするくらいあっさりと、中園孝輔はうなずいた。

「あんたが連続切断魔なんだ。そうだな？」

またあっさりと、「違う」と答えた。「俺じゃない。俺は、殺しはあの女のときが初めてだった。今ならチャンスだ、連続切断魔のせいにできるって思ったから、初めて殺しまでやってみたんだ」

いっぺん、そこまでやってみたかったから。泣きべそ顔がまたたいて双頭の化け物に変わり、そうしゃべった。舌なめずりするような声音だった。

「連続切断魔の——せいに——できる？」

「うん」中園孝輔の顔に戻って、共感を求めるように深くうなずいた。「めったにないチャンスだと思ったんだ。身体のどっかを切っておけば、みんな勝手にそう思い込んでくれるんだから。そうだろ？」

孝太郎の頭のなかにも、真っ黒な思考が渦巻くようだった。

「だったら、ほかには誰を殺したんだ」

「だから、殺しはしてないんだよ。ナイフでちょっと——斬《き》りつけたり」

女が好きなんだと、もう一度言った。女の血が好きなんだ。

「みんな、女の方が悪いんだ。夜道を一人で歩いたり、自転車で暗い公園を横切ったりしてさ。だからあのケダモノに捕まっちまう」

ノートパソコンから溢れ出てきた血。孝太郎の目の奥に焼きついている。ちょっと斬りつけた。女の血が好き。

中園孝輔は、自身の生活・営業圏内で、何件か通り魔事件を起こしている——そう考えるとつじつまが合うか。夜道で女性が不審者に斬りつけられ、怪我《けが》を負う。不気味で物騒だが、新聞の社会面で取り上げられるのは発生直後だけ。続報はなし。犯人が捕まったかどうかも、報道を見ているだけではわからない。そんな類《たぐ》いの事件。

「あんた、いつからそんなことをやってるんだ？」

恐ろしいことに、中園孝輔は孝太郎の問いに答えようと、真顔で考え込んだ。努力して思い出さなければならないのか。

洟《はな》をすすり、涙を拭《ぬぐ》う。「ケダモノのすることだから、俺にはよくわからないんだ」

「じゃ、あんたは何をしてきたんだ？」

ケダモノがそこまで肥大化する以前に、中園孝輔本体がやっていたこともあるはずだ。そうした行為がいわば餌《えさ》になって、彼のなかのケダモノが育ってしまったはずなのだから。

「俺は、女の靴を集めてた」

孝太郎の友人が、小学生のころにポケモンのカードを集めてたよと言うときと同じ、邪気のない口調だった。

「うちの近所に看護師の寮になってるアパートがあって、前を通ると、外廊下に靴やサンダルがいっぱい並んでいたんだ。あれが——欲しくて」

こいつは本物の変態だ。オレは変態の遍歴を聞いている。

「下着なんかには興味なかった。俺は靴専門だ。置きっぱなしになってるのを盗むのは簡単だから、だんだん工夫するようになってね。ついさっきまで持ち主が履いてた靴を」

「もういい」

吐き気を堪えるのにくたびれた。

「もう一度訊《き》く。正直に答えろ。おまえは小宮佐恵子さんを殺した。そうだな？」

「あ、ああ」

「ほかには誰も殺していない？」

「殺しはしてない。あの女が初めてだ。やってみるまでは、ホントにそんなことが自分にできるなんて思ってなかった」

「どこで殺した？　小宮さんをどこへ連れていったんだ」

「うちの倉庫に。実家の近所に貸倉庫を借りてる。俺は戸塚区内の生まれなんだ」

堪えても胸がむかむかする。「小宮さんの足はどこにある？」

「ビニールシートに包んで、その倉庫のなかのドラム缶に入れてある。オレはケダモノと違うから、足なんかに興味はない」

このやりとりのあいだは、中園孝輔の姿が変わることはなかった。コマ送りもなかった。が、彼が次の言葉を発したとき、またあののっぺらぼうが出現した。

「だけど、靴はもらったよ」

のっぺらぼうのなかの真っ黒い渦が、目が回りそうなスピードで回転していた。興奮してるんだと、孝太郎にはわかった。

「じゃあおまえは、秋田の事件にも、三島の事件にも関係ないのか？」

「俺はやってない」

第四の事件も連続切断魔の犯行ではない。立ち尽くす孝太郎の足下で、中園孝輔は人間の姿に戻ってぼそぼそ語る。

「俺は靴だけでいいんだ。女の血や命を欲しがるのは、あのケダモノの悪い癖だ。悪い癖なんだ。ホントにあいつは悪い——」

愚痴るような声が、そこで切れた。孝太郎は中園孝輔を見た。ありふれた中年男の顔がこっちを見ている。そしてこう訊いた。

「なあ、兄さん。あんたもケダモノなのか」

何を言うんだ、こいつ。何でそんな目つきでオレを見るんだ。

中園孝輔は、客に代金を催促するみたいに気まずそうな顔をして、言った。

「だってあんた、凄《すご》い牙《きば》が生えてる」

孝太郎が目を瞠《みは》った次の瞬間、中園孝輔の首の後ろで眩《まばゆ》い光が一閃《いっせん》した。

ガラだった。中園孝輔の背後から大鎌を振るい、その首を横様になで斬りにする。

三日月のような刃が空《くう》を切り、首が宙に飛ぶ。残された身体がゆっくりと前のめりに倒れてゆく。血は一滴も流れず、悲鳴もない。

そのかわり、切り離された頭と、胴体の方と、二つの切断面から赤と黒の入り交じったものが迸《ほとばし》った。水のようであり、煙のようでもある。〈奔流〉としか呼びようのない、ふた筋の流れ。それがねじれて絡《から》み合いながら大鎌へと吸い込まれてゆく。

――二重螺旋《らせん》。

DNAモデルと同じ形だ。

ガラは片手で軽々と大鎌を頭上に掲げ、回転させながら、舞うように優雅に動き始めた。赤と黒の奔流が、その先端に澄んだ光を宿した鋭い刃を追いかけ、蛇踊りのように宙をうねる。うねりながらさらに吸い込まれてゆく。

いつ果てるとも知れないほどの、力強い奔流。ガラの舞いはスピードを増し、お茶筒ビルの屋上をぐるりとひとめぐりして、最初に立っていた場所まで戻った。そこで、ガラは大鎌を高々と頭上に投げ上げた。大鎌は旋回しながら飛んでゆく。

赤と黒の奔流がそれを追いかける。吸収され、どんどん短くなってゆく。あまりにもスピードが速いので、回る大鎌の残像が円盤のように見える。

その円盤のなかで、眩い光がふたつ輝いた。ガラは頭上に両手を挙げる。その手のなかに、二本の大鎌が同時に落ちてきた。黒い手甲《てっこう》に包まれた長い指が、しっかりとその柄《え》を握りしめた――と思ったら、一対の大鎌はガラの背中に収まっていた。

一本の大鎌だったときより、刃が少し小ぶりになっている。柄も短い。だがその刃自身が、氷のような輝きを放っている。

無機物の輝きではない。一定のリズムの緩急がある輝き。生きている。呼吸するように輝いている。

田代慶子のときも、中園孝輔も、その〈渇望《かつぼう》〉が具現した形はおぞましくグロテスクだった。だがそれを吸い込んで進化してゆくガラの大鎌は、美しさと強度を増してゆく。

枯葉が落ちるようなかすかな音がした。

〈渇望〉を失い、抜け殻となった中園孝輔の頭と身体が朽ちてゆく。みるみるうちに塵《ちり》と化し、風もないのにどこかにさらわれるように消えてゆく。

「——この男の肉体も、〈渇望〉の器に成り下がっていた」

ガラが静かに言った。孝太郎はうなずく。

「だから、中身が抜けるともう形を保っていられないんだな」

田代慶子の〈渇望〉を戻すことはできるが、彼女をもとに戻すことはできない。あのときの言葉の意味がよくわかった。

「ガラ」

いつの間にか孝太郎はその場に膝をつき、手をついて、這《は》いつくばるような姿勢になっていた。やっと身を起こす。

「オレ、ちょっと変なんだ。あいつと対決したとき、左目を使わなくても正体が見えたんだよ。人間に見えたり怪物に視《み》えたり、忙《せわ》しなく見え方が変わったんだよ」

もしかしたら、ガラから借りた眼力が孝太郎のなかに根付き、少しずつ成長しているのではないか。そう思った。初めは借り物だったこの眼力も、使い込むうちに孝太郎のものになってゆくのかもしれない――

だが、ガラはすぐに言った。「何もおかしなことはない」

落ち着き払って、ゆっくりと屋上の縁《へり》へ歩み寄る。

「ここは私がつくった結界だ」

隅々までガラの力が行き渡っている場所だ。「だから、普通にしていても対象の〈言葉〉が視える。それだけのことだ」

「それって、ここは現実のお茶筒ビルじゃないってことか？」

「そう言っている」

立ち上がろうとしたら足ががくがくして、孝太郎はまた這いつくばってガラのところまで行った。屋上の縁から下を覗《のぞ》いてみる。

西新宿の町並みは存在していなかった。漆黒の闇《やみ》――いや、暗い虚空《こくう》があるだけだ。だから夜景もおかしいのか。遠近感がくるってるような、歪《ゆが》んだレンズを通して見ているような。近くのものは近くに迫りすぎ、遠くのものは遠くに引きすぎている。

「あのビルの屋上は、もう使えない。おまえたちの現実と接触し過ぎた」

「けど、オレには特別の場所だったんだ」

だからマコちゃんと会うときも、わざわざあそこへ行ったのに。

お茶筒ビルの屋上は、孝太郎が今の孝太郎になるためのきっかけをつくった場所だ。存在しているが実在しないものに導き、孝太郎の世界を変えてくれた場所だ。

悪を狩る孝太郎の原点だ。本拠地なのだ。

「私はおまえの感傷に付き合う気はないし、止める理由もないが、あの場にはもう近づかない方がいいと忠告だけはしておこう」

言葉どおりいささかの感傷も交えず、ガラは淡々と言った。「私の大鎌は鍛えられた」

背中で輝く、一対の刃。

「――これで完成したのか？」

「いや、まだだ。〈悲嘆の門〉の門番を斃《たお》すには、まだ足りない」

「じゃあ次は」

言いかけて、孝太郎は言葉を呑んだ。

五つの事件のうち三つまでもが、連続切断魔の犯行ではなかった。先行する事件を模倣したという要素こそあれ、三つとも別個の事件だった。

ならば、もうこう考える方が自然だろう。そもそも連続切断魔など存在しなかった。あれは幻想、〈物語〉だ。調べてみればきっと、秋田の事件も三島の事件も、犯人は別々で動機も別々だろう。

苫小牧の中目史郎殺害に、「被害者の左足の親指が切断され、持ち去られていた」という要素があった。それが起点となって〈物語〉が始まった。最初は〈指ビル〉。それが連続切断魔へと成長し、独り歩きをしている。

五つの事件の真相、実態を暴《あば》くことは、連続切断魔という〈物語〉を解体することだ。

「あと二つ、オレ、犯人を見つけるよ。都築のおっさんもやってくれる。ここまで来たら、全貌《ぜんぼう》を暴かずに放ってはおけない」

それに、あとの二つの事件の犯人も、きっと強力な〈渇望〉を持っている。

「そこまでする義理は、おまえにはないはずだが」

「義理でやるわけじゃない。オレの意志だ」

孝太郎は立ち上がる。山科鮎子の白い顔が、あの黒い瞳が脳裏をよぎり、孝太郎の心にほの温かいものを残して、すぐ消えた。まるであの人の手で撫《な》でられたかのような気がした。現実にはそんな機会はなかったのに、あの人の手の感触を感じた。

――悪《あ》しき物語と戦って。

何かを畏《おそ》れ憚《はばか》ることを忘れ、嘘と暴力で他者の命を刈り取り、神になりたがる。下劣な罪を生み出す大きな渇望に負けないで。

ガラが何か言っている。孝太郎はまばたきして、山科社長の幻影を心の奥にしまい込んだ。ちょっと涙が出ていた。

「な、何？」

ガラは孝太郎を見おろすと、長い髪を揺らして背中を向けた。一歩、また一歩、ブーツを鳴らして孝太郎から離れてゆく。そして背中で言った。

「――私が最初に出会い、〈渇望〉を得た人びとは、ある者は孤独に泣き、ある者は己の人生の過《あやま》ちに深く恥入り、ある者は絶望し、ある者は許しを求めて嘆いていた」

だからガラは、彼らの苦しみの根源である、〈渇望〉を取り上げてやった。彼らがそう望んだから、彼らの現身《うつしみ》の肉体も、大鎌の力に変えて、その存在を消してやった。

だが、それでも。

「彼らの〈渇望〉はささやかなものだった。集めても集めても砂をすくうように頼りなく、私は〈領域《リージョン》〉の選択を誤ったかと思った」

――ここそが、〈輪《サークル》〉の根源なのに。

「だが、それは私が、おまえたちの棲《す》むこの世界をよく知らなかっただけだった」

おまえたちの命は、力強い。

「〈輪〉を生み出し、咎《とが》の大輪を回し続けるおまえたちヒトの命の、何と力強いことだろう。そこから生まれ出《いず》る〈渇望〉の、何と大きなことだろう」

ガラの感慨は感じ取れた。だが、感嘆しているようには聞こえない。ガラもまた、森永《もりなが》彼女が遭遇したホームレスの人びとや、周囲の誰にも言えない秘密を抱えていた森永と同じように、ひそかに嘆いている。それは孝太郎の思い過ごしだろうか。

「おまえたちは力強く、そして穢《けが》れている」

屋上の反対側まで行き、ガラは振り返って孝太郎を見た。

「気にならないか」

「な、何が？」

「あの男の言葉だ。おまえに、〈凄い牙が生えている〉と言った」

ああ、あれか。

「この結界のなかでは、誰でも私の目を通してものを視る。だからあの男にもおまえの正体が視えた。おまえが連れているおまえの〈言葉〉の残滓《ざんし》、その集積が形を成しているものが視えたのだ」

それには、牙が生えていた。

「マコちゃんは巨人を連れてた」

ガラがうなずく。

「だから思うんだけど、オレは狼男《おおかみおとこ》を連れてるんじゃないのかな。それとも猟犬？　牙もあるし、ぴったりだと思うけど。だってホラ、友理子ちゃんたちだって〈狼〉だろ？　狩人《ハンター》だからさ」

ガラは素早く応じた。「〈狼〉は追跡者だ。狩人ではない」

〈無名の地〉の封印を守ろうとして果たせず、破獄《はごく》したものを取り返そうと、空《むな》しい追跡を繰り返す。時に縛られず、あらゆる〈領域〉を渡り、不死を得てどこにでも存在する。

そのかわり、どこにも実在できない。

「おまえが会ったあの娘も、おまえの世界では既に幻になりかけているのだ。〈狼〉

は追跡を続けてゆくうちに、少しずつ己の実在を失ってゆくのだから」

おまえもそうなりたいか。問われて、孝太郎はガラを見つめ返した。

「それは、あと二つの事件の真相を突き止めてから返事する。それでいいよな？」

応じるかわりに、ガラは背中の翼を広げて舞い上がった。孝太郎の頭上で漆黒の翼をはためかせると、一気に下降してきた。

——おまえは後悔する。

ガラの声が聞こえたかと思ったら、孝太郎は自宅の前に立っていた。玄関のドアを出てすぐのところ。郵便受けの脇《わき》だ。

夢遊病にかかって、寝ているうちに歩き回っていたみたいな気分だった。でも靴は履いている。夜気がじっとりと暑苦しい。

玄関のドアは開いていた。リビングではテレビの音と、両親の話し声がしている。

孝太郎はそそくさと自室に戻った。

ガラの結界に入り、そこから戻ってくるというのはこんな感じなんだな。ちょっと記憶が飛んじゃう。頭がぼうっとする。

部屋のなかには、いつも持ち歩いているリュックがちゃんとあった。失くしたものは何もない。携帯電話も外ポケットに入っている。

取り出そうとしたら、着信があった。都築の番号が表示されている。

「もしもし？　東京に帰ってきたんですか」

一拍おいて、怒鳴り声が聞こえた。「呑気《のんき》なことを聞くんじゃやねえ！　何度も電話したのに、何で出ないんだ！」

「あ〜。えっと、それは説明が難しいんです。〈結界〉って言葉、わかりますか」

二人で、それぞれの状況を報告しあった。都築はひとしきり、ぎゃんぎゃん怒った。

また勝手に犯人を狩っちまったのか！

「どうして自首させなかったんだ」

「ンな悠長なことやってられませんよ！　逃げられちゃったらそれまでだ」

ガラの結界の話に、都築は驚かなかった。むしろ孝太郎の方が驚かされた。

「俺も一瞬だけ、あの女戦士の力を体験したからな」

七夕の笹竹《ささだけ》の短冊《たんざく》から、犯人の書いたものを見分けられるように、力を貸してくれた。

「もっとも、俺が頼んだんじゃない。勝手にされただけだ」

俺はもうこりごりだ、と言った。

「ガラは都築さんを手伝ったんですよ」

「何でもいい。俺はもう御免だ。君も寝ぼけたことを言ってないで、もう手を引いて普通の学生に戻れ」

「嫌です。あと二つ、事件が残ってる」

「連続切断魔なんかいないんだ！」

「だからこそ、幻想の根を断たなくちゃ」

「秋田の事件は、被害者の身元さえわかっていないんだぞ。素人《しろうと》には無理だ」

「オレは三島の真美ママの方を調べます。秋田は都築さんがやってください」

やいやい言い合いしているうちに、孝太郎の携帯電話のバッテリーが切れた。ちょうどいい。

机のパソコンに向かった。メールがいくつか着信している。マコちゃんからのものがあった。

大きな添付ファイルが付いている。件名は〈気になるので調べてみました〉。

中園孝輔のことだった。

〈なぜコウさんが僕にあんなことをさせたのか知りたいし〉

マコちゃんにはそれだけの腕がある。〈かつら屋〉がSNS上に持っているブログを足がかりに、中園孝輔がどんなサイトに出入りしているか、どんな人びとと情報をやりとりしているのか、どこにどんな支払いをしているのか、調べていった。

〈そしたらこの人　普段使いにしているIPアドレスのほかに　もうひとつ持っていたんです〉

そのIPアドレスがマコちゃんを導いた先には、孝太郎が視た双頭の怪物がいた。

〈BB島の監視対象《ウォッチ》になるサイトです　あの花屋さんは　足フェチらしいですね〉

変態が集うサイトってことか。情報を交換し、互いの妄想をかき立て合い、スリルを共有する。

〈ありがとう　もう忘れていいよ〉

短く返信のメールを打ち、孝太郎は椅子《いす》の背にもたれかかって目を閉じた。

10

大学の授業をサボる日々が続き、さすがにちょっとまずい。それから一週間、気ばかり焦《あせ》るのだが、結局は三島市にも秋田市にも出向くことはできず、孝太郎は手元のパソコンで、残る二つの事件の情報を収集・整理して過ごすことになった。

クマーの日常は、山科社長を失った穴を埋めることができないままながら、何とか続いていた。右エンジンが停止しても、左エンジンだけで飛ぶことはできる。だが、このままより遠くを目指すのは無理だから、一度どこかに着陸して機体を整備しなくてはいけない。クマーにとっては、東京支社の閉鎖・札幌支社の開業がその機会になるのだろう。

真岐誠吾は警察に喚《よ》ばれなくなり、その分、しょっちゅう銀行に行ったり、来客と会ったりしている。少し気むずかしくなり、業務の細かいところは部下に任せてしまうようになった。

言動が変化したのは真岐だけではない。社員もバイトも何人か辞め、島長《とうちょう》クラスでも「札幌には行けない」とはっきり口に出して言う人もいて、みんなそわそわと腰が落ち着かなくなってきた。しばらく前からこうだったのだろう。それどころじゃなくて、孝太郎が気づかなかっただけだ。

あの人のいないクマーに、孝太郎ももう愛着を感じなくなっていた。カナメは東京支社の閉鎖までバイトして、その後はしばらく「学業に専念する」と言っている。あたし単位を落としそうなの。

「マコちゃん、頑張ってね」

「はい。いつでも遊びに来てください」

孝太郎とマコちゃんのあいだは、あの〈取引〉という名目の衝突を経て、一種の和解に至ったようだ。二人とも何事もなかったようにふるまい、競ってカナメを笑わせる。

その日もそんなふうだった。たまたま三人で休憩室に居合わせ、無駄話をしていたら、傍らでタブレットを眺めながら弁当を食べていた社員が、「お！」と声をあげた。

「北海道の事件、逮捕だぞ」

カナメとマコちゃんは息を呑《の》んだ。すぐにタブレットを囲む。

「連続切断魔が捕まったんですね！」

「いや、ちょっと――それはどうなのかな」

ネットニュースの速報ヘッドラインには、一行だけ表示されている。

〈苫小牧の居酒屋店主殺害　容疑者を逮捕　親族の男性と息子〉

それからけっこうな騒ぎが始まった。どの島でも、少しでも詳細を知ろうと躍起《やっき》になっている。彼らにとっては、第一の事件の容疑者逮捕は、ほぼそのまま山科社長殺害犯の逮捕になるのだから。

――違うよ。違うんだよ。

大声で教えてやりたい。孝太郎はジーンズのポケットに手を突っ込み、醒《さ》めた目で周囲の喧騒《けんそう》を眺め、耳を塞《ふさ》ぎ、自分の監視業務《ウォッチ》に没頭した。

二時間ほどして、真岐から全メンバーに社内メールが送られてきた。苫小牧で逮捕された容疑者は、山科社長の事件には関与していない。あの〈犯行声明〉とも無関係だ。苫小牧中央署の正式発表はまだだが、こちらの捜査本部からその旨《むね》を教えられた。全員、落ち着いて業務を続けるように。

バイトを上がって帰宅したのは午後七時。母・麻子《あさこ》も、このところ一段と小生意気度が増している妹・一美も、夕食の支度をそっちのけでテレビに見入っていた。キー局はすべて報道特別番組だ。

「ただいま。腹減った」

孝太郎の声に、母も妹も目を剝《む》いた。

「何言ってんの、お兄ちゃん！　連続切断魔が捕まったんだよ！」

「あんたのバイト先の社長さんにあんなひどいことをした犯人よ」

「違うよ。早合点《はやがてん》するなって」

二人はぽかんとした。一美はテレビを指さしたまま固まっている。

「そっちの犯人と、社長を殺した犯人は別なんだ。ちゃんとニュース見ろよ。苫小牧の事件の捜査本部は、逮捕した容疑者が連続切断魔だなんて、ひと言もいってないだろが」

「だ、だって……」

一報以降、この時刻までに、逮捕者は二人、被害者・中目史郎の叔父と従弟《いとこ》で、被害者の居酒屋の経営権をめぐって諍《いさか》いがあったらしいということまでは報じられていた。ネットにしか出ていないニュースもあるが、速くて手堅いサイトなので、ガセではない。

「身内のゴタゴタで起きた殺しだよ」

「だけど、足の指が切られてて」

「何か意味があったんだろ。なかったのかもしレンないけど、どっちだっていいよ。ピザ、頼むぞ」

麻子と一美はテレビに釘《くぎ》づけだ。ほどなく父・孝之《たかゆき》が帰宅し、そこに加わった。届いたピザを囲んで、忙しくチャンネルを切り替えながらニュースを追いかける。孝太郎は腹いっぱい詰め込んで、そっと自室に上がった。階段の途中で、

「社長さんの事件とは関係ないみたいだって、コウちゃん、塞いでるのよ」

母が言っているのが聞こえた。

携帯電話に、都築からの着信があった。十分ほど前で、すぐ切れている。かけ直す

と、話し中だ。切ってパソコンを立ち上げていると、かかってきた。

「苫小牧中央署の記者会見は、二十一時からの予定だそうだ」と、いきなり言う。

「それで大方のことはわかるだろうが、まだ記者会見には出てこない情報がひとつある」

何ですか教えてくださいと言わなくても、おっさんは言いたくてうずうずしているようだった。

「被害者の叔父と従弟――中目怜治と克巳の父子《おやこ》だが、被害者の左足の親指を切ったことについて、父親の怜治の方が、こう説明しているそうだ」

――縁起を担《かつ》いだ。

「三十年ほど前、札幌市内で商店主が殺され、金庫の現金三百万円が盗まれる強盗殺人事件があったんだがね。未解決のまま時効を迎えてしまった。犯人の側からすれば、まんまと逃げおおせたケースだ」

そのときの被害者の商店主が、左足の親指を欠いていた。

「若い頃に事故で失ったそうで、強盗犯に切り落とされたわけじゃない。足の指を失うと、体重のバランスがとりにくくて歩きにくい。被害者は当時四十代だったが、そのせいで杖《つえ》をついていたそうだ」

孝太郎は黙っていた。

「中目怜治は、倅《せがれ》に手伝わせて甥《おい》を殺して、この事件も札幌の商店主の事件のようにお宮入りになりますように、無事に時効まで逃げられますようにって、まさに縁起を担いだんだよ。まじないってわけだ」

そんなの、第三者が推測しきれるレベルのことじゃない。

「中目父子にとっては残念ながら、凶悪犯罪の時効は撤廃されたからな。どんなにまじないをかけて願ったって無駄だが」

「ともかく捕まりませんようにって意味だったんでしょうけど……でも都築さん、それホントに確かですか」

「鉄板だ。苫小牧で俺を捕まえた刑事から聞いたんだから」

「だけど三十年前の事件は札幌で、この事件は苫小牧ですよ」

「中目怜治は、長いこと札幌で暮らしていたんだよ」

孝太郎はまた黙った。

「これで完全に確定だ。振り出しの事件が消えてしまった。連続切断魔は幻だ。いいな、納得したな?」

おっさん、興奮している。

「君がここんとこは大人しくしていたようで、俺もほっとしてたんだ」

「学業の方が忙しくて、動きがとれなかっただけですよ」

「だったらそのまま学業にいそしめ。君は学生だ」

「身内のいざこざだったなら、どうしてもっと早く逮捕できなかったんですかね」

「親族内で起こる事件は、扱いが難しいんだよ。どうしたって誰かが庇《かば》う。可哀相《かわいそう》だからじゃなくて、身内の恥だからだ」

その感覚は孝太郎にもわかる。

「この手の事件はアリバイの確認も面倒なんだ。〈夜中だから寝てました〉のオンパレードで、それがまた不自然じゃないから困る」

おっさん、興奮しているだけじゃなく浮かれている。

「苫小牧の捜査本部は、動かぬ物証を摑《つか》むまで、辛抱強くよく頑張ったと思うよ」

「どんな物証ですか」

「遺体遺棄現場には、不法投棄された家具や家電が山ほど捨てられていた。だから、不鮮明な指紋も掌紋も、星の数ほどあったんだ。片っ端から調べるのは、どえらい手間だったろう」

そのなかの、壊れた自転車のサドルについていた指紋と、書類キャビネットの横っ腹に残されていた掌紋の一部が、それぞれ中目怜治と克巳のものだという鑑定が出て、ようやく逮捕に踏み切れたのだという。

「怜治は素直に供述しているそうだし」

すべて自分の責任だ、息子を巻き込んでしまった、と。

孝太郎には、まだ解《げ》せないことがひとつある。「その刑事さん、なんで都築さんに情報をくれるのかな。親切過ぎませんか。よっぽど脅したんですね」

「人聞きの悪いことを言うな」

言いながらも、都築は短く笑った。

「そうだな――被害者の足の親指のことで、俺の勘があたってたから、感心して報《しら》せてくれたんだ。たぶん、そうだろうと思う」

ただ勘が的中しただけでなく、取り調べの役に立っていたらもっといい。なんだか嬉《うれ》しそうに、しみじみと都築は言った。

「今日、最初の一報が流れたとき」

オレは何を言い出すのだろうと思いながら、孝太郎は呟《つぶや》いた。

「クマーの仲間がさあっと色めき立ったんです。目が輝いた。連続切断魔が逮捕されたぞって」

社長を殺した犯人が捕まったぞ——

都築の声が低くなった。「無理もない。みんなそう思ったさ。日本中が幻想に惑わされていた。今もまだ醒めきっていない」

「田代慶子は、もう逮捕されて自供することはないんですよね」

すべてわたしがやりました、と。

「オレがあの女を狩ったから」

「ああ、そうだ」

「ほかの事件が全部解決しても、クマーのみんながスッとすることはないんだ。今日のあの一瞬みたいに、目が輝くことはないんだ」

そうだ、だが仕方がない。そう言ってほしかった。今はどうしようもなくそう言って肯定してほしかった。

だが、都築はこう言った。「クマーの人たちだけじゃない。戸塚の被害者、小宮佐恵子さんの遺族の心のしこりがほどけることもないんだ。彼女の家族も友人も職場の同僚も」

その事実が、急に孝太郎のなかで大きく膨らんできた。

「闇にまぎれて私的な制裁を加え、罪を片付けてしまうと、そういうことになる」

「だけどオレは」

「もういい。やってしまったことは取り返しがつかん。同じ過ちを繰り返すな。それしかないいんだ」

怒鳴られるより詰《なじ》られるより、その説教臭い口調が癪《しゃく》だった。オレは都築のおっさん、大嫌いだ。

「──オレ、あいつらを許せなかった。許しちゃいけないと思ったんだ」

それだけ言って、一方的に電話を切った。都築はもうかけ直してこなかった。


翌朝になっても、テレビはまだこのニュースで沸いていた。但《ただ》し、どの番組にも、連続切断魔の第一の犯行と思われていた事件が解決したことで、全体を見直そうという気運が生じていた。

ネットでも事情は同じだ。みんな興奮して、推理合戦、プロファイリングごっこに興じている。その一方で、苫小牧の犯人逮捕は誤認逮捕である、あれは冤罪《えんざい》であると頑固に主張する者もいる。あくまでも、五つの事件は連続切断魔の仕業である！

〈連続切断魔に告ぐ　君はすぐにコメントを発表するべきだ　もはや　あの犯行声明だけでは君の意志がわからない〉

そう呼びかける者もいた。その同じサイトに、まさにその求められているコメント、曰《いわ》く我こそは連続切断魔であり、第一の事件は苫小牧の事件ではなく実はまだ発覚していないのだとか、曰く現在第六の事件を進行中だとか書き込んで、からかわれたり笑われたりしている者もいる。

言葉、言葉、言葉の奔流。発せられ、堆積《たいせき》してゆく。でも、普通の人間にはそれが見えない。良識あるネット市民にも、ネットに隠れて悪さをする連中にも、同じように見えない。

誰も監視できない。堆積してゆく言葉の重みも感じられない。だからオレは——

大学へ向かう電車のなかで、車窓に映る顔に向き合ってみた。三島孝太郎の顔。十九年間付き合ってきた、この顔。

でも、左目で視たら？

——あんた、凄い牙が生えてる。

そりゃそうさ。オレはマコちゃんが連れてる巨人と同類なんだ。

サイレントモードにした携帯電話が振動した。表示を見ると、母・麻子からだ。留守番電話サービスに繋《つな》がると、すぐ切れて、またかかってきた。

孝太郎は次の駅で降りてコールバックした。こういうことはめったにない。急用なのだ。

「母さん、どうかした？」

　孝太郎の声を聞くと、母はどっと安心したようだった。震える声で言う。

「あのね、母さんこれから病院に行くの」

　美香ちゃんが怪我をしたから、という。

「美香が？　なんで？　学校で？」

「詳しいことはまだよくわからないんだけど、階段から落ちたらしいの。頭を打って、救急車で運ばれたんだって」

　美香の母親、園井《そのい》貴子《たかこ》は、丸の内にある外資系の商事会社に勤めている。孝太郎は三十分ほどでそのビルに到着した。その間に母からメールの着信があり、
〈美香ちゃん　話ができる　意識はしっかりしてる〉
　SF映画に出てきそうな高層ビルの、メタリックで機能的な装飾がほどこされたロビーの受付で、園井の家族です急用です取り次いでください。急《せ》き込んで訴えてさらに十分待つと、エレベーターから貴子が降りてきた。
「コウちゃん、どうしたの？」

「おばさん、スマホ見てくれた？」

母・麻子の話では、「会社に電話しても、貴子さんはプレゼントがどうとかで電話はつなげないって」。プレゼントじゃなくて〈プレゼン〉だろう。

「会議中だから切ってたの」

黒のハイヒールに白いシャツ、黒いスーツを着こなし、化粧ばっちり。〈戦場〉にいる貴子を見るのは初めてだ。掛け値なしに恰好《かっこう》いい。だが事情を聞くと、その顔がみるみる白くなった。

「ハナコおばちゃんはショックであわあわしているから、うちの母さんが病院に行ってる。貴子さんも急いで。病院の住所と電話番号はスマホに送っといたから。何なら、オレも一緒に行こうか？」

蒼白《そうはく》な顔で、それでも園井母は立ち直った。「大丈夫よ。わたし、すぐ出るから、コウちゃんは大学に行って。わざわざありがとう」

「――大丈夫？」

「ええ。美香の様子がわかったら、すぐ報せるからね」

孝太郎の肩を強く摑み、ありがとうと言って、小走りにエレベーターに戻っていった。

こんな緊急の場面で、孝太郎はふいと誘惑にかられ、右目を閉じた。

このごろ、汚いものや恐ろしいものばかり視てきた。でも貴子さんはきっと違う。ぜんぜん違う〈言葉〉を連れてるはずだ。

エレベーターの扉が開き、貴子が乗り込む。こちらを向いて、孝太郎に軽く手を上げた。

その背に、光輝く純白の翼がついていた。

鳥の翼じゃない。あれはペガサスの翼だ。孝太郎はそう思った。妙に確信があった。今はたたんである。伸ばせば、その差し渡しは貴子自身の身長よりも大きいだろう。彼女の後ろを守り、追い風を受けてどこまでもどこまでも翔《か》けられるように、その背中に宿っている。羽根の一本一本がきらめき、翼が動けばきっと光の粒をまき散らすに違いない。

——あの翼は、美香を守る翼でもあるんだ。

教えてあげたい。おばさん、背中にきれいな翼を持ってるよ。そしたら貴子は羽ばたいて空を飛び、娘のもとへと急げるのに。

いつか一美が、「貴子さんはうちのお母さんにコンプレックスを持ってる」とか言ってたことがある。だけど、今日の貴子さんを見たら、がっくり屈折するのは三島麻子の方だろう。翼は抜きの、スーツとハイヒール姿だけでも、さ。

大学に着き、かったるい授業を受けているうちに、今度は美香本人からメールが来た。

〈コウちゃん　心配かけてごめんなさい　足をすべらせて階段から落ちました　おでこにこぶができちゃった〉

泣き笑いの顔文字がついている。

美香はそそっかしくはない。それは一美の方だ。美香はおっとりタイプだ。考え事でもしていたんだろうか。

森崎友理子、〈狼〉のユーリの警告が、不吉な囁《ささや》きで孝太郎の耳に蘇《よみがえ》る。

――ミカさんを巻き込んでいるトラブルはまだ終わっていない。

だけど、本人が足をすべらせたって言ってるんだ。ただのアクシデントだろう。悪い方にばっかり考えたらきりがない。そう、悪いものばかりを見過ぎるとよくないのと一緒。

授業の終了間際《まぎわ》に返されてきたレポートは、評価がCマイナスだった。学業にいそしめ。今度は都築のおっさんの叱責《しっせき》が蘇って、孝太郎は首を縮めた。

夕方のシフトでバイトに入ると、クマーは落ち着きを取り戻していた。むろん、落胆の混じった沈静化で、みんな意気阻喪の感がある。真岐は不在で、ドラッグ島もメンバーが少ない。前田島長の隣に座り、仕事を始めた。

一時間ほど経《た》ったところで、急に独り言みたいに島長が呟いた。「成田《なりた》さん、今月いっぱいで辞めるそうだよ」

孝太郎は画面をスクロールさせる手を止め、彼の横顔を見た。

「――そうですか」

「島長じゃ、これで三人目かな」

前田島長はモニターに目をやっている。

「東京支店の閉鎖時期が前倒しになったんだ。聞いてるか?」

「いえ、僕は何も」

「来年三月の予定だったんだけど、今年いっぱいだってさ」

嫌なことが続いたからな、という。

「森永がいなくなったと思ったら、社長があんなことになって。どっちもけりがつかないまんまだし」

孝太郎の奥がずきりとした。

「前田さんはどう思いますか。苫小牧の事件は違ったけど、やっぱり連続切断魔は存在すると思います？」

「どうかねえ」

前田島長は頭の後ろに手をやると、椅子を軋《きし》ませてそっくりかえった。やっと孝太郎を見て、苦笑する。

「正直、何も信じられなくなってきた。今になって読み返してみると、社長の事件のあとで出てきた犯行声明、嘘《うそ》くさいよなあ」

孝太郎は苦笑を返さなかった。

「社長の大学時代からの友達で、真岐さんとも親しい人が、社長が殺されたあと行方不明になってるって聞きました」

前田島長は驚いたようだ。「よく知ってるな。誰から聞いた？」

「ちょっと小耳に」

身を起こすと、島長は孝太郎の方に顔を寄せてきた。孝太郎も耳を近づけた。

「俺もちょこっと小耳に挟んだだけだけど、警察はその女性を疑ってるらしい」

「女なんですか」

「うん」

うなずいて、意味ありげに間を置く。孝太郎がどう受け止めるか、様子を見ているみたいだった。

知っていて知らないふりをするのは、難しくはないけれど後ろめたい。孝太郎は島長の顔から目をそらし、言った。「行方不明なんて、森永さんと同じだ。薄気味悪いですね」

「うん。でもこの女性は、森永の関連じゃない。百パーセント、社長の関連だ」

椅子が軋み、島長はさらに小声になった。

「社長が殺される直前まで一緒にいたらしい。防犯カメラに映ってるんだとさ。東京駅からタクシーに乗った社長に、電話したのもその女なんだって」

「じゃ、容疑者なんですか」

捜査は進んでいるのだ。胸の動悸《どうき》を抑え、問いかける。返事はない。かわりに、前田島長はこう言った。「今日、真岐さんはまた警察に喚《よ》ばれてる。その女の住んでたマンションに家宅捜索が入るんだってさ」

ついにそこまできたか。孝太郎は手を打って喜びたい。大声をあげたい。それを噛《か》み殺すために、島長から見えない側の拳《こぶし》を強く握りしめた。

同時に、その拳で握り潰《つぶ》しているものもある。真岐さんはまた警察に喚ばれてる。また警察に喚ばれてる。

「――三角関係っちゅうかなんちゅうか」

急にくだけた言い方になって、前田島長はわざとのように頭をがりがり掻《か》いた。

「ま、男女のあいだのことは、外から見てるだけじゃわからないって言うしな。俺みたいな非モテ男には、わかんねえの二乗だ」

「まさか。前田さんはモテるでしょ」

筋肉質のスポーツマンタイプだし、男前だ。が、本人はがははと笑った。そこだけ大きな声だったので、離れた机で作業していた社員が、ちらっと目を上げた。

「身体《からだ》ばっか鍛えたって駄目だよ。でもさ、おかげで雪かきなんか俺にはぜんぜん苦にならないから、札幌支社に行こうと思ってたんだけどなあ」

辞めることにした、と言う。

「ここの閉鎖まではいるよ。とりあえず実家に帰ろうと思ってるんだ。あっちで仕事を見つけるつもりだ」

「どちらですか」

「神戸。食いものが旨《うま》いぞ。遊びに来いよ。帰っちゃったら、俺はもうめんどくて東京には出てこないと思うから――」

そこで一旦《いったん》かくんと口を閉じると、椅子に座り直して言った。「まったく俺は、しようもない。余計なことをしゃべって、肝心な話をし忘れるとこだった」

森永の親父《おやじ》さんがまた上京してくるんだよ。

「ンで、孝太郎に会いたいそうだ。森永と仲良かったろ？　学校島の連中が、自分たちより三島君の方が親しかったって言ったもんで、親父さん、ずっと孝太郎に会いたがってたんだよ」

それは辛《つら》い。会いたくない。逃げ出したい。あなたの息子さんがどうなったのか、僕は知ってます。知っているのに知らないふり。

「──そう、ですか」

「都合どうだ？」

「オレが昼間のシフトのときがいいですよね。先方の都合に合わせます」

「ン。じゃあ事務の方にそう言っとく」

話を打ち切るためだろう、「ちょっとトイレ」と、前田島長は立ち上がった。

「島長」

追いかけて、孝太郎は訊《き》いた。

「札幌支社に行くのをやめるのは、真岐さんを尊敬できなくなったからですか」

いきなり平手で頰を打たれたかのように、島長は目をぱちくりさせた。

「それって、どういう意味だ」

「だからその……社長があんなことになったのは連続切断魔のせいじゃなくて、つまり通り魔みたいなものの犠牲になったんじゃなくて、恋愛関係のもつれの結果で、その責任が真岐さんにあって」

前田島長は、分厚い掌《てのひら》で孝太郎の頭を押さえた。「やめとけ」

がっちり摑まれて、頭が動かない。

「俺はただ、ここで辛いことが続いたから、それを引きずって札幌へ行くのが嫌になっただけだ。真岐さんは立派な経営者だし、今でも尊敬しているよ」

それだけ言って、オフィスを出て行った。

その日の帰り道、孝太郎は御茶ノ水から秋葉原へ出て、山手線に乗った。今まで降りたことのない駅で、これから先もあんまり用がなさそうな駅はどこか。

お年寄りの原宿、巣鴨《すがも》駅を選んだ。改札を出ると、構内で公衆電話を探した。

神奈川県警戸塚警察署の捜査本部では、薬剤師・小宮佐恵子さんが殺害された事件の情報を求めています。電話番号は――

メモを見ながらボタンを押した。呼び出し音が二度鳴って、男の声が出た。

「提供したい情報があります」

相手が何を言おうが聞く気はなく、質問に答えるつもりもない。書いたものを読み上げるように、つるつるとひと息に言った。

「小宮さんの子供さんが通っていた保育園に出入りしている花屋を調べてください。店主は中園孝輔といいます。数日前から行方をくらましているはずです。中園の実家は戸塚区内にあって、近くの貸倉庫を借りています」

早口だが、声はちゃんと出ている。

「切断された小宮さんの足は、そのなかのドラム缶に入っています。血液反応も出るはずです。調べてください。中園は以前にも女性を襲って怪我《けが》をさせているので、そちらの証拠も出てくるかもしれません」

しゃべりきって、音をたてて電話を切った。電話の向こうで何か盛んに呼びかけていたが、耳に入らなかった。

すっとするはずだった。なのに身体が震え出してとまらない。息が苦しい。

お願いします、お願いします。中園孝輔はオレが消しちゃったけど、証拠が出れば、あいつが何をやったのか突き止められますよね？　事実をはっきりさせて、ちょっとでも遺族を慰める足しになりますよね？

仇《かたき》はオレがとったからね。あいつは、もうこの世にはいないからね。
家に帰り着くころには、気分はずっとよくなっていた。母も妹も揃《そろ》って帰宅してい
たので、美香が階段で転んで救急車に乗った顛末《てんまつ》を詳しく聞くことができた。学校指
定の上履きは底が薄くてチョー滑るのだ、それが原因だと一美は息巻《いきま》いている。美香
は、今日は念のため一泊入院するけれど、明日には帰ってこられるという。
「病院食はまずいからかわいそう」
「でも、ちゃんとカロリー計算してあるからね。ダイエットになるわよ」
明るくて呑気なやりとりも、孝太郎を元気にしてくれた。その後、貴子さんから来
たメールも嬉しかった。
〈コウちゃん　今日はありがとう　美香のお兄ちゃんみたい　頼もしかったです〉
その気分のまま熟睡した。寝起きも爽快《そうかい》で、こんなにスカッと起きるのは久しぶり
だった。
階下に降りてゆくと、母・麻子がキッチンに立ったままテレビに見入っている。ガ
スレンジのフライパンから煙があがっている。
「母さん、卵が炭になっちゃうよ」
慌《あわ》ててガスの火を止めると、煙そうに顔の前を手ではらいながら、母は孝太郎に言

った。

「秋田の事件も解決したみたい。犯人が自首してきたんだって」

〈犯人〉は、五十代半ばの女と、二十五歳になるその次女の母娘《おやこ》だった。秋田の事件の被害者は長女・二十六歳だという。

母娘が出頭したのは秋田の事件の捜査本部ではなく、東京都下の町にある自宅の近くの交番だった。だから現在、二人の身柄はその所轄《しょかつ》警察署に置かれている。各局お馴染《なじ》みの朝のニュースショーのレポーターたちが、署の前でマイクを握っている。

一美はもう朝練に行っていた。父が起きてきたので、三人で朝食を食べながらテレビを観《み》た。その詳細はまだわからないが、母娘は素直に供述しているという。二人が出頭してきたのは昨日の午後八時ごろだったそうだ。

「これ、連続切断魔の事件だろ」

トーストを頬張りながら、父が言う。

「二番目の事件。でも違ったみたいね」

サラダをつつきながら母が言う。

「連続切断魔って、ホントにいるのかって感じがしてきちゃったわ」

「だけど、まだあと三件も事件が——」

言いかけて、父は横目で孝太郎を見る。「おまえ、大丈夫か」

「ご馳走《ちそう》さま」孝太郎はテーブルを離れた。

ちょこっとネットを覗《のぞ》いてみると、もちろん沸騰《ふっとう》していた。麻子と同じ感想が多い。いったいどうなってんだ。あの犯行声明って嘘だったんじゃないの？　愉快犯の仕業？　何でもいいからもういっぺん声明を出せよ、連続切断魔。

都築に電話してみると、留守番サービスに繋がった。メッセージは残さず、孝太郎はクマーに向かった。

一階のエレベーター前で、成田島長に出くわした。コンビニの袋を提げている。朝飯を調達してきたところらしい。泊まり勤務明けだから髭《ひげ》がのびている。

「おう、おはよう」

「真岐さん、いますか」

「――まだ来てない」

そして空《あ》いている方の手で孝太郎の背中をぽんと叩《たた》いた。「秋田の事件、な。何かわかったら、またすぐ教えてくれるだろう」

「そう思って来たんです」

今日は孝太郎はシフトに入っていない。カナメも午後からだ。それを知っている前田島長も、孝太郎の出社を驚かなかった。

「手の空いてる連中が休憩室に集まってるぞ」

孝太郎もそこに加わった。てんでにスマホや自前のノートパソコンに見入っている。会話は少ない。ただ一人では不安なだけだ。嵐《あらし》の接近を感じた野生動物が自然に群れ集まるのと一緒だった。

そうこうするうちに、真岐が出社してきた。全員、三階のオフィスに集合がかかる。今度は一斉メールではなく、自分の口から話すつもりなのだろう。

真岐は窶《やつ》れていた。成田島長と同じように徹夜明けなのかもしれないし、単に眠れなかったのかもしれない。青白い顔に無精髭で、病人みたいだ。

「忙しいところ、悪いな」

一同に向けて放つ声にも力がない。

「知ってのとおり、連続切断魔の犯行と思われていた二番目の事件が解決した。まだ報道では詳細が出ていないが、間違いなく解決した。出頭した母娘の犯行だ」

苫小牧の事件のとき同様、真岐には山科社長の捜査本部から連絡があったのだろう。

「母娘の話じゃ、殺された長女はかなりエキセントリックで、いわゆる〈困った人〉だったらしい。母親も次女も、長女に振り回されてへとへとになっていたって。まあ、死人に口なしだから、わからんがな」

　但し、これが死体損壊遺棄事件であることだけは揺るがない。

「――遺体の足の指を切ったのは、苫小牧の事件を真似《まね》たんだそうだ」

ずらりと立ち並んで聞き入っているクマーのメンバーたちが、ちょっとざわめいた。

「その当時はまだ、連続切断魔どころか指ビルだって影も形もないころだが、苫小牧の事件は未解決だったからな。あれの真似をして遺体を傷つけておけば、目くらましになるんじゃないかと期待したらしい」

　実際、そのとおりになった。

「俺もその目くらましに引っかかった口だ。見事に引っかかった」

　真岐が笑おうとするのが無惨《むざん》だ。孝太郎は思い出す。これは連続殺人事件だ。シリアル・キラーがいるんだよ――

「そのうえで、遺体から身元が割れそうなものをすべて剝《は》ぎ取った。こういう細工は次女がやったらしい」

　メンバーたちの列のなかから手が上がった。「BB島の野崎《のざき》です。あの母娘は、十年ぐらい前、死体遺棄現場の市営住宅の近所に住んでいたという書き込みがありました」

真岐はうなずく。「そうか、だから土地鑑《とちかん》があったわけだな」

「母親の夫、姉妹の父親は仕事で転勤が多かったようです。その情報源は、当時あちらで長女と同じ高校に通っていたと書いてます」

「ありがとう。ほかにあるか」

別の手が上がる。「次女のSNSを見ると、海外ドラマのミステリーもののファンですね。『CSI』シリーズとか」

「笑えねえなあ」

なのに、真岐はまだ無惨に笑おうとする。

「殺された長女が荒れているのは、自宅の近所じゃ有名だったみたいです」

手を上げずに発言するのは、ベテランのBB島女性メンバーだ。

「もともと情緒不安定な女性だったようですね。三年前に結婚してすぐ離婚、実家に戻ってからはほとんど引きこもり状態だったんだけど、ときどき金切り声をあげて喧嘩してるのが聞こえてきたそうですよ。母親が怪我して病院へ行ったこともあるとか」

誰かが問うた。「女の引きこもりってあるの?」

あるあると、複数の声が応じる。

「家庭内暴力も？」

「あるある」

「昨年の正月明けに父親が交通事故で急死して、死亡保険金がどかっと入ってきたんだって。そのころから喧嘩がひどくなった」

父親の遺産をめぐって揉《も》めたのだという。

「情報源、どこ？」

「近所の人みたい。ツイッターでけっこう詳しく呟いてます」

「今はそのくらいでいい」

真岐が手を上げてやりとりを止めた。

「山科社長の事件の方だが――」

みんな、死に絶えたみたいに静かになった。

「あれも連続切断魔の犯行じゃない。あのとき出された犯行声明は、出鱈目《でたらめ》なでっち上げだとはっきりした」

とうとう明言したか。

孝太郎のすぐそばで、小さく「やっぱり」と呟く声が聞こえた。

「現段階ではこれ以上は話せない。済まん」

真岐は頭を下げる。孝太郎は右目を閉じ、左目で彼を視《み》てみたいという誘惑と戦い、何とか勝った。今ここではまずい。きっとオレ、叫び出しちゃうから。

「また特別班を編成する。五つの事件についての情報を、あらためて整理しよう。新しい情報も集めながら、スタートから現状まで時系列でやる。各島から一人ずつ出してくれ。それと巨大掲示板を舐《な》めるから、志願者は俺のところへ」

散会となった。誰かが孝太郎の袖《そで》を引く。マコちゃんだった。

「本当は、苫小牧まで捨てに行きたかったんでしょうね」

秋田の事件の母娘のことだ。マコちゃんは歯痛に襲われたみたいな顔をしている。

「けど、遠くてたどり着けなかった。疲れちゃって、気力も体力も保《も》たなかったんでしょう。遺体の運搬には車を使ったんでしょうけど、それってとんでもなくストレスのかかる行為です」

だが、結果的には〈秋田市内〉という場所の中途半端《はんぱ》さが事件の捜査を混乱させた。広域捜査が苦手な我が国の警察の特質を考えると、地元警察の管轄外へ運んでいくだけだって、けっこうな攪乱《かくらん》になる。

「やけに同情的な言い方をするんだな」

「的じゃなくて、はっきり同情してます。家庭内の揉め事は、ちょこっと他人事《ひとごと》じゃないので。コウさん、掲示板ナメに?」

「うん、志願する」

「じゃあ頑張って」

マコちゃんにとっては何がどう他人事じゃないのだろう。家庭内の殺人事件が多いことは孝太郎も知っている。この国では、見ず知らずの人間に殺されるよりも、家族や親族、親しい友人や職場の同僚に殺される確率の方がはるかに高いのだ。それは国民性かもしれないし、国土が狭いせいかもしれない。どっちにしろ、いちいち同情していられるか。娘を殺した母親、姉を殺してその遺体を傷つけた妹に、勝手な言い訳を許していいわけがない。真岐の言うとおり、〈死人に口なし〉が通ってしまう。

だがその孝太郎も、午後になってこの情報が入ってきたときには、少し気持ちが揺れた。

母娘が出頭してきた理由は、ひとつには苫小牧の事件が解決し、「自分たちもごまかしきれなくなるかもしれない」と不安になったからだった。〈連続切断魔〉の振り出しの事件の呆気《あっけ》ない氷解は、母娘を脅《おびや》かした。

だが、理由はもうひとつあった。むしろそちらの方が大きかったと、これは母親が供述しているという。

——毎晩毎晩、長女が枕元《まくらもと》に立って。

そんなのは気のせいだ、ただの悪い夢だと、次女は言ったそうだ。だが、母親にはもう我慢の限界がきていた。

その気持ちが、孝太郎にはわかる。この世のものではないものを視てしまうことへの畏《おそ》れ、恐れ、怯《おび》えがわかる。

母親は、自殺するか白状するかどちらかだと泣いた。二人の出頭が午後八時という半端な時刻だったのは、もうひと晩だってここにいられないと泣く母親を、次女が必死で引き留めていたからだ。留めるならわたしも死ぬ。死ななきゃあの娘《こ》に取り殺される。

自身も疲れ果てていた次女は、母親の手を引いて交番へ行った。この二人を捕らえたのは司直の手ではなく、マスコミでもネット市民でもなく、死者だった。

（さみしいさみしいさみしいさみしい）

お茶筒ビルで遭遇した〈言葉〉の残滓《ざんし》。白い女の幻影を、孝太郎は思い出す。母親の枕元に立つ長女の幽霊も、きっとそう呟いていたことだろう。さみしいさみしいさみしいさみしい。

睡眠薬を飲んで熟睡している長女を、母親と次女が二人がかりで絞殺《こうさつ》した。遺体はしばらくビニールシートに包んで自宅に隠していたが、臭《にお》ってきたので遺棄を決めたという。身元がわからないようにいろいろと工夫し、その作業をしているとき、苫小牧の事件のことを思い出した。つまり、あちらの事件が早々に解決していれば、こちらの事件の展開も違っていた可能性があるわけだ。そしたら、ほかの事件も続かなかったかもしれない。山科社長もまだ生きていたかもしれない。

夕方になって休憩をとり、携帯電話をチェックすると、都築からメールが来ていた。

〈三島の事件の現場へ行ってくる〉

孝太郎が帰宅したのは午後十時を過ぎていた。風呂《ふろ》上がりの一美が顔を見るなり、

「バカ兄貴」と怒る。「夕方、美香が来てたのに」

心配かけたお詫《わ》びだと、ケーキを持ってきてくれたという。

「大丈夫なのか?」

「まだおでこに湿布を貼《は》ってるけどね」

孝太郎は自室に上がり、手早く美香にメールを打った。と、すぐ返信があった。

〈おかえりなさい　窓から顔を出して〉

言われたとおりにしてみると、道を隔てた園井家の二階の窓が開いた。ジャージを

着た美香がカーテンの隙間《すきま》から首を出し、笑って手を振る。孝太郎も手を振り返した。おでこの湿布は見えなかった。

今度は、誘惑のせいではない。懸念《けねん》があったから、孝太郎は美香の笑顔に向かって右目をつぶった。

大きな変化はなかった。ちょっと美香の姿の輪郭がぼやけて、霧がかかっているみたいに見えるだけ。まだ、形を成すほど〈言葉〉の残滓が蓄積していないんだ。

美香が首を引っ込め、窓を閉めた。カーテンの裾《すそ》を挟んでしまい、閉め直した。そのときだ。赤ん坊の頭ぐらいの大きさの真っ黒な塊が、下から音もなく園井家の外壁を這《は》い上がってきて、窓の隙間からするりと室内に入り込むのが視えた。

孝太郎はぎょっとした。一瞬、現実のものかと思ったのだ。たとえばドブネズミ。だが違う。今のあれは〈言葉〉だ。美香のじゃない。美香を追いかけてきた——あるいは美香に付きまとっている、明らかに害意のあるもの。

だってあれ、でっかい蜘蛛《くも》みたいだった。足が六本あった。いや八本だったかもしれない。十本だったかもしれない。

孝太郎は階下へ駆け下り、玄関から外に飛び出した。道を渡って園井家の前まで行く。

あれは美香の部屋に入ってしまった。そして美香にはあれが視えない。

「ガラ!」

慌てるあまりに大声になった。慌てて自分の口を手で押さえる。

左目の奥を銀色の糸がよぎる。

――私ならここにいる。

孝太郎はひとつ息をした。視線は美香のいた窓から離さない。

「今の、オレの目の錯覚じゃないよな?」

返事なし。

「黙ってないで教えろよ。どうしたらいい? あんなもんが美香のそばをうろうろしてるなんて、ほっとけない。どうやったら退治できる?」

足の裏が冷たい。孝太郎は裸足《はだし》だった。

――あの娘《むすめ》は気づいていない。

「だからどうすりゃいいんだよ」

――本人に訊くがいい。

銀色の糸がスッと消えた。

――〈言葉〉はそのためにある。

11

それから一週間ほどのあいだに起きた動きは、あたかも堤防の決壊を見るようだった。

苫小牧の事件が解決したことで空いた小さな穴から水が漏れ始め、その穴が秋田の事件の解決で大きくなり、穴の周囲にひび割れが生じる。そしてそこからも少しずつ水が染み出てくる。やがてそのひび割れが太くなり、水が噴出するようになる――

先に噴き出た水は、戸塚の小宮佐恵子殺害事件だった。最初の一報は、被害者の切断された右足を発見したというだけだったが、すぐに詳細が続き、ちょうど夕方のニュース番組の時間帯に戸塚警察署内で行われた捜査本部の記者会見で、川崎市内の生花店経営者・中園孝輔を殺人死体遺棄の容疑で全国指名手配したとの発表があった。

――中園は現在逃走中と思われ、所在が不明です。

次いで、その二日後に、山科鮎子殺害事件の捜査本部が、被害者の友人の女性が事件に関与している可能性が高く、またいくつかの物証から、この事件の直後に報道各社に送りつけられた「犯行声明」も同女が作成したものと思われる――との発表を行った。

その記者会見は、たまたま、例年より遅めの梅雨明け宣言と重なった。それは、今までこの国の上を覆《おお》っていた雨雲が晴れるのと同時に、〈連続切断魔〉という幻想も雲散霧消してゆくことを象徴しているかのようだった。

溢《あふ》れ出る〈事実〉という水流に圧《お》されて、幻想の堤防が決壊してゆく。

田代慶子もまた、現実のなかでは所在が知れない。が、彼女は容疑者と断定されず、匿名《とくめい》のままだった。いわゆる重要参考人扱いということだろう。指名手配に踏み切るほど強固な裏付けとなる事実を掘り起こし切れていないのかもしれないし、単に時間の問題で、いずれ彼女も手配されるのかもしれない。

「もしかすると、これはまだ百パーセントの真相じゃないのかな」

不安そうなカナメを慰めてやれないことが、孝太郎は辛かった。ごめん、オレが悪いんだよ。田代慶子からも、中園孝輔のときと同じように、具体的な証拠になるものの在処《ありか》をちゃんと聞き出しておけばよかったんだ。そしたら警察に報せてやれた。防犯カメラの映像や着信記録は状況証拠に過ぎない。でもオレ、田代慶子の狩猟《ハンティング》のときは、まだまったくの初心者だったからさ。

特別態勢をとっていても追いつかないほど、狂乱に近いような忙しさに見舞われたことが、クマーの人びとにはかえって幸いだった。余計なこと、スキャンダラスなことを考えないで済む。また姿を消してしまった真岐誠吾や、彼を追いかけて攻め寄せる記者やレポーターのことも気にしないで済む。社長の事件の解決への道が見えた、そのことだけを素直に喜び、安堵《あんど》し、仕事に打ち込む。みんなそうやってこの場を乗り切ろうとしていた。

こうして、残ったのは三島の〈真美ママ〉事件のみだ。孝太郎は都築からの連絡を待っていたのだが、おっさんはなぜか沈黙している。痺《しび》れを切らして電話してみると、とっくに東京に戻っていた。

しかも、逆に質問する。「今、ネットじゃどんな説が優勢だ?」

「諸説入り乱れ過ぎてて、簡単には説明できませんよ。都築さん、何か摑《つか》んでるんでしょう? 三島の捜査本部の人と、また知り合いになったりしなかったんですか」

「あんな幸運がそうそうあるもんか」

「じゃあ、手ぶらで帰ってきたんですか」

都築は押し黙った。電話の向こうで、何か重たい塊がぶうんと振動しているような気配だけが伝わってくる。

孝太郎は待った。大学のカフェテリアの隅の席だ。窓の外ではキャンパス内の歩路《ほろ》に夏の陽が照りつけている。もう夏休みだ。大学に出てきているのはサークル活動に熱中している連中か、学問にいそしむ学究肌の真面目《まじめ》人間か、孝太郎みたいに前期の成績が思わしくなく、補講を受けてレポートを再提出しなくてはならない落ちこぼれ学生だ。

都築が低く言った。「自殺者が出ていた」

〈真美ママ〉の事件発生から十日後のことだという。世間がいよいよ本格的に、連続切断魔の幻想に酔い始めていたタイミングだ。

「戸尾《とお》真美の高校時代の同級生で、彼女の店〈ほのか〉の客でもあった、三十五歳の無職の男だよ」

「真美ママの事件で、警察に疑われていたんですか」

「いや、まったく」

「店のお客さんたちの輪のあいだでは？」

「そっちでも、特に誰かが彼の言動を気にしていた形跡はない」

なのに、本人は戸尾真美の後を追うように自殺してしまった。

「真夜中の午前零時過ぎ、県道の分離帯に突っ込んだんだ」

乗っていた軽乗用車は大破し、ドライバーはほぼ即死だった。

「じゃ、事故だったのかも」

「対向車線のトラックの運転手が、一部始終を目撃していた。加速して、わざと分離帯に突っ込んだんだそうだ」

　運転席に標準装備のエアバッグは作動しなかった。外されていたのだ。

「事前に本人が外したんだろう」

「――遺書は残ってないんですよね」

「俺は確認していない」

「じゃ、オレが行きます。オレが現場を見れば、きっと何か残ってるものが視える」

　都築はまた黙る。孝太郎は察した。

「またガラが手伝ってくれたんですね？　都築さん、何か視たんでしょ」

「今度は俺一人だよ。あいつには何もされていない」

　孝太郎は「手伝う」という表現を使い、都築は「何かされる」と言う。この差はどうにも埋まらない。

「俺の勘だ」と、元刑事は続けた。「昔、似たようなケースを扱ったことがあるんだよ」

　事件発生後間もなく、被害者の関係者が自死してしまう。死んでしまったことで初めて捜査側の注意を引くが、それまではマークされている人物ではなかった。

「稀《まれ》にだが、あるんだ」

殺人事件の犯人が、別段誰かに疑われているわけでもなく、追及されているわけでもないのに、良心の呵責《かしやく》に耐えられなくなる。

「自分のしでかしたことに追いかけられ、追い詰められるというかな。その意味では、長女の幽霊に悩まされていた秋田の事件の母親と似ている」

「けど、その男に動機はあったんですか」

都築は短く笑った。「ツケが溜《た》まっていたそうだ。一万二千円とちょっと」

とても殺人の動機にはなりそうにない。

「戸尾真美との関係も悪くはなかった。常連というほど頻繁に出入りする客じゃなかったが、ふた月に一度ぐらいの頻度で顔を出して、真美ママを相手に機嫌良く呑《の》んで帰る。青春の思い出話で盛り上がる」

「だったらなんで？」

都築の鼻息が聞こえた。「この男は、戸尾真美や彼、いや彼女と親しい者がいないところでは、彼女をサカナにしてバカにしたり、悪口ばかり言ってたそうだ」

——オカマのくせしやがって。

「ちょっと聞き込んでみたら、すぐ出てきた。この男にとっては、真美ママの話題は楽しいネタで、いつも笑いながらしゃべっていたそうだ。酒の席じゃ大受けで」

実はオカマ嫌いの男は多いからなと、都築はぼそっと呟《つぶや》いた。

「だからそれを聞かされていた連中も、殺人の動機になるほど凝り固まった黒い感情だとは思ってないんだろう」

本人だって、そこまで自覚していなかった可能性がある。ふざけているだけだ。ブラックな冗談だと思っていた。

「厳《いか》めしく言うなら、性同一性障害《せいどういつせいしょうがい》とかいうのかね。自殺した男は、そういうものを背負うというか、それと寄り添って生きている戸尾真美を、ひどく嫌っていたんだよ。軽蔑《けいべつ》しきっていた。〈ほのか〉に通っていたのは、何というかな……嫌いだからこそ無視できないというか」

愛情の反対語は憎悪《ぞうお》ではなく、無関心だ。ふと、孝太郎は思い出した。誰の言葉だっけ。

「真美ママは馴染み客たちに慕われていたし、〈ほのか〉は繁盛《はんじょう》していた。その点では苦小牧の被害者に似てるな」

自分の人生をちゃんと切り開き、そこを耕し、収穫を得て居場所をつくっていた。

「この自殺した男も、浜松市内の有名企業に勤めてたんだがね。事件の半年前にリストラにあって、無職になっていた。そのせいで家庭生活にもひびが入ったのか、女房は離婚したがっててな。子供を連れて実家に帰って、弁護士にも相談していたらしい」

踏んだり蹴《け》ったりだ。

「リストラから半年後というと、ちょうど失業保険の給付が切れるタイミングだ」

経済的にも先細りである。

「次の仕事は？」

「普通の営業事務職だったそうだから、昨今の世の中じゃ、そう簡単には見つかるまい」

「そういうの、何とかって言いますよね？」

都築はすぐ応じた。「〈ストレス要因〉。犯罪のきっかけになる日常生活の挫折《ざせつ》。失業、離婚、近親者の死などの喪失体験だな」

おっさん、プロファイラーみたいな言い方をすると思ったら、

「俺たち頭の古い刑事どもは、ＦＢＩで研修なんぞ受けなかったが、経験から学んだ」

おそれいりました。

「ああ、そうだ。その経験からさらに申し上げるとだなぁ」

おっさん、軽く言おうと努力している。

「もしかすると、この男は良心の呵責に耐えかねて自殺したんじゃなくて、最初から死ぬつもりで、ついでに戸尾真美を殺した、という見方もできると思う」

自分の人生に絶望し、自殺を思い立つ。孤独な決断だ。その孤独に耐えるために、あるいはそんな崖《がけ》っぷちに追い込まれたことの苦悩と怒りにまかせて、誰かを道連れにしようと目論《もくろ》む——

「自分が死んだあとも、真美ママが元気で幸せに暮らしていると思うと我慢がならないというか」

「——ひどすぎますよ」

「殺人事件なんだから、当たり前だ」

殺害した戸尾真美の右足中指を切り落としたのは、当然、連続切断魔の仕業に見せかけるため。どうせ自分も死ぬのだけれど、殺人の罪は逃れたい。それには連続切断魔は恰好《かっこう》の煙幕だ。これで三件目、一丁上がりというわけだ。

ただ、遺体を衣装ケースに詰め込み、〈真美ママ〉の生き方を許すことができずに縁を切っていた実家の両親の近くにまで運んでいって捨てたのは、この元同級生の男が、最後まで戸尾真美をバカにしていて、その存在を貶《おとし》めようとしたからだ。

暗い執念だ。こいつは何を連れていたろう。孝太郎は考えずにいられない。こいつの〈言葉〉の残滓は、どんなモンスターを象《かたど》って、こいつの後をくっついて歩いていたのだろう。

「その男、今でもノーマークなんですか」

「さあ、どうかな。今回は、俺を尾行した上でぽんぽんと肩を叩いて所轄署へ連れていってくれる親切な刑事に会えなかったから、わからん」

都築があんまりとぼけた言い方をするので、孝太郎はちょっと笑った。

「ただ、連続切断魔が枯れ尾花だったことがはっきりした以上、彼の自殺も今までとは違う注目のされ方をするだろう。警察だけじゃなく、彼と親しくしていた連中、彼が酒の肴《さかな》に真美ママをこき下ろして笑っていたのを知っている連中も、連続切断魔の夢から覚めて、別の方向に頭を使い始めるだろうから」

がたがた騒がずに展開を待て。そういう意味だろう。

孝太郎はキャンパスを出ると、クマーに行くことにした。バイトのシフトが入っていなくても、クマーに顔を出す。このごろ、それは孝太郎だけの習慣ではなくなっている。みんな社長の事件の続報を求めていて、それにはテレビやネットにかじりついているよりも（正確にはテレビやネットにかじりつくにしてもその場所は）、クマーにいた方がいい、正確で最速の情報が入ると思っているからだ。

ドラッグ島に顔を出し、来たついでだから手伝おうと階段を上がってゆくと、今日は真岐が机にいた。すぐ傍らに椅子《いす》を寄せて、背広姿の男性が座り、話し込んでいる様子だ。

孝太郎がオフィスに入って挨拶《あいさつ》すると、真岐がこっちを見た。手招きする。傍らの背広姿の男性が立ち上がった。

その目鼻立ちに覚えがあった。よく似ている。誰でもいっぺんでわかるだろう。

「コウダッシュ」

真岐がその人を孝太郎に紹介した。

「森永君のお父上だ」

森永健司《けんじ》の父、森永宗司《そうじ》と話すには、クマーのなかよりふさわしい場所がある。孝太郎は彼をそこに案内した。去年の年末、学校裏サイトについて教えを請《こ》うたとき、森永と向き合ったコーヒーショップだ。

幸い、あの夜と同じ席が空いていた。午後の半端な時間帯で、客は少なく、エアコンが効き過ぎなほど効いていた。

挨拶をかわし、森永宗司は孝太郎に名刺を差し出した。肩書きとして、〈木の葉〉店主とある。北陸の観光都市の片隅で、観光客相手の土産物屋兼喫茶店を経営しているのだという。

森永健司は、この父親が経営していた会社を潰してしまったことで、心細く苦労の多い子供時代を送ったという。だが、今のこの父親には、会社経営者と比したらささやかだろうが、〈木の葉〉の店主として摑んだ穏やかな幸せと、小さな充足があるはずだ。だからこそ息子の健司は東京の大学に通い、さらに大学院にも進もうとしていたのだ。一家は人生の座礁《ざしょう》から立ち直った。

なのに、森永健司は現実世界から姿を消した。今さらのように、孝太郎は悔しさと歯がゆさを覚える。森永さん、何でだよ。

「せっかくの夏休み中に、時間をとってくれてありがとうございます」

森永宗司は、孝太郎のような若造に丁重に頭を下げた。

「僕にはバイトと補講があるだけで、夏休みだからってパッとしたことはないんです」

孝太郎の胸の奥では葛藤《かっとう》が煮えていた。ずっとふつふつしていたのだが、憔悴《しょうすい》し、淋《さび》しげに肩を落とした森永宗司の姿を目《ま》の当たりにしたことで、胸の内圧が高まり、葛藤は煮えくりかえり始めていた。

——打ち明けてしまおうか。

ガラのこと。森永健司が今どこにいるか。洗いざらいこの父親に教えてあげて、現世に還《かえ》ってくるよう健司を説得するにはどうすればいいか相談したい。

いや、それより何よりもまず、この悲しげな目をした父親を、ガラに引き合わせるのだ。ガラの大鎌《おおがま》のなかにいる森永も、父親の姿を見たら心が揺れるだろう。

「こうしてお会いしたかったのは、実は、三島君にお尋ねしたいことがありましてね」

先に切り出されて、孝太郎は座り直した。

「——何でしょうか」

森永宗司は、息子とよく似た目元をしばたたかせる。

「真岐さんから伺いましたが、健司が君に、ホームレスが失踪《しっそう》しているらしいことを調査するんだと話したとき、ああいう不遇な人たちを放っておけないと感じるには理由《わけ》があると——社会正義とか、ジャーナリストみたいな探求心からだけじゃなくてね、個人的な動機がある、他人事《ひとごと》とは思えないからやるんだと言っていたそうですね」

今ごろ、そんなことを確認されるとは。孝太郎もまばたきした。

「えっと、はい」

淋しい父親の表情が少し緩んだ。「具体的には、あいつはどんなふうに言いましたか」

「あの、森永さんは昔——小学校五年生のころだったそうですけど、夜逃げした経験があるとかで」

「ええ、私が会社経営に失敗して、債権者に追いかけられたからですよ」

森永は言っていた。普通の生活は、実はすごく脆《もろ》い。ちょっと判断を誤り、そこにちょっと不運が重なると、ぼろぼろとすべてが崩れて失《な》くなってしまう、と。

「そうですか。やっぱり三島君には話してたんだ」

噛《か》みしめるような言い方だった。

「健司にしても、初めてだったと思いますよ。夜逃げのこと、我が家がいちばん辛かった時代のこと。あいつは、私や家内とも話そうとしませんでしたからね。ましてや友達に打ち明けるなんて、一度もなかったはずだ」

みんな終わったことだから、と言う。

「忘れたかったたし、忘れてしまうべきことでした。幸い、今の健司を見ても、子供時代にそんな暗い影が落ちていたなんて、誰も気づかないでしょうし」

孝太郎だってそうだった。森永健司はお洒落《しやれ》なメガネ男子だったし、いいとこのぼ、、、、んぼんだとばっかり思っていたのだ。

「でも三島君には話した。それだけ君を信用していたんだなあ」

それはどうだろう。森永は年上だけれど威張ったところはなく、感じのいいバイト仲間だった。親切でもあった。でもそれだけだ。〈信用〉という重い言葉を使えるほど、まだきっちり固まった間柄ではなかった。

だから孝太郎は言った。「というよりむしろ、僕なんかにまでそうやって話してしまうほど、ホームレス失踪事件の調査が森永さんにとって大切なことだった、切実なことだったんだろうと思います」

森永宗司は孝太郎の顔を見ると、いっそう肩をすぼめた。

「だったら、それほど大事な調査をしているあいだに、どうして行方不明になんかなったのか……」

「警察からはどう聞いておられますか」

「可能性はいろいろある、と」

ホームレスたちのあいだを聞き歩いているうちに、何かトラブルに巻き込まれたのかもしれない。が、それならもう少し情報が出てきそうなものだし、どんな形であれ本人が見つかってもよさそうなものだ。

「一応、担当の刑事さんはいるんですがね。その人は、家出だろうと言っていました」

――厭世観《えんせい》にとらわれたんでしょう。

「そういうケースは健司だけじゃない、ボランティアの人とか、取材記者とかでもね、ホームレスの人たちに混じって親しく付き合っているうちに、ふっとそっち側に行ってしまうことがあるんだ、と」

「そんな簡単なものだとは思えません」

「私もそう思うけれど、心のどこかに屈託とか、今の生活に対する疑問とか悩みを抱えている人だと、ふっとあちら側に吸い寄せられてしまうことがあるんだそうですよ」

その刑事は、森永のスマートフォンが壊れた状態で発見されたのも、本人が壊して捨てたのではないかと言ったそうだ。それまでの人生に決別して〈自由〉になるための象徴的な行為だと。

孝太郎は考え込んでしまった。

本当のことを、オレは知ってる。森永さんはお茶筒ビルの近くでガラに遭遇し、屋上まで運び上げられた。スマホはそのとき落としてしまった。その後、ガラと話し合い、ホームレスたちが消えた事情を知り、自分も同じ道をたどろうと決めた――

事実はそれだ。だが、その担当刑事とやらが唱えている説も、それはそれでけっこうもっともらしく聞こえるし、森永が現実から離れたがっていたという点では正しい。

事実はひとつなのに、解釈はふたつある。そしてどちらも、第三者が耳にする情報としては等価だ。

――これって、〈物語〉じゃないか。

但《ただ》し、このふたつの物語は、どちらも同じ謎《なぞ》をはらんでいる。森永をそのようにさせた動機は何か。彼が現実から消えることを選んだ、真の理由は何か。

「健司は、もう少し詳しいことを――君に話しませんでしたか」

「詳しいというのは？」

「あいつが抱えていた、その、刑事さんの言葉を借りるなら、屈託というか」

ここで森永の父親は、孝太郎が思いもつかなかった言葉を口にした。

「――贖罪《しょくざい》といいますか」

耳を疑った。ショクザイ？

「――自分は今のような暮らしをしていてはいけない。自分は罰せられなければならないんだというようなことです」

孝太郎はまじまじと森永宗司を見つめた。森永の父親は逃げるようにうつむいた。

「それって、森永さんが、罰せられなければならないような何かをしたことがあるって意味でしょうか」

森永宗司の顔色は青白い。

「――健司は君に話しませんでしたか」

「僕が聞いたのは、夜逃げして、あっちこっち転々として、親戚《しんせき》とか知り合いの世話になって、生活を立て直すまで二年ぐらいかかったってことだけです」

「その知り合いというのは、私の友人の家なんです。健司はその話をしませんでしたか」

孝太郎は逆に問い返した。「そこで何かあったんですか」

蒼白《そうはく》の父親は顔を上げると、重いものを動かすようにゆっくりとうなずいた。

「事故が――ありました」

この席はエアコンの冷気が直撃する。寒いのはそのせいだ。

「その事故について、私は健司に何も訊《き》いたことがありません。あいつも話そうとしなかった。いや、話したがっているように見えた時期はあったんです。でも私は訊きませんでした」

怖かったからです、という。

「健司の行方が知れないと報《しら》されたとき、真っ先に考えたのはそのことでした。私がとうとう一度も訊いてやらなかったから——問い質《ただ》して、あいつが胸に抱えていることを引き出してやらなかったのがいけないんだ。健司はもう、一人で抱えていくのに疲れてしまったんだと」

淡々と、森永宗司は説明を始めた。

「夜逃げというのは、債権者だけでなく社会のシステムからも逃げることです。社会のシステムからこぼれ落ちることでもある」

当初、森永夫妻は健司も連れて転々としていたが、それでは健司がろくに学校に通うこともできない。そこで、彼だけを双方の実家や兄弟姉妹の家に預けることにした。

「それもうまくいかなくってね。私や家内の身内のところですから、債権者がすぐ突き止めて追いかけてくるんで、結局はまた転々としなくちゃならない」

困っているところへ、宗司の学生時代の友人が声をかけてくれた。ちょうど健司と同い歳《どし》の息子がいる家でもあり、森永夫妻が落ち着くまで健司君を引き取ろう、と。

森永健司は小学校六年生、一学期の半ばだった。

「そのままその家から小学校に通い、同じ学区の中学に進学する予定になっていました」

これでひと安心だと思った森永夫妻は、会社倒産の後始末と生活再建に奔走した。

「健司とはときどき電話で話して、元気そうだったから安心していたんですが……」

だが実は、健司は両親に言えぬまま、一人で苦しんでいた。

「友人宅の、同い歳の息子に、かなりひどく苛《いじ》められていたんです」

健司は居候《いそうろう》の弱い立場だ。同い歳の息子は、最初のうちこそ面白がってからかっていたらしいが、

「これは後になって担任の先生から聞いたのですが、私のことをバカにされると、健司はしっかり言い返していたそうです。つまらないイタズラを仕掛けられたら黙殺して、相手にしなかった」

その態度が癪《しゃく》にさわったのだろう。ほどなくして、友人宅の息子はクラスメイトの男子を何人も仲間に巻き込み、集団で健司を苛めるようになった。

「ずいぶんとひどい苛めだったようです。それでも健司はよく我慢していました」

一学期が終わり、夏休みが過ぎ、二学期になる。健司の学校生活は、表向きは平穏に過ぎていった。だが十二月中旬になって、学校帰りの健司は、冬枯れの田圃《たんぼ》のなかで倒れているところを発見され、病院に担《かつ》ぎ込まれた。

「集団リンチにあったらしいのです」

三日間入院した。

「さすがに学校側も驚いたのか、調査を始めました。その矢先に――」

友人宅で、息子が死亡したのである。転落死だった。

「そのあたりは山林を開発した新しい分譲住宅地で、ですから立派な家でしたが、切り通しの縁《へり》に建っていました。庭先からすとんと、二階家分以上の高さの崖になっていた」

友人宅の息子はそこから落ちたのだ。頭を強打し、頸骨《けいこつ》が折れていた。ほかに外傷はない。シャツにセーター、その上にジャンパーを着て、運動靴を履いていた。一緒に、ラジコンの操縦機が落ちて壊れていた。

庭先に塀や柵《さく》はなかった。高所から市内の中心部を見下ろせるので眺めがいい。死亡した息子は、よくそこでラジコン飛行機を飛ばしていた。そのときもそうだったらしく、崖下《がけした》の林の木の枝に、模型飛行機が引っかかっているのが発見された。

ラジコン操縦に夢中になっているうちに足を滑らせて転落した、不幸な事故だ——

「でも、そのちょっと前に、彼と健司が庭先で言い合いをしているのを、友人の妻が聞いていたんですよ」

彼女は家の反対側にいたので、二人の少年の姿は見ていない。ただ声はかなり大きく、よく聞こえた。返せとか返さないとか、バカとか貧乏人とか、態度が大きいとか、きれぎれに言葉も聞き取れたという。

「また喧嘩《けんか》していると思ったけれど、そのうち静かになったから気にしなかった、と」

この友人の妻、死んだ息子の母親が、遺体の第一発見者である。

「健司は一応、調べに来た警察官に事情を聴かれました。二人で言い合いをしていたのは、友人の息子が、健司が貸した算数の授業のノートを返してくれないから、文句を言っていたんだそうです」

——口喧嘩になって嫌だったから、僕はすぐウチに入って、あとのことは知りません。おばさんに呼ばれるまで、何も知りません。

孝太郎は森永宗司の顔を見た。森永宗司も孝太郎と目を合わせた。二人とも寒さに震える思いだった。

その夜、家に帰ってからも、孝太郎はまだ寒さを感じた。骨まで染《し》みこんだ寒気が身体《からだ》からにじみ出てきて、自分のまわりの温度を下げているような気がした。

ずっと森永のことを思っていた。考えていたのではなく、彼の言動や、ちょっとしたときの表情の変化などを思い出していたのだ。

小学生のころから使っている目覚まし時計の針が午前零時を指すころ、やっと心が決まって、呟いた。

「ガラ、森永さんに会いたい」

会って、現世に還ってくるよう説得しよう。今のままではいけない。お父さんにとって酷《むご》すぎる。

それに、あのままガラの大鎌のなかに留《とど》まっていたら、先々どうなるのか。ガラが〈悲嘆の門〉とやらの門番と戦ったら、森永をはじめ、自らの〈渇望《かつぼう》〉と共に彼女の大鎌のなかに入っている人びとはどうなる？　ガラが勝てばそのまま武器になりきって、今後も彼女と共に〈始源《しげん》の大鐘楼《だいしようろう》〉を守護することになるのか。だが、ガラが負けたら？　たとえばあの大鎌が折られたら？　ガラが死ぬ――かどうかはわからないが、彼女の存在が消えたら、大鎌のなかの人びとも消え失《う》せてしまうのではないのか。

　自室の窓際《まどぎわ》に立っていて、一瞬、水に潜るときみたいな圧迫感を覚えたと思ったら、孝太郎はお茶筒ビルの屋上にいた。ガラのつくった結界。彼方《かなた》の銀河のようにきらめく西新宿の高層ビル群と、魚眼レンズを通して見るように歪《ゆが》んで、間近に迫ってくる近景。

　ガラの姿が見えない。また闇《やみ》に溶け込んでいるのか。

　――この方が話しやすいだろう。

　目の前に細い銀糸が流れて消えた。

　うなずいて、孝太郎は結界の闇に向かって呼びかけた。「森永さん」

　背後から声が聞こえてきた。「親父《おやじ》に会ってくれたんだね」

　あのコーヒーショップで向き合って話したときと同じ、森永の声。ちゃんと肉声だ。

　だが、慌《あわ》てて振り返っても人影はない。

「どこにいるんですか」

「コウちゃんらしくない、ボケた質問だな」

　森永は軽く笑った。

「僕は常に、ガラと共にいる。君の言葉はいつもちゃんと聞こえていた。でも、こうして話すのは久しぶりだね、コウちゃん」

安堵と喜びに心が緩み、孝太郎はあやうく泣きそうになった。森永はまだ森永のままでまとまっていてくれた。まだ間に合う。

「オレがお父さんに会ったことを知ってるなら、くどくどした説明は要りませんよね。帰りましょう、森永さん」

返事はない。孝太郎は周囲を見回した。

「あのまま、お父さんを放っておいちゃいけませんよ。森永さんも苦しかったんでしょうけど、お父さんも苦しんでる。森永さんを失ったことで、今じゃお父さんの方がもっとずっと苦しんでるのかもしれない」

この結界の内では、声が通らない。水に流されるように、口元からすぐ消えてしまう。

やがて、森永が小声で応じた。「——贖罪なんかじゃないんだ」

「え？」

「親父は誤解してる。いや、僕自身もずっと勘違いしてたんだから、無理もないけど」

森永の声は、孝太郎がどっちを向いても背後から聞こえてくる。

「僕は人殺しなんだよ」

「事情はお父さんに聞きました」

「親父は現場を見たわけじゃない。だから確証はなかったろ。事故があった、なんて言い方をしていた。でも僕は知ってる。自分が何をしたかを知っている」

僕は子供を殺した子供だ、と言った。

「友達を殺した子供とは言いたくない。あんな奴《やつ》、友達じゃなかったから」

「そうですよ。だって、ひとつ間違ったら森永さんの方が集団リンチで殺されてたかもしれないんだ」

「じゃあコウちゃんは、僕のしたことは正当防衛だって言うのかい」

孝太郎は躊躇《ためら》いを感じなかった。「はい。森永さんは自分の身を守っただけです」

森永が黙ると、歪んだ近景がさらに迫ってきて、信号機の赤や青がどぎつく孝太郎の目を射た。

「――僕もそう思っていた」

切羽詰まってやったことだった。温和《おとな》しくしていたら、自分の方が殺されてしまうと思うと怖かった。終わりのない苛めが辛《つら》かった。

だからあの一瞬、ほんの一瞬の怒りと恐怖に前後を忘れ、いじめっ子の背中を押して突き落とした。

これで解放された、と思った。

だが、恐怖が薄らいだのも、檻《おり》から逃れたかのような解放感も、わずかの間のことだった。その後はずっと恐ろしかった。何てことをしてしまったんだろう。もう取り返しがつかない。だからこそ正直に打ち明けることもできなかった。隠すしかなかった。知りません、わかりません。

そうやって、真実に蓋《ふた》をした。

「でも、森永さんは苦しかったんだ。そうでしょ？」

森永の声と向き合えないのが歯がゆくて、孝太郎はあっちを向いたりこっちを見たり、その場でぐるぐる足踏みしてしまう。

「過去のことは取り消せない。だからせめて、この先の人生のなかで罪を償おうって思ってたんだよね？　世の中の役に立とう、弱い立場の人たちや見捨てられた人たちを助けようって。行方不明のホームレスの人たちを放っておけなかったのも——」

「違うんだよ」

ぎょっとするほど間近、耳のすぐ後ろで森永の声が響いた。

「そんなんじゃなかった」

嘘《うそ》だ、と言い切った。

「僕はコウちゃんに嘘をついていた」

ここはガラの結界の内側。だからガラと共にいる森永は、このなかのどこにでもいる。孝太郎は森永の思念に包まれて、彼の言葉を耳にしている。

「ホームレスの人たちの失踪に気づいたときには、確かに彼らのことが心配だったんだ。僕が調べなければ、誰もあの人たちのことを気にかけたりしない。何とかしなくちゃって思った」

孝太郎は声を励まして言った。「そうですよ。あのときの森永さんの顔を、オレは見てる。今でもよく覚えてる。あの目は嘘をついてる人の目じゃなかった」

「だろうね。あのときの僕は、自分自身にも嘘をついていたんだから」

何でそんなことを言うんだよ。

「西新宿の猪野《いの》さんの件を振り出しに、点と点を結び付けて、西武新宿線の沿線を調べながら歩き回っていくと、〈失踪〉は仮説じゃなく、事実だとわかってきた。ホントに人が消えてる。社会の隙間に落ちた人たちを、誰かが消している。その確信がわいてきた」

そのとき、森永は思った。

「――許せない」

心配ではなかった。恐怖でもない。誰が何の目的でこんなことをしているのか突き止めたいという好奇心でもない。

「僕は怒っていた」

ホームレスを消している犯人は誰だ。どこのどいつで、どんな顔をしていて、どんな声で話し、自分の所業にどんな言い訳を用意している？

「犯人を見つけて、退治しようと思った」

弱い立場の人びとを助け、守り、その力になることで過去の罪を償おう。そんな気持ちではなかった。そんな想《おも》いは表面だけのものに過ぎなかった。

「僕は、ただただ怒っていた。こんなことをする奴は人間じゃない。人として生きてゆく資格はない。退治しなくちゃならない」

孝太郎は森永の声を追うのをやめ、その場に棒立ちになった。

その気持ちはわかる。ありありとわかる。孝太郎も経験したから。その心の動き、エネルギーの噴出。それは〈狩猟《ハンティング》〉を始めようと決めたときの孝太郎と同じだ。

「そして気がついた。あいつの背中を押して崖から突き落としたとき――あのときの子供の僕も、今と同じ気持ちだったんだ、と」

怖がっていたんじゃない。悔しがっていたのでもない。怒っていたのだ。正義の怒りだ。だから、いじめっ子を退治したのだ。

「それ以来、僕は一度だって本気で反省したことなんかなかった。贖罪しようと思ってなんかいなかった。善良で素直な子供ならそう思わなくちゃいけないだろうから、そのふりをしていただけだったんだ」

心のなかでは、せいせいしていた。衆を頼んで弱い者苛めをするガキを一匹、この世からつまみ出してやった。何が悪い？　ああいうガキは、大人になっても変わらない。それどころかもっと悪いことをする。邪《よこしま》な苗木は邪な樹木に生長し、人を毒する果実をつけて社会を害するだけだ。

退治して、何が悪い？

ああ、その思いも共有できる。孝太郎にはわかりすぎるほどよくわかる。

「ガラに出会って、僕は自分の真実の姿を見た。自分の本体がどんな姿をしているのかを見せてもらった」

どうやって？　尋ねる必要も、孝太郎にはない。ホームレス失踪事件を追ってガラにたどりついた森永に、彼女が見せたのだ。おそらくは、お茶筒ビルの屋上で。

森永健司が連れている、彼の〈言葉〉の集積を。

「コウちゃんにも見てもらいたい。振り返ってごらん」

孝太郎は両目を閉じた。そのまま足を踏み換えて後ろを向き、ゆっくりと瞼《まぶた》を開けた。

目の前で、闇が凝縮を始めていた。人の形を成そうとしている。本来の森永健司より大柄だ。肩幅も広い。両脚がたくましい。

人形《ひとがた》だ。そのことに、孝太郎は自分で思っている以上に救われた。

闇の動きが止まり、人の形が完成した。

真っ黒の影。関節が太く飛び出した右腕で何かを摑み、引きずっている。

人形が、それを持ち上げようとした。重そうだ。存在するが実在しないものなのに、屋上のコンクリートに擦れて、ぎりりと音がたった。

長柄《ながえ》の、巨大な斧《おの》だ。両腕で支え、渾身《こんしん》の力で担ぎ上げなければふるうことはできないだろう。森永健司よりも、マコちゃんが連れていたあの巨人にこそふさわしい。

だが、これは森永のものだった。森永の一部。彼の心を語る〈言葉〉が象った、彼の本質の一部。

これは首斬《くびき》りの斧だ。

森永健司の正体は、死刑執行人だった。

こんなにも、こんなにも大きな秘密。外からはけっして覗《うかが》い知ることができない。陽気な女友達が嫉妬《しっと》に燃える殺人者だったり、親切な花屋が血を欲しがる変質者だったりするように。

巨大な斧を引きずり、死刑執行人は一歩前に踏み出した。孝太郎に近づいてくる。眠気と吐気を同時に誘うような、スローモーションでぎくしゃくとした動き。

孝太郎は動けなかった。黒い影の死刑執行人は、そのまま孝太郎を通り抜けた。いつかガラが通り抜けたように。ただ彼女のときと違うのは、森永の〈言葉〉が身体のなかを通過してゆく一秒足らずのあいだ、孝太郎の心のなかいっぱいに、怒声と悲鳴が交差して木霊《こだま》したことだ。

堪《たま》らずに振り返ると、死刑執行人の姿は闇に溶け、消えてゆくところだった。それでも、刹那《せつな》に見えた。その丸く盛り上がった背中は、あたかも恐竜のそれの如《ごと》くびっしりと鱗《うろこ》で覆われ、牙《きば》を並べたような背びれが生えていた。

「これが僕の正体、僕の本質であるならば」

再び、結界そのもののなかから、森永の声が聞こえてくる。

「僕は後悔しない。反省しない。何度でも同じことをやるだろう」

今更のように、孝太郎は思い出した。クマーの学校島で、森永は、ホームレス狩りを嬉々《きき》として自慢し合うガキどもを監視《ウォッチ》していたのだ。

監視から狩猟へ。自分の真の姿に目覚めた森永にとっては、その一歩を踏み出すのは少しも難しいことではない。

さあ、お次はどこのどいつだ。この斧で首を刎《は》ねられる邪な人間は何処《どこ》にいる。

「だけど、僕のなかに残っているもう一人の僕、そんなのもう残骸《ざんがい》みたいなものだけど、あいつの背中を押す以前の僕の残りが、小さい声で囁《ささや》くんだ」

――怖いよ。

「それに、僕はもう子供じゃない。そのくせ、完全殺人をやってのけられるほどの超人でもない。処刑を、殺人を続けたら、いつかは露見《ばれ》るに決まってる。もう、事故でしたという言い訳は通用しない」

――怖いよ。

「それでも僕はかまわない。捕まったって、何も恥ずかしいことはない」

森永の平坦《へいたん》な、単調な、いっそ温和と言いたいほどの口調。

「でも、親父とおふくろにとっては不幸だ。そんなの、あまりに酷《むご》すぎる」

だから、森永はガラの大鎌のなかに消えた。悪を罰したい、弱者を苛《さいな》む悪を根こそぎ狩らずにはおられないという自らの渇望をガラに捧《ささ》げて、現世から姿を消したのだ。

「僕も、親父とおふくろのためには、〈いい息子〉の仮面を守りたかったしね」

その声音には、微笑が混じっていた。

「心配してくれてありがとう。コウちゃん、でも、僕はもう帰らない。帰れない」

孝太郎は声もない。うなずくこともできなかった。

「親父も本当は、あれが事故じゃなかったってわかってるんだろう。おふくろもそうだ。二人とも僕を哀れんで、僕のために悲しんで、僕を恐れてる。だから親父は僕を探す。おふくろは探さない」

今日、コーヒーショップの前で別れるとき、森永宗司はこう言っていた。

――健司はもう死んでいるんじゃないかと思います。

「さようなら、コウちゃん」

だけど僕は死ぬわけじゃない――

遠ざかりながら、消えかかりながら、森永の声が語りかけてくる。

「ガラと共に、永遠になるんだ。ただの〈永遠〉というものに」

足から力が抜けて、孝太郎はその場に跪《ひざまず》いた。両手で顔を覆った。

心に浮かぶのは、耳の奥に響くのは、あのときのあの男の言葉。

――あんた、凄《すご》い牙が生えてる。

あれが森永健司の正体であるならば、三島孝太郎の正体は今、どんな姿をしているのか。混じりけのない恐怖と取り返しのつかない絶望が、孝太郎を押し包む。

ガラの結界は、沈黙を守るのみ。

終　章　悲嘆の門

1

「――もう、やめようかと思うんですけど」

八月も半ばを過ぎた。暦の上では残暑でも、日差しは苛烈《かれつ》に中天から降り注ぐ。ただ、キャンパス内の広場に置かれた木陰のベンチは、風通しがよくて居心地がいい。

都築《つづき》は孝太郎《こうたろう》の隣に座り、広場を行き交う学生たちの様子を、目を細めて眺めている。

「今時の若い女の子は、えらい恰好《かっこう》をして学校に来るんだなあ。何だ、あのシュミーズみたいな服は」

そんなことを言う都築は、ちょっと助平たらしい。この人にもこんなオヤジの部分があるのだ。

「シュミーズじゃなくてキャミソールですよ」と、孝太郎は言った。「それに今は授業がないから、みんなサークルに来てるんです。どんな恰好をしてたって平気ですよ」

「君は授業を受けてるんだろ」

「補講です。今日で終わりました」

森永《もりなが》と本当に別れた後、孝太郎は一週間ばかり鬱《ふさ》ぎ込んでいた。心が揺れては揺り戻し、眠りも浅く、身体《からだ》がだるい。家族には夏バテだと言ってごまかした。

都築に連絡したのは、今の自分の煩悶《はんもん》を理解してくれるのは、結局このおっさんしかいないと思ったからだ。すると都築は、孝太郎の用件も聞かず、すぐ会おうと応じた。顔を合わせて話そう。大学じゃどうか。君は学校に行く用事はないか。おっさん、何でそんなに積極的なんだと戸惑ううちに待ち合わせの段取りを決められて、こうなった。

「補講ってのは、俺たちの世代で言うところの〈居残り〉ってやつだな。君は留年しそうなのか？」

「——ぎりぎりセーフになりました」

「そりゃよかった。親御さんに学費を出してもらってることを忘れるなよ。今日日、ほかの何よりも教育には金がかかるんだ」

オレはそんな説教を聞きたいわけじゃない。

都築は孝太郎の方に向き直った。出し抜けだったので、孝太郎はムキダシにむくれ顔をしていた。

「他人に〈○○しようかと思うんだけど〉と持ちかけるのはな、相談してるんじゃないんだぞ、若造。そうした方がいいですよって、追認を求めているだけだ」

短く笑うと、また前を向いた。「ガラと手を切ろうっていうんだろう。俺は大賛成だ。さんざん、そうしろと勧めてきた。やっとその気になったか。まったく手の掛かるお子さんだ」

むくれ顔を引っ込めようがなくて、孝太郎はそのまま言った。「だって、今まではそのタイミングがなかったから」

「何があった」

「だからタイミングの問題で——」

「吐け、小僧」

孝太郎は森永のことを打ち明けた。彼の父親の言葉も、忘れようがなかったから、一言半句正確に。

「気の毒にな」

都築はぼそっと言った。行き交う女子大生たちの姿も、もう気にならないようだ。

「殺人者が虫も殺さないような顔をしてるってことは、珍しくないんだよ」

「そんな言い方をしないでください」

「俺は森永君のことを言ってるんじゃない。君のことを言ってるんだ」

言い訳を許さない口調だ。

「自分で手を下したわけじゃない。だが、君がガラを武器がわりに使って他人の命を奪ったことに間違いはない」

だから、もうやめようかと思ってるって言ってるんじゃないのか。

「俺たちが妙な関わりを持ってしまった事件は、どっちも終わった。始末がついた」

苫小《とまこ》牧《まい》と秋田の事件は、公的に完全解決した。戸塚の事件の中園孝輔《なかぞのこうすけ》と、山科鮎子《やましなあゆこ》殺害事件の田《た》代慶子《しろけいこ》は永久に「行方不明・捜索中」で逮捕されることはないだろうが、騒動は終息した。三島の〈真美《まさみ》ママ〉殺害についても、このごろになって常連客の一人が事件後間もなく自殺していることに注目が集まり、報道もあった。

「始末できずに残っていたのは、君の気分だけだ。俺はそれを危ぶんでいた。やめる気になってくれたのなら、大いに結構だ。今すぐにでも、もとの真人間に戻れ」

そして忘れろ、と言った。

孝太郎は黙っていた。おっさん、人が〈○○しようかと思うんだけど〉と言い出したとき、〈おお、そうしろそうしろ〉とあんまり熱心に背中を押すのは逆効果だって知らないの？

孝太郎が臍《へそ》を曲げているのに気づいているのかいないのか、都築は唐突に質問した。

「――君はどう思う」

「どうって、何をですか」

「ガラの正体さ」

本質と言ってもいい、と言う。

「そういう話は、今は」

都築は孝太郎の顔を見た。「本人に筒抜けだからか？　俺はかまわん。ガラも気にするもんか」

「なんで気にしないって言えるんです？」

「あいつは人間じゃないからさ。人間と同じ心なんか持ち合わせちゃいない」

カチンときた。

「そりゃ、ガラは確かに実在してないけど、人間らしい心を持ってないなんて、僕は思いません」

「どうして」

「都築さん、忘れちゃったんですか。ガラが〈無名《むめい》の地《ち》〉とやらへ行こうとしているのは、何か罪を犯してそこへ追放された息子を連れ戻すためなんですよ。〈無名の地〉に入るには門番と戦わなくちゃいけないから、あの大鎌《おおがま》を鍛えてるんだ」

「俺たち人間とは根本的に異なる存在でも、子供を想《おも》う母親であるなら、無条件で人間らしい心を持ってると思うのか？」

「思っちゃいけませんか」

都築は勢いよく何か言いかけて、急ブレーキをかけたみたいに口を閉じた。口の両端に深い皺《しわ》が寄った。そして一拍置くと、口調を抑えてこう問うてきた。

「ガラはどうして、あんな半人半鳥の姿で俺たちの前に現れるんだろうな」

ころころ質問を変える。オレはそんなこと、一度も気にしたことないってば。

「オレたちを脅かさないように、一応は気を遣ってくれてるんでしょ。だって彼女の正体はガーゴイルそっくりなんですよ」

本人は、正確には、この世にあるガーゴイルの像がガラたちの姿を模して創造されたのだと言っていた。

「それなら、もっと人間そっくりに化けてもバチはあたらんだろうよ」

おっさん、いちゃもんつけてんのか。

「俺はな、あの姿は、ガラなりの警告なんじゃないかと思うんだ」

「警告?」

都築は強くうなずく。「私は危険だ、私を信用するな、私を侮《あなど》るな。なぜなら私は、おまえたちにとっては異形《いぎょう》のものなのだから。そういうメッセージさ」

孝太郎の脳裏に、ふとガラの声がよぎった。

——おまえは後悔する。

折々に、ガラは孝太郎にそう言った。あれも警告と受け取れなくもない。

だが、ガラは〈始源《しげん》の大鐘楼《だいしょうろう》〉の守護戦士なのだ。〈狼《おおかみ》〉のユーリ、森崎友理子《もりさきゆりこ》の言を聞く限り、かなり尊い存在。今の孝太郎にとっては、それはイコール、かなり正義に近い存在だということだ。

「そう、〈言葉の生まれ出《いず》る領域《リージョン》〉とやらを守ってるんだよな。俺はそれも気になるんだ。やっとじっくり考える余裕ができたら、気になってたまらなくなってきた」

都築は孝太郎の目を覗《のぞ》き込む。

「三島《みしま》君、そも〈言葉〉ってのは、何だ?」

孝太郎は返事に困った。そんな禅問答みたいなことを言われたってさぁ。

「〈言語〉というとちょっとニュアンスが違う。文化的な素材になっちまうから。〈文字〉も違うよな。文字は〈言葉〉を書き記すための道具なんだから」

軽く首を振りながら、都築は続ける。

「〈言葉〉そのものは目に見えない。実体もない。存在するが実在しない」

それは〈物語〉と同じだ。〈言葉〉は〈物語〉を紡《つむ》ぐ材料なんだから、そりゃそうだ。

「そういうもののことを、普通、俺たちは何と呼んでる？」

孝太郎の返事を待たず、都築は自分で答えた。「〈概念〉だろ」

ガラは〈概念〉を守っている。存在するが実在しない彼女自身もまた〈概念〉だ。

「俺はな、永年の経験で知ってるんだよ。普通の人間が〈概念〉なんてものに深く関わりすぎると、ロクなことがない」

そんな、形のないものと関わると。

「それって……たとえばカルトの洗脳とか、宗教原理主義とかのことですか」

孝太郎が鼻白《はなじろ》んでいることに気づいたのか、都築は苦笑して、

「すまん。こんな七面倒《しちめんどう》くさいことを言いたいわけじゃなかった」

短く刈った白髪交じりの頭を掻《か》いた。

「ともかく、ガラがああいう姿をしていることには、〈気をつけろ〉って意味がある。それを俺たちは、もうちょっと深く考えるべきだったと反省してるんだ」

「でも、ガーゴイルは魔除《まよ》けなんですよ。悪《あ》しきものの侵入を防ぐ力を持ってるんだ。だから寺院とか教会とかの、聖なる場所に飾られてる」

それもまた正義、〈正しきもの〉だけが行い得る業《わざ》ではないか。孝太郎はそう思う。

「そうだな。でも、なんで怪物が魔除けになるのか知ってるか？」

まさに〈怪物〉だからだよ、と都築は言う。

「悪には悪を、毒には毒を、だ」

——あんた、凄《すご》い牙《きば》が生えてる。

怪物には怪物を。

「それに、ロマネスクやゴシックの建築物に飾られているガーゴイルなんかの怪物の像は、現世の頽廃《たいはい》や堕落、悪徳を象徴的に表したものでもあるそうなんだ」

魔物だよ。

「俺も君も、魔物に遭遇した。そして魅入られた。魔物が使う黒い魔法は劇的だからな。だが、もういい加減で目を覚ますべきだ」

潮時だ。都築は言って、孝太郎の肩をつかみ、ぐいと揺さぶった。

「その左目の力を返して、引き返せ。君はガラに近づきすぎた。正しいことをしよう、悪を刈り取ろうとして、踏み込み過ぎた」

志《こころざし》は正しかったのだけれど。

「君がそういう志を持つ若者だからこそ、ガラは君を選んだのかもしれない。君もガラに惹《ひ》かれるんだろう。だが相手は魔物だ」

人と魔物が親しんでいいわけがない。

「俺は悪い方に考え過ぎているのかもしれない。だが、現に君の連れている〈言葉〉、君の過去の集積は、牙の生えた怪物になっちまってるんだろう?」

孝太郎は足元に目を落とした。木陰のベンチにいるから、この日差しの下でも、二人の影は落ちていない。

今、日向《ひなた》に歩み出て、自分の影が形を変えていたらどうしよう。牙が生え、角が生えていたなら。脇腹《わきばら》から三本目の異形の腕がひん曲がって生えていたなら。尻《しり》から、尖《とが》った鱗《うろこ》に覆《おお》われた尾が生えていたなら。

「だからオレも、怖くなって」

怪物になりきってしまうのは恐ろしい。どんな怪物になるのか見当がつかないことも恐ろしい。

「だけど——まだ美香のことがあるし、この左目の力が必要になるんじゃないかって気もして」

思い切りがつかなくて迷ってしまうのだ。

都築は瞬《まばた》きした。「美香さんって、妹さんの友達だよな。その後、何かあったのか」

孝太郎が蜘蛛《くも》のような〈言葉〉の残滓《ざんし》を目撃したことを話すと、都築はぶるりと震えた。

「俺は蜘蛛が苦手なんだ」

「幸い、今ンとこは何も起きてないんですけど、先のことを思うと心配なんです」

「それはよくわかる。だが三島君、考えてみろ。現状、その心配を解消するために、君の左目の力が役に立ってるか？ ただおぞましいものを視《み》てしまって君が動揺してるだけで、美香さんの力にはなってないじゃないか」

確かにそうなのだ。美香はもちろん、一美《かずみ》と話をすることもできなくて、ただ停滞している。

「左目の力が、かえって邪魔になってるんじゃないのかね」

視るだけ視ても、美香にも一美にも説明できない。信用してもらえるはずがないと思うと、焦《あせ》って空回りするばかり。問題が起きてないか、聞き出すことさえおぼつかない。

「美香さんには、君がごく普通の人間、困ったことがあったら気楽に相談できる、仲良しの近所の兄ちゃんでいてあげる方が、ずっといいんじゃないか」

反論できなかった。おっさんの言うとおりなのだ。

「――わかりました」

ベンチの前を、学生のグループが通り過ぎた。お洒落《しゃれ》に着飾った女子たちと、ジーンズにTシャツを恰好良く着崩した男子たち。てんでにスマホをいじり、賑《にぎ》やかな笑い声をあげている。彼らを見送って、都築は言った。

「君は、大学生活が退屈だったんだってな」

オレ、そんな話をおっさんにしたっけ。

「まわりがみんな、あの連中みたいなバカばっかりに見えるって」

「え？　オレ、そこまでキツいことは言ってませんよ」

もろにモテない男子のひがみに聞こえる。

「自分を取り囲んでいる現実の生活が軽薄で無価値なものに見えるという発言を、ひと言で要約するとそうなるんだよ」

みんな、バカばっか。

「実際には、そんなことはないんだよ」

それでは社会は動かないのだから。

「社会現象の表面だけを俯瞰《ふかん》したら、今日日の世間は軽いばっかり、不具合ばっかり、いいところなんかひとつもないように見えるだろう。連日ニュースを見ていたり、クマーみたいなところで働いていたら、この社会が邪悪の種と果実の量販店になっちまったみたいに見える」

だが、それは不幸な錯覚だ。

「だから君一人で社会を背負う義理なんかない」と都築は言う。「このキャンパスをよく見てみろ。今はここが君の人生の一部だ。そんなに悪くないぞ。大学ってところはいいな。俺みたいな無学なおっさんでも、学究的な気分になる」

おっさん、それを言いたくて、わざわざ大学で会おうって指定したのか。ここが三島孝太郎の生きている場所だ。それをちゃんと見つめろ、と。

「ガラに、力を返せ。理由は説明しなくていい。言い訳も交渉もするな。ただ、もう用が済んだから返します。それだけでいい。そうしてくれるな？」

孝太郎はうなずいた。本心から、そのときは素直にうなずくことができた。今この場で返したっていいような気がした。決心が固まって、落ち着いた。

都築が去り、孝太郎もキャンパスを出て駅に向かい、ホームで電車を待っているあいだに、お揃《そろ》いの夏服を身につけ、手をつないでいる母子《ははこ》を見かけるまでは。その笑顔の眩《まぶ》しさに、ふとあの子の顔を重ねてみるまでは。

――最後に、もうひとつ。

この左目の力を使って、いいことをしてみてもいいじゃないか。

新宿・井田町《いだちょう》の古アパートでは無理だった。予想していた以上に駄目だった。建物そのものにも、周辺の町筋にも、あまりにも多くの人びとが出入りし、住み着いているので、残された〈言葉〉が入り混じり、ごった煮状態になっていて見分けがつかないのだ。

でもそれは、ほっとすることでもあった。ここらには田代慶子や中園孝輔のような強烈な〈言葉〉の持ち主はいなかった。やすやすと混じり合ってしまう、温和で薄い〈言葉〉を連れている人びとしかいなかった。真菜《まな》と彼女の母親にとって危険な人間はうろついていなかった。そう確信できたから。

アパートの前から長崎《ながさき》邸に電話してみると、真菜はまもなく保育園から帰ってくるという。午後四時十五分前。孝太郎は大急ぎで近所を歩き回り、洒落たケーキ屋を見つけてプリンアラモードを買うと、長崎邸に向かった。

タイミングぴったりだった。角を曲がって長崎邸の正面が見えるところにくると、初子《はつこ》と手をつないだ真菜が向こうから歩いてきた。ひまわり色の半袖《はんそで》ワンピースに、同じ色のリボンがついた麦わら帽子をかぶっている。

「あ、お兄ちゃんだ」

初子より先に真菜が気づいて、孝太郎に笑いかけてくれた。

この前、この子と会ったのはいつだっけ。あまりにもいろいろな出来事がありすぎ、嫌なものを視すぎてしまって、神経毒みたいなものに侵され、自分でもそれと気づかぬうちに、孝太郎の心は半分以上も麻痺《まひ》していたようだ。

その麻痺が、真菜の笑顔で瞬時に解けた。孝太郎は駆け寄った。

「こんにちは、真菜ちゃん。久しぶりだね。保育園は楽しい？」

「うん！」

真菜はもう緘黙《かんもく》児ではない。体格は小柄なままだけれど、頬はふっくらしているし、何と日焼けしている。孝太郎の驚きを察したのか、初子がにこにこうなずいた。

「真菜ちゃん、プールが大好きなのよ」

「そうですか……」

「園のプールが気に入ってね。とっても楽しそうだから、試しに幼児向けのスイミングスクールに連れてってみたら、真菜ちゃんたら筋がいいんですって」

先月末には、保育士の佐藤先生に同行してもらい、伊豆《いず》に海水浴に行ったそうだ。

「おかげでわたしも、こんなおばあさんになってから水着を着る羽目になったんですよ」

初子は照れくさそうに言うのだった。

真菜の部屋でプリンアラモードを囲み、このごろの様子を聞かせてもらった。真菜は父親と定期的に会っていて、それなりにコミュニケーションがとれるようになってきたが、父親の方は仕事がうまくいっていないらしく、生活が不安定で、真菜を引き取れる状態ではない。シングルファーザーとして子育てをする自信も、その意思もないようだ。真菜を養子にもらってくれる家があるなら、それがいちばんいい、長崎さんで何とかしてくれないかと言っているという。

親としてどうかとは思うが、できないものはできないと突っぱねるのは、いっそ潔《いさぎよ》いとも言える。変に世間体にこだわって、真菜を振り回すよりはましじゃないか。

「じゃ、真菜ちゃんはずっとこちらに?」

「そうしたいんですけど、養子にするとなるとね。兄もわたしももう歳《とし》だから……。

どっちかが病気で倒れでもしたら、真菜ちゃんの世話を焼いてあげられなくなってしまう」

〈光の家〉の大場《おおば》や、区役所の児童福祉課の担当者と相談を重ねながら、然《しか》るべき養父母を探しているところだという。

「もちろん、わたしたちはずっと真菜ちゃんの後ろ盾になるつもりだし、養父母のことだって、今すぐにどうこうするわけじゃありませんよ。いいお宅が見つかっても、少しずつ馴染《なじ》むところから始めてもらわないと」

やっと落ち着いて穏やかな生活を始めたばかりの真菜に、急な環境の変化は禁物だ。

「小学校にはうちから通うことになるわね」

「来年の春ですね」

「あっという間ですよ。よかったら、入学式に来てあげてくれない？」

プリンアラモードのホイップクリームをくちびるにくっつけて、真菜が孝太郎を見上げて笑った。「マナ、がっこうにいくんだよ」

「そうだね。春になったら、お兄ちゃんと同じ学生になるんだ」

孝太郎も笑みを返す。久しぶりに晴れ晴れと笑ったような気がした。

「三島さん――」

初子がちょっと言いにくそうに声を落とした。「この前お会いしたのは、三月だったかしら。あれからあなた、病気でもした？」

痩《や》せたでしょう、という。

「窶《やつ》れたって言った方がいいかしら。ほっぺたがこけたみたい」

孝太郎は慌《あわ》てて顔を擦《こす》った。「バイトに熱中し過ぎて、単位を落としちゃったんです。あやうく留年になりそうで、うちでもめちゃくちゃ叱《しか》られて」

「あらまあ、大変だったのね」

ええ、大変でした。でも、それももう終わりです。

「兄は今、〈光の家〉で会合があって出かけているの。夕方には戻るし、大場さんもお連れすると言ってたから、三島さん、うちで夕食を御一緒にいかが？」

今夜は十時から明朝六時まで、クマーのシフトに入っている。幻の連続切断魔事件が終息し、クマーも通常の体制で平常業務に戻っているが、何人か辞めてしまったので、残ったメンバーでのやりくりが厳しくなっている。

「それは有り難いですけど……」

「遠慮なんかしないで、どうぞどうぞ。兄も喜ぶわ」

初子は買い物に出かけ、真菜と二人になった。お絵かきしようと、真菜はスケッチブックとクレヨンの箱を取り出す。

孝太郎はこのときを待っていた。それまでは右目を閉じまいと意識するあまり、瞬きが不自然になっていたくらいだ。

——真菜ちゃんのそばに、ママの〈言葉〉が残ってないか。幼子《おさなご》を残して先立ってしまった母親の想いが、その子のそばに留《とど》まっていないか。

——オレの左目なら、それが視える。

それはきっと美しく、光輝くものであるはずだ。孝太郎がそう思いついたのは、美香が怪我《けが》をしたとき、職場にいる園井《そのい》貴子《たかこ》の背中に、美しい一対の翼を視たからだった。

——オレの左目でできる、いいこと。

ガラから受け取ったこの力は、悪を見つけるだけじゃない。善きものを見出《みいだ》すこともできる。最後にそれを確かめておきたい。

「お兄ちゃん、これマナがかいたんだよ」

真菜がめくってみせるスケッチブックには、ひまわり畑や海水浴場の絵が描いてある。楽しい夏の思い出だ。

「きれいだねえ。真菜ちゃん、また絵が上手になったんじゃない？」

そっと呼吸を整えて、孝太郎は瞼《まぶた》を閉じた。それからゆっくりと左目だけ開けてみた。

予想し、期待していたのは、何かきらきらした光の粒みたいなものや、レースの切れ端みたいなものだ。真菜の母親は、生前ここを訪れていない。彼女の〈言葉〉がここにあるとしても、それは真菜にくっついてきたものであり、あまりはっきりした形をとってはいないだろう。そう思った。

とんでもない見込み違いだった。

オレンジ色のクレヨンを握り、一心に丸いおひさまを描き始めた真菜には悟られずに済んだろう。孝太郎が一瞬息を呑《の》み、身じろぎしてしまったことを。

それほどに、それは近くにあった。

光輪だ。キンポウゲみたいな色で、淡く輝いている。ただの金色とは言いたくない。呼吸しているかのように、ちょっと濃くなったり薄くなったり、波のようにさざめいたりしている。そして、真菜の背中を守るように寄り添っている。

——真菜ちゃんのママだ。

母が子を想う意思の残滓。母が子に託してきた〈言葉〉の集積。朝な夕なに、眠れない夜に、冷え込む雨の朝に、寄る辺なさが身に染《し》みる秋の日暮れに。

母親はどんなときでも子供に話しかける。言葉で愛情を伝え、この世界の有り様を伝え、そこにはあなたと一緒にお母さんがいて、いつでも守ってあげると約束するために。

「真菜ちゃん」

お絵かきに夢中の真菜は、クレヨンを動かしながら「ん?」と応じた。

「真菜ちゃんのママのお名前はなんていうの? お兄ちゃん、きいたことなかったな」

真菜は手を止め、孝太郎の顔を仰いだ。

「ユリコさん」

真菜の声に、キンポウゲ色の光輪がまたさざめいた。

「そう。いい名前だね」

ユリコさん。真菜ちゃんを照らす、温かなこの光。孝太郎にも、その温《ぬく》もりを感じとることができた。

——初めまして。

あなたはずっと真菜ちゃんと一緒にいたんだ。これからもずっと一緒にいるんだ。気がつかなくて、ごめんなさい。

この光輪は、真菜が成長し、彼女の〈言葉〉が形を持ってゆくに従って、やがてはそのなかに溶け込み、一体となって、真菜を見守り続けるのだろう。

孝太郎の視線をたどって、真菜が後ろを振り返った。母の光輪の放つほのかな光が、その愛《いと》し子《ご》の頬を照らす。

「なあに？」

お兄ちゃんが何を視てるのか、不思議そうに問いかける。真菜には何にも見えないよ。孝太郎はその頭に手を乗せて、くりくりと撫《な》でた。

「真菜ちゃん、お兄ちゃんね、このごろずっと勉強してたんだ」

「べんきょう？」

「うん。前に約束したろ？　真菜ちゃんのママがどこに行っちゃったのか、いつ帰ってきてくれるのか、わかったら教えてあげるって。だから、わかるまで勉強してたんだ」

真菜の顔が輝いた。「わかった？」

「わかったよ。ママは真菜ちゃんのそばにいる。姿は見えなくなっちゃったけど、ママはどこにも行ってないんだ。いつだって真菜ちゃんと一緒にいる」

勉強したから、お兄ちゃんにはわかる。高い授業料を払ったけどさ。

「ふうん」

真菜はうなずき、喉声《のどごえ》で、小鳩《こばと》みたいに笑った。ユリコさんの光輪もさざめいた。まるで彼女も笑ったみたいだった。

善きもの、聖なるもの。けっして失われることのないもの。オレは天使の輪っかを視てるんだ——と、孝太郎は思った。


——ガラ、左目の力を返すよ。

長崎邸から新宿駅に向かう夜道を歩きながら、孝太郎は呼びかけた。

——オレにはもう必要がなくなった。それに、オレなんかがこれ以上使っちゃいけない力だと思う。

新宿御苑《ぎょえん》の外塀に沿う、細い一本道だ。ほかに通行人はいない。中央線のガードが左側の視界を塞《ふさ》いでいる。まだ八時過ぎなのに、真夜中みたいに暗い。

——ガラ？

前方の闇《やみ》のなかに、ガラの姿が見えてきた。お茶筒ビルの屋上で初めて遭遇したときと同じように、ゆっくりと舞い降りてくる。そして音もなく着地すると、翼をたたんだ。対《つい》になった大鎌が、その背中で一瞬、氷のような光を放った。

——おまえの狩りは終わったというのだな。

孝太郎は右目を閉じてみた。銀色の糸は見えない。最初のころと同じように、ガラの言葉は耳の奥に響いてくる。

借り受けていた力が消えたのだ。

——ならば、終わろう。

ガラから数メートル離れたところで足を止め、きちんと姿勢を正して、孝太郎は言った。

「結局、オレはあんまりあんたの役に立てなかった。ごめん」

ガラは半眼になり、軽く首をかしげた。長い黒髪が闇に溶けるように流れる。

「でもオレは、山科社長の仇《あだ》を討つことができた。どれだけ感謝しても足りない。ありがとう」

高架上を電車が轟音《ごうおん》をたてて通過する。孝太郎は闇に語りかけているだけだった。

ガラの姿は消えていた。

2

実は助平なところもある都築のおっさんの言《げん》は正しかった。左目の力を捨てたら嘘《うそ》みたいに気が楽になり、孝太郎はつるりと美香にメールを送った。

〈あれからどうよ？　オレはまだちょっと　ミカのことが心配なときがあるんだけど何も問題ない？〉

すると美香もつるりと返信してきた。

〈コウちゃんは　あたしが学校裏サイトで悪口を言われてたときのこと　知ってるんだよね　おばあちゃんに聞きました〉

そして、〈ちょこっと話そ　デートしない？〉

ランチタイムに、駅の近くのマクドナルドで落ち合うことにした。軟式テニス部の夏合宿から帰ったばかりの美香は、ハナコおばちゃんふうに言うなら、「にこっと笑って歯を見せないと、どっちが裏か表かわからない」ほど日焼けしていた。元気いっぱいに見える。

「今日、一美姉《ねえ》は？」

「母さんと渋谷へ行ったよ。買い物だって」

そっかと、美香はほっとしたようだ。

「何だよ、一美に知られちゃまずいことか」

美香は声を出して「う～ん」と言った。「一美姉だけじゃなく、今はママにも」

「それぐらいビミョ～な話か」

「――ガク先輩のことなんだ」

名前を言えばわかるでしょ、という顔をする。確かに孝太郎にはそれだけで話が通じる。

「テニス部の先輩だろ？　空気読めないバカ男だ。美香、まだしつこくされてんのか」

「そんなんじゃないよ。しつこいとか、そんなふうじゃない」

おっと、かばってるぞ。風向きが変わってないか。

ははぁ、と思った。孝太郎がじっと見つめると、一美よりはるかにナイーブな美香は、少女マンガのなかの内気なキャラクターのようにもじもじした。

「美香が内緒にしてくれって言うなら、オレは誰にもしゃべらないよ」

「うん、わかってる」

息をついて、コーラを一口飲んでから、

「四月のね、ゴールデンウィークのちょっと前に、ガク先輩からメールをもらったの」

高校生になり、学校生活も落ち着いた。あらためて美香に会い、自分の勝手な言動のせいで迷惑をかけたことを謝りたい、という内容だったそうだ。

「あたしは先輩にメールアドレス教えてなかったから、びっくりしたんだけど」

「誰かお節介焼きがいたんだな」

美香は返信した。いじめのことなら、もう終わった。当時は辛《つら》かったけれど、今は何でもない。だからわざわざ謝ってもらう必要はないです。

「そしたら、許してもらえるなら、その……あの……」

「やっぱり美香と付き合いたいってか」

美香はまたもじもじしてうなずいた。

孝太郎の感覚では、こういうのを〈しつこい〉という。が、女の子の感覚は違うのか。

「あたしね、まだ中二だし」

「中一だって中二だって、ボーイフレンドのいる女子はいるだろ」

「けど、うちはママ一人だし」

言って、美香は慌てて続けた。「シングルマザーだからどうとかって意味じゃないよ。ママは一人でずうっと頑張って、苦労してあたしを育ててきてくれて」

「うん。貴子おばさんは立派なキャリアウーマンだ」

「――だからあたしも」美香の声が小さくなった。「今からボーイフレンドつくったりして、フワフワしてちゃいけないと思うんだ。しっかり勉強していい高校に進んで、いい大学に入らないといけないもん」

孝太郎は感嘆した。「真面目《まじめ》だなあ」

健気《けなげ》で可愛《かわい》いが、傍目《はため》からは辛くもある生真面目さだ。いいじゃん、いいじゃん、そんな先のことまで気に病むな。

「貴子おばさんは、おまえが恋して青春するの、喜ぶよ。ママに悪いからって、おまえがきゅうくつな思いをしていろいろ我慢なんかしたら、悲しむよ」

「そうかなあ……」

「そうそう。でも、だからってガク先輩と付き合えって焚《た》きつけてるわけじゃないぞ。ママのために変な遠慮なんかするなって言ってるだけ。ガク先輩が嫌いなら断れ。それでもしつこくされるなら、オレが断ってやる！」

「やめて、コウちゃん」

思わずという抗弁で、美香は必死の顔つきだ。孝太郎が笑い出すと、今度は真っ赤になった。

「んで、ガク先輩にもそういうふうに返事したわけだな。わたしは今は誰かと付き合うとか考えられません、と」

「……うん」

「そしたら何だって？」

「じゃあ、ときどきメールしてもいいかって。友達として」

以来、メールのやりとりが始まった。当初、美香はほとんど返信しなかったのだが、

「先輩が、学校であったこととか、勉強のこととか、読んだ本のこととか教えてくれて、それが面白くってね、だんだん返信《レス》するようになったの」

そのうち、気持ちが変わってきた。ガク先輩は、自分が思っていたような人ではなかったのかもしれない。成績優秀で軟式テニス部のエースで人気者で、取り巻きの女子たちからきゃあきゃあ騒がれていて、派手な目立ちたがり屋だとばっかり思っていたけど、本当は一人で音楽を聴いたり本を読んだりするのが好きだし、大勢で騒いだりすると疲れるんだって。

「ンで、メル友になったと」

「う、うん」

「まだ顔は合わせてないのか」

美香は椅子《いす》の上で身を縮めた。「——会ったんだ。あの、階段から落ちちゃったのも、たぶんそのせい」

「はあ?」

「あの前の日に、ガク先輩からメールが来てね。本屋さんの帰り道で、うちの近所にいるって。それであたし」

「出かけてって、会ったんだ」

「四丁目の角の公園、わかる?」

園井家から徒歩で五分ほどの場所だ。

「そこで会って、本を借りたの。前から話してた本なの。ガク先輩が、これ読んだら園井さんもきっと感動すると思うって」

久しぶりに会うガク先輩は、美香の彼に対する見方が変わったせいか、一年前よりもずっと素敵に見えた。美香は胸がどきどきして、目の前が明るく開けるような気がした。先輩と別れてからも、胸の高鳴りはなかなかやまなかった。

「それであたし、たぶん……ぼうっとなっちゃったみたいで」

翌日、学校内の階段で足を滑らせたときも、頭のなかには別世界が広がっていたわけか。なるほど。孝太郎は長々とため息を吐いた。

「美香、そういうのを〈ほだされる〉って言うんだぞ」

微笑《ほほえ》ましいようなバカらしいような羨《うらや》ましいような。

「おまえ、恋しちゃってンだ」

それからひとくさり、孝太郎は美香の（中二の女の子なりの）惚気《のろけ》話を聞かされた。といっても二人はまだデートしたこともなく、ただ毎日メールをやりとりし、一週間に一度ぐらいの割合でその公園で落ち合い、たいていは本の貸し借りをして、好きな音楽や最近観《み》た映画のことなんかをしゃべって別れる。そういう付き合いだ。ま、今のところはな。だんだん進展してゆくに決まってるけど、その度合いもきっと超スローペースだろう。

話を聞くほどに、ガク先輩はそんなに悪い奴《やつ》ではなさそうだと思えてきた。あるいは、志望校をスベるという挫折《ざせつ》を体験し、とたんに背を向けて離れていった取りまきたちのつくりあげていた〈人気者〉の夢から覚めて、成長したのかもしれない。

今時あり得ない牧歌的な距離感の交際。年下の女の子の気持ちを思いやり、節度を保って行動している。告白騒動について聞いたときは、青春ドラマにかぶれたおバカ野郎だとばかり思っていたけれど、あれも彼が時代遅れな純情野郎だからこそおかした失策だったのかもしれない。

現状がこうであるのなら、美香が貴子おばさんに遠慮し、一美にも知られたくないのもよくわかる。合わせる顔がないというか、下手をしたら一美がバカみたいに見える。

孝太郎はわざと大げさに顔をしかめ、「だけどさ美香、大丈夫か？　そんなにしょっちゅう新しい本を貸してくれるなんて、怪しいぞ。本屋で万引きしてたりしてな」

美香は大真面目にキッとなった。「そんなことないよ！　ガク先輩、バイトしたお小遣いで本を買ってるの」

でもね——と声を落とし、「噂《うわさ》では聞いてたんだけど、ガク先輩のおうち、すごいお金持ちなんだよね」

父親は大手食品会社の重役だそうだ。社名を聞いて孝太郎も驚いた。テレビをつけて、この会社のコマーシャルを観ない日はない。

「そんな偉い人の息子が、なんで公立中学に通ってたんだ？」

「お父さんの方針なんだって。義務教育のうちから倅《せがれ》を特別扱いする必要はないって」

ガク先輩には兄さんが二人いるのだが、彼らもその方針で育てられ、長兄は何と現在就職浪人中なのだそうだ。

「自分もサラリーマン重役で、一人でここまで来た。コネなんかに頼るなって」

すげえオヤジさん。

「でも、話を聞いてるだけでも、ああお金持ちなんだなってわかることはあるよ。ちっちゃいころから、よく家族で海外旅行とかしてるみたいだし」

そうするとやっぱ、この街の土着民《どちゃくみん》じゃなくて、外来組の裕福な家なんだろう。

「だから先輩も、バイトのお給料を本とかCDとかに注ぎ込んじゃっても気にしないのね。そのへんは、あたしとはちょっと違う」

「今時、CDなんか買う若者がいるのかよ」

「コウちゃんたら、クラシック音楽が好きな人は、やっぱりCDを集めるんだよ。レコードを探して買う人もいるんだから」

「あ、そ。クラシックね。オレ、ぜんぜん門外漢《もんがいかん》だわ。教養なくてスミマセン」

二人で笑った。しかし、こうなってくると、孝太郎としては、いよいよ気になることを訊《き》かねばならない。美香の部屋の窓からするりと潜り込んでいった、あのおぞましい蜘蛛《くも》。

「先頭に立っておまえをいじめてた〈きらきらキティ〉って、最近はどうなんだ？」

ああ——と、美香も笑いを消した。

「あの人なら、先輩と同じ高校にいる」

孝太郎は目を剝《む》いた。「はっきりわかるのか？」

「うん」

「じゃ、〈きらきらキティ〉がどこの誰なのか——」

「みんな知ってたよ。三年生のあのヒトだって。少なくとも軟式テニス部じゃバレバレだった」

書き込みから推《お》すと、美香と同学年のように見えた。あれは偽装だったのだ。これだからネットは油断ならない。

「彼の取り巻きの一人だろ」

「うん。でも、自分ではカノジョのつもりだったみたい」

美香には珍しく、棘《とげ》のある口調だ。

「だからおまえをいじめたんだな。ムキダシに嫉妬《しっと》してた」

「そういう人なんだ。ガク先輩のことだけじゃないの。誰にでもヤキモチ焼くのよ。

何でも自分がいちばんじゃないと気にくわないって感じのヒト」

嫌な女子じゃないか。なのに、当時は〈きらきらキティ〉に荷担して美香をいじめる連中がけっこういた。主謀者が三年生だから、逆らうのが怖くて調子を合わせていた一、二年生もいたのかもしれないが、女子の関係性って、そういうところが厄介で怖い。

「彼と同じ高校にいるなら、おまえとのこと、気づかれてたりしないか」

「気づいてるよ」美香は短く、吐き捨てるように言った。「夏合宿の前に、ＯＧとして練習に来たんだ。そのとき言われた」

――ガクちゃんに手ぇ出さないでよね。

孝太郎はとっさに、美香の文庫本にはさんであったメモの文面を思い出した。〈ガクちゃんに手を出したら殺してやる〉

「おまえ、どうしたの」

「先輩には関係ないと思いますって言った」

美香は温和《おとな》しいけれど、芯《しん》は強い。

「それでその後は」

「何にもないよ。そのときこっきり」

孝太郎はつい眉《まゆ》をひそめてしまう。「ホントか？　ホントにそれで済んだのか？」

「ガク先輩も、高校に入ってすぐ、キバさんに付き合ってくれって言われて、きっぱり断ったって言ってた」

「その女子、キバっていうのか」

美香はテーブルの上に漢字を書いてみせてくれた。〈木庭〉と書いてキバと読ませる名字だ。

「でもほら、〈キティ〉とも読めるでしょ。幼稚園のときからそう呼ばれてたんだって。だからみんなもそう呼んでって」

呼称の自己申告だ。孝太郎は手で目を覆った。「おお、わかるわかる。それ聞いただけでその子のキャラがわかるわ」

そうするとあの蜘蛛は、美香にまといついていた〈きらきらキティ〉の嫉妬心の残滓か。本体から切り離されているんだし、大きな害はなさないものなのか。実際、美香はこうして元気でハッピーなのだし。

「しかし、なんでまた同じ高校に行っちまうかねえ」

「ガク先輩のせいじゃないよ。あのヒト、先輩の志望校を片っ端から受けてたんだから」

十代半ばで、一人の女子が一人の男子に、そこまで強く執着するとは驚きだ。

「ガク先輩はキティのこと——」

「前から好きじゃなかったのよ。嫌ってた。向こうが勝手にカノジョだって思い込んで、言いふらされて迷惑してたんだって」

孝太郎は半分後悔し、半分は安堵《あんど》した。左目の力を持っていたら、キティを視てみたかった。でも、視ないで済んでよかった。

「キティも地元の子だよな？」

「うん。先輩、一時は毎朝改札口で待ち伏せされて、わざわざひとつ向こうの駅まで行ってたんだって」

もともと我が儘《まま》で嫉妬心が強いタイプの女子らしいから、すげなくされて、かえって執着心が強まってるんじゃないのかな。

「今は収まってるのか？」

「あたしのところには何もないし、先輩も何も言ってないから……」

気をつけろよと言いかけて、孝太郎はやめた。相手は十六歳の女子だ。これが男子だと暴力沙汰《ざた》につながる危険もあるが、女の子のやることには自《おの》ずと限界がある。こっちが関わらなければ、いつかは諦《あきら》めて離れていくしかないだろう。

――でも、田代慶子みたいな例もある。

やめろ、やめろ。悪い方に想像していたらきりがない。都築のおっさんも言っていたじゃないか。孝太郎一人で全《すべ》てを背負い込むわけにはいかないのだ。

「コウちゃん、もうひとつハンバーガー食べる？」

美香の笑顔は明るい。これでよしとしよう。孝太郎は自分に言い聞かせた。

八月三十一日、夏休みの最後の日だった。

受験生のくせに、四泊五日の夏合宿までばっちり参加してテニス三昧《ざんまい》だった一美は、今ごろになって焦っている。そのくせ勉強の息抜きだとリビングのパソコンを使い、合宿で撮った写真の整理をし始めると夢中になってしまって、母・麻子《あさこ》に叱られた。

この日は孝太郎も一日じゅう家にいた。深夜シフトで朝帰りだった上に、去年の暮れから積もり積もった疲労がどっと出たのか、寝ても寝ても眠い。母と妹を呆《あき》れさせるほど、こんこんと眠りこけていた。

夢は見なかった。それが何より嬉《うれ》しかった。

夕食は焼き肉にするというので、孝太郎も下ごしらえを手伝った。三人でホットプレートを囲んだのが午後六時半。それからがんがん焼いて食って、みんなで満腹し、窓を開けて焼き肉の匂《にお》いを追い出していると、家の電話が鳴った。

麻子が出た。「あら、こんばんは」

明るい声のトーンが、すぐ変わった。

「美香ちゃん？　ううん、うちには来てないわよ」

受話器を耳から外し、「一美、今日は美香ちゃんと会った？」

「会ってない」

「連絡とった？」

「とってない。美香がどうかしたの」

「家にいないんだって」

孝太郎は壁の時計に目をやった。午後八時五分前。

一美は椅子《いす》から立ち上がった。「昨日、明日は一日ねじり鉢巻きで、国語のレポートを書くって言ってたのに」

「図書館じゃないの？」

「こんな時間に、そんなわけないじゃん」

一美が電話を代わる。「貴子おばさん、一美です。美香、おばさんに連絡しないで出かけてるんですか」

孝太郎は小声で麻子に訊いた。「ハナコおばちゃんは？　いるんだろ」

「夏風邪で、昨夜《ゆうべ》から熱を出して寝込んでるんだって。大したことはないらしいけど」

孝太郎は一美の横顔を注視した。受話器を耳にあて、うん、うんとうなずいている。

麻子が宥《なだ》めるように言った。「ちょっとコンビニに行ってるのかもよ」

リビングのパソコンは、一美がプリント作業を中断したまま、スリープ状態になっていた。孝太郎がマウスを動かすとモニターが明るくなり、ジャージ姿でラケットを手にした一美と美香の笑顔が映った。

がちゃんと音がした。一美が乱暴に受話器を置いたのだ。

「どうしよう、お母さん」

「まだそんなに慌てなくても」

「ううん、絶対ヘンだよ！」

一美は強く首を振った。ポニーテールが勢いよく揺れる。

「寝込んでるハナコおばちゃんに黙って出かけるだけでも美香らしくないのに、あの子、貴子おばさんに頼まれてた買い物もしてないんだって。おばさんが帰ってきたら、玄関もリビングも明かりがついてなくて、真っ暗だったんだって」

ちょっと出かけたんじゃないんだよ。もう何時間も前からいないのかも。

孝太郎は立ち上がった。「まあ、そうカッカすんな。オレ、行ってみるよ」

「お願いね」

麻子が、身を強張《こわば》らせている一美の肩を抱き寄せる。

向かいの園井家では、夏物のスーツの上着さえ脱がないまま、貴子がスマートフォンを耳にあてていた。キッチンの椅子に、パジャマ姿のハナコおばちゃんがぐったりと腰掛けている。ものすごく老《ふ》け込んで見えた。

「ああ、コウちゃん」

おばちゃんは声にも力がなかった。

「ごめんね。あたし、ずっと寝てたんだよ」

「熱があるんだから、それでいいんだよ。おばちゃん、いつ美香と会った？」

「朝、十時ごろだったかねえ。美香がおかゆを作ってくれたんだ。そのとき顔を見たっきりで――」

貴子が電話を終えて振り返った。さっきの一美と同じように険しい顔だ。

「父親のところには行ってないわ」と、いきなり言った。「まさかとは思うけど、会いに行ったんじゃないかって思って。でも、来てないって」

「おばさん、大丈夫ですよ。ちょっと買い物にでも行って、友達と会っちゃって、しゃべくってるんですよ」

そこまで言って、孝太郎は堪《こら》えきれなくなった。下手に隠すとかえって大事になり、美香が困るだろう。美香、ごめん。後でオレも一緒に謝ってやるからな。

「実はね、おばさん。美香は最近、ボーイフレンドができたんです。今もその彼と一緒にいるんだと思う。二人でいて楽しくて、時間を忘れちゃってるんだ、きっと」

貴子はさほど驚かなかった。それどころか、目をしばたたいてこう呟《つぶや》いた。

「ああ、やっぱり」

母親の勘だ。

「カレシは軟式テニス部の先輩で、美香はガク先輩って呼んでます。名前はえっと」

フルネームをすぐには思い出せなくて、焦《あせ》った。

「下川岳君《しもかわがく》です。ちゃんとした家の男子で、高校一年生ですよ」

貴子はスマホを手にしたまま、手近の椅子にすとんと腰掛けた。

「四丁目の角の公園で、ときどき会ってるんです。まだホントそれだけで、今時信じらンないような可愛いカップルなんですよ」

貴子はため息をつき、ハナコおばちゃんはまだうまく事情が呑み込めないのか、二人の顔を見比べている。

「うちは……特に門限は決めてないけど」

「黙って出かけて遅くなるのはいけないよね。美香らしくもないし。けど、そういう二人だから遠くへ行ってるわけないんだ。オレ、ぐるっと近所を捜してきます」

孝太郎は大慌てで家に戻り、自転車に飛び乗った。四丁目の角の公園へ走る。

参ったな、美香。お祖母《ばあ》ちゃんとお母さんにけっして心配かけないおまえが、こんな不用意なルール違反をするくらい、ラブラブ度が進んでるのか。

孝太郎のもっとも楽観的な予測は、公園内のベンチで、美香とガク先輩が顔を寄せ合っておしゃべりに興じているのを発見する、というものだった。あ、コウちゃん。もうそんな時間？ ウソぉ～！ ウソなわけねえだろ、真っ暗じゃねえか！

この予測は、さして広くもない公園内を一巡するだけで外れた。美香はいない。

二人で、コンビニか本屋、さもなきゃマックにでも移ったか。夏の陽は長いから、ちょっとぐらいなら平気だろうとか思っちゃって。だけどさ、美香。どっかへ行くならやっぱおばさんに連絡――

そのとき、どうして周囲を左目で〈視《み》て〉みようとしたのか、孝太郎自身にもうまく説明できない。思いつきだとしても筋が通らない。ガラから借りた力は返した。もう左目では何も視えない。わかっているのに、なぜ試みたのか。

気配を感じたから？　強烈な〈言葉〉の残滓《ざんし》に触れる経験を重ねてきた孝太郎は、ガラの力を抜きにしても、いくばくかはその存在を感じ取ることができるようになっていた。けっこうありそうな仮説だ。

だが、より正解に近いのは、「習慣になっていたから」だろう。何かを、誰かを追っていて、捜していて、先の指針が欲しいとき、孝太郎はガラの力を使ってきた。だから条件反射で、ここでもそうした。

結果的にはそれでよかった。

仲睦《むつ》まじいティーンエイジャーのカップルの痕跡《こんせき》は見えなかった。でも、美香とガク先輩が座っていたベンチは一目瞭然《いちもくりょうぜん》だった。そこに、ある〈もの〉がいたから。

蜘蛛《くも》に似た、あのおぞましい化け物。背もたれのないフラットなベンチのど真ん中に鎮座している。

こうして間近に観察すると、八本足だった。嫌でもよく視えた。美香の部屋の窓から入り込んでいったときより成長していたからだ。倍ではきかない。三倍ぐらいに大きくなっている。真っ黒な剛毛が密生した背中は小山のように丸い。それよりもさらに太りかえっているのが腹部だった。でっぷり膨らんでいる。

餌《えさ》を喰らって、満腹して、動かない。ただ赤い目玉だけがきょときょとしている。

ベンチの座部は、真っ赤な血で濡《ぬ》れていた。血のように視える〈言葉〉の残滓で。

誰の血だ？

パニック状態で、孝太郎はベンチに駆け寄った。とっさに足が出た。化け物を蹴《け》り落とし、踏みつぶしてやろうと思った。

スニーカーの底ががん！と音をたて、足首が痛んだ。そこに実在しているのはベンチだけなのだ。

——無駄なことをするな。

左目の奥に、銀色に光る糸が視えた。

「ガラ！」

孝太郎は叫んだ。

「何で視えるんだ！何でまだこんなものが視えるんだよ！」

左目では、自分のスニーカーに血が跳ね散っているのまで視えた。化け物は敏捷《びんしょう》に孝太郎の攻撃をかわし、ベンチの座部の裏側に回り込んでいた。ピンポン玉ほどの赤い目玉が熾火《おきび》のように光っている。

——その力は既におまえの一部だ。

必要なときだけ借りて、用が済んで持ち重りがしてきたら、返せばいい。そんな手軽なものじゃなかった。

——おまえが真に必要とするならば、力はいつでも顕《あらわ》れる。

蜘蛛の赤い目玉が、戯《おど》けるようにくるりと動いて孝太郎を見た。確かに見た。目が合った。まるで、（そういうわけさ）と笑いかけているかのように。視る者と視られるものとは、表裏一体。おれは怪物だし、おまえも怪物なのさ。

「ふざけんじゃねえ！」

孝太郎の怒声に驚いたように、蜘蛛の化け物はベンチの陰から飛び出した。もさもさと足を動かし、目にもとまらぬ速さで逃げてゆく。その足跡——ぬれぬれとした痕跡が、公園を横切って延びてゆく。

「——追うか」

ガラだ。孝太郎のすぐ後ろに出現していた。夏の夜の公園の、羽虫の群れがまといつく街灯の下、ガラの姿はそこだけ光を打ち消して、暗黒だ。

闇への入口だ。現世ではない、別の〈領域《リージョン》〉に通じるゲート。ガラの存在そのものが、異界への扉なのだ。

「追わないのか」と、今度ははっきり問いかけてきた。「おまえは、あいつが何を喰らって満腹しているのか知りたくはないか」

美香の身に危険なことが起きている。今、この瞬間にも。まだ間に合うかもしれない。どうか間に合ってくれ。

「追う」と、答えた。「美香を助ける」

闇が翼を広げ、漆黒の奔流が孝太郎を呑み込み、運び去った。


この小汚い家は何だ。

一車線の道路に面した一戸建て。安っぽい造りだが、古い家ではない。手入れがされておらず、掃除がされておらず、駐車場を兼ねているらしいコンクリート打ちっ放しの前庭にも、玄関まわりにも、正面から見える一階と二階のベランダにも、ゴミ袋や段ボールやがらくたの類《たぐ》いが山ほど積み上げられている。部分的にはその山が崩れ、中身がはみ出している。

同じベランダに、プラスチック製の洗濯物干しがぶら下げてあり、カラカラに乾いたタオルが数枚干してある。手すりには底のすり減ったスニーカーが載せてある。

誰かが生活しているのだ。

ここはガラの結界のなかではない。他所《よそ》の〈領域〉でもない。孝太郎の住む現実世界のどこかだ。見回せば、近くの電柱に歯科クリニックの広告が貼《は》ってある。現実以外のどこでもない。

なのに、孝太郎は地に足がついた感覚がない。ガラの結界の内側に入っても、すぐにはそこが〈お茶筒ビルの屋上モドキ〉の実在しない場所であることがわからないくらい、身体感覚に違和感はなかったのに、今は違う。

身体《からだ》が軽いというのではない。身体がない。なぜか自分が透明になった感じがする。

――光がオレを通り抜けてゆく。

後ろの家の門灯、窓明かり。今、軽自動車が一台通りかかった。そのヘッドライトも通り抜けてゆく。

孝太郎は軽自動車を避けなかった。思った通り、車は孝太郎を通過して走り去った。

孝太郎はガラと同じく、存在するが実在しないものに変わっている。

一歩足を踏み出してみる。自分の身体が見えない。〈歩く〉という動作の体感もない。

ある一瞬、ここに出現している。次の瞬間には少し離れた場所に出現している。それを繰り返して移動してゆく。そんな感覚だ。

玄関ドアの上に、表札代わりのプレートがぶら下げてあった。〈IMAZAKI〉。

孝太郎はドアを通り抜ける。三和土《たたき》には、足の踏み場もないほど何足もの靴やサンダルが脱ぎ散らかされている。男物と女物が入り交じっている。古雑誌が幾山も積み上げてある。

廊下にもゴミ袋やがらくたがひしめいている。

――パソコン雑誌だ。

かなり専門的な種類のものだ。クマーで見かけたことがある。そんなことに気がつくオレは、まだちゃんと三島孝太郎だ。

廊下は暗いが、左手の部屋から明かりが漏れている。小さく音量を絞って、アップテンポの音楽が流れている。

孝太郎は壁を通り抜け、その部屋へと侵入した。

室内は、うんざりするほど乱雑だ。かなり広い洋間のようだが、ともかく、ものが溢《あふ》れている。こちらに背を向けている大きな革張りのソファ。一人がけの椅子が何脚か。その背には衣類が掛けられ、それでも足らずにそこらに脱ぎ捨ててある。

雑誌の山はここにもあった。だが、この部屋でもっとも目立っているのは大型のラップトップパソコンだ。ソファの反対側の壁にパソコンデスクが据えてあり、その上に載せられている。モニターは明るく、いくつかウインドウが開いている。道路地図が表示されているウインドウがある。その下のウインドウのなかでは文字列が右から左に移動している。

ため息が聞こえた。見えない身体で、孝太郎は身じろぎした。

革張りのソファに、誰かが座っている。

孝太郎はゆっくりとソファの前に回り込んでみた。ごたついた室内の家具や道具にぶつかっても、通過してしまうだけで物音はたたないし、何も動かない。だが孝太郎は自然と息をひそめ、忍び足になっていた。

若い女性がソファに深くもたれかかり、足を組んでいた。身体の脇《わき》に小洒落《こじゃれ》たショルダーバッグがあり、ファスナーが開いている。

女は化粧をしていた。膝《ひざ》の上に化粧ポーチを載せ、中身を広げている。小さな手鏡を覗《のぞ》いてアイメイクの真っ最中だ。

――女じゃない。

成人女性ではない。まだ小娘だ。化粧が濃いが小作りの顔。華奢《きやしや》な体格。せいぜい十五、六歳だろう。大胆に背中の開いたプリントのワンピースを着て、ピアスとネックレスをつけている。

孝太郎は、体感のない身体に電撃のようなものが走るのを感じた。冷気の電撃だ。

――こいつが、きっと。

小娘は今度は鼻をすすった。目の縁がほんのり赤い。ポーチを探ってアイライナーを取り出す。

足音が聞こえた。家のどこかの階段を下りてくる。とん、とん、とんとリズミカルに。すぐ、長い黒髪を無造作に束ねたジャージ姿の女が室内に入ってきた。

「ヤダ、まだ泣いてんの」

声がしゃがれていた。こちらは三十半ばから四十前後。不健康に痩《や》せている。顔に化粧っけはなく、眉毛もない。

「もう平気」

ポーチを閉じて、小娘が女を見上げた。

「ツケマ、ヘンじゃない？」

「きれいについてるよ」

女はパソコンデスクに歩み寄ると、その上から煙草《たばこ》のパッケージとライターを取り上げた。一本抜き出し、火をつける。

「もう諦めなよ」

「わかってる」

「あんただって気が済んだろ」

小娘は化粧ポーチをショルダーバッグに放り込むと、口を尖《とが》らせた。

「でもさ、話が違わない？　あたしはガクちゃんまでさらってくれなんて頼んでないよ」

女はパソコンデスクに尻《しり》を載せると、煙草の煙を長々と吐き出した。

「こういうことには勢いってもんがあるんだよ。しょうがないじゃないか。カレシだけ公園に置き去りにしたら、すぐ一一〇番されちまったよ」

「だけどさぁ」

「おかげであんた、カレシとじっくり話し合えたろ？」

「うん……」

小娘は、リップグロスを塗りたくって、てかてか光るくちびるを嚙《か》む。

「ぜんぜん話が通じなかったって感じ」

ジャージの女はせせら笑った。「そんなの最初からわかりきってる。すんなり話が通じる相手なら、あんたがあたしらを雇う必要もなかったんだから」

雇う？　この場の状況にも、二人の女性の組み合わせにもまったくそぐわないその言葉。

ジャージの女は煙草の火を消すと、パソコンデスクから下りてモニターに向き直った。左手をデスクについて前屈《まえかが》みになり、右手でマウスの操作を始めた。新しいウインドウが開き、アイコンと文字列がさあっと表示される。

「――残金の五十万円は？」

女の素っ気ない問いかけに、小娘はきれいに描いた眉をひそめた。

「ちゃんと払えるよ」

「気づかれてない？」

「大丈夫。パパもママも、あたしが金庫の暗証番号を知ってるなんて知らないから。金庫があることさえ知らないと思ってる」

おめでたいねえと、女が背中で笑う。

「だからさ、ガクちゃんはあたしと一緒に帰してよ。ガクちゃんのうちからお金とるなんて、無理だよ」

「カレシのうちは金持ちなんだろ？」

「お父さんが厳しい人なんだって。誘拐なんかしたら、すぐ警察に報《しら》せちゃう」

「バカだねえ。誘拐はとっくにやってんの」

ジャージの女は肩越しに小娘を睨《にら》んだ。白目の多い三白眼《さんぱくがん》だ。

「今じゃあんたも、立派な共犯。だからおとなしく引き揚げて、残金を払ったらあとは黙っていい子にしてな」

小娘はちょっと首を縮め、甘えるように上目遣いになって、女を見つめる。

「あたしのことは、ホントに内緒にしてくれる？　履歴もちゃんと消してよね」

「残金をもらったらね」

「それでホントに大丈夫？　あたし、警察に捕まるなんてイヤだからね」

「こっちだってそんなの御免だよ。あたしもダンナも、今までどおり、〈ティーンのお悩み相談室〉の陽気なパパさんとママさん。あんたは可愛い女子高生」

にいっと笑う。

「まあ、今後も何か手伝いが要るときには、あんたに頼むこともあるかもね。こういう縁は切れないんだから」

体感はなくても、心さえあれば身震いすることはできる。孝太郎は震えていた。

事情はわかった。吐きそうなほど明瞭にわかった。

この小娘が〈きらきらキティ〉だ。そしてこの女は〈キティ〉に雇われた。女が言う〈ティーンのお悩み相談室〉とは、こいつと夫が運営しているサイトの名称だろう。

〈キティ〉はあるとき——下川岳と同じ高校に進み、そこでも彼から撥《は》ねつけられ、さらには彼が園井美香と交際を始めたことを知って、最初は〈お悩み相談室〉に相談して、自分に都合のいいことを書き込んだのだろう。カレシとのあいだに割り込んできた女がいて、困っています。カレシはその女に丸め込まれて、わたしを捨てました。どうしたらいいでしょう。

あおば中学校の学校裏サイト騒動の当時、〈キティ〉が書き散らした文章を、孝太郎はよく覚えている。思い込みが強く、エゴと悪意が剝き出しの攻撃的なものばかりだった。

サイトの運営者は、それに気づいた。そしてこのパパさんとママさんは、〈きらきらキティ〉には親切な助言や慰めの言葉ではなく、別のものを売りつけることができると踏んだ。彼らの表看板である〈お悩み相談室〉ではなく、裏稼業《うらかぎょう》の出番だと見抜いたのだ。

復讐《ふくしゅう》代行。

BB島を手伝ったときに、復讐代行サイトの存在や、その活動ぶりについてならいろいろ聞いた。ストレートな監視対象《ウオッチ》になるサイトは可愛い方で、昨今では敵もいろいろと偽装をこらしている。恋愛関係のもつれ、職場の上司との衝突、嫁姑《よめしゅうとめ》問題。種々の人間関係の軋轢《あつれき》から生じた問題で傷ついた〈被害者〉のカウンセリングをしますとか、進行中の諍《いさか》いのトラブルシューティングを引き受けますとか。

だが、やることは犯罪か、犯罪すれすれだ。しつこい嫌がらせ、脅迫、強要。最初から暴力行為に走るケースもある。依頼者はネットを介し、ほとんどの場合は素性のわからぬ〈復讐代行者〉に金銭を渡して、胸がすっとすればそれでいいと軽く考えている。

〈ティーンのお悩み相談室〉のパパさんママさんは、表側では親切で優しい助言者のふりをしつつ、網を張っているのだろう。そして〈キティ〉のようなお客を見つけると、一本釣りするのだ。

ティーンエイジャーが対象では、一件ごとの報酬はそう高く見込めない。が、子供相手なら事が表沙汰になるリスクはぐっと低くなる。一人前の大人よりも、脅したり操ったりしやすいからだ。

〈キティ〉はそれに引っかかった。パパさんママさんに前金を払い、仕事を頼んだ。園井美香を追っ払ってください。二度とガクちゃんに近づかないようにしてください。

その計画が、今日、実行されたのだ。下川岳と美香は、四丁目の角の公園から拉致《らち》され、この家に連れてこられた——

「縁は切れないってどういう意味よ」

〈キティ〉は一人前に怒っている。

「あたしはただの依頼人じゃない」

ジャージの女は身体ごとこちらを向き、顔の片側を歪《ゆが》めて〈キティ〉に笑いかけた。

「そうだね。あたしらは、あんたの依頼どおりに女の子を片付けたんだから。ただのご依頼どおりにね」

孝太郎は自分の存在が瞬《また》いて消えるのを感じた。次に出現したとき、移動していた。二階の階段をのぼったところにいる。

階下と違い、廊下はがらんとしていた。掃除が行き届いていないことが目立つ。綿《わた》埃《ぼこり》と髪の毛がそこここで塊になっている。

ドアは三つ。左右と正面。正面のドアは半開きで、明かりがついている。人声がした。

泣き声だ。

「……本当、なんですね」

孝太郎は声の源に接近する。

寝室のようだ。ベッドはなく、二組のスプリングが床に並べてある。その上で布団《ふとん》やシーツや毛布が乱れていた。

下川岳は、部屋の片隅にうずくまっていた。白いTシャツにジーンズ、裸足《はだし》だ。Tシャツの胸に点々と血痕が散っている。それ以外には暴力を受けた痕跡はないが、恐怖で顔はげっそりと窶《やつ》れ、口元がわなないていた。

両手には安っぽい手錠。両足首は梱包《こんぽう》用のロープでぐるぐる巻きにされている。

「僕が、うちから、キャッシュ、カードを持って、戻ってきた、ら、園井さん、を、帰して、くれるんですね」

幼児のように泣きじゃっくりしながら訴えている。

奥のスプリングの端に、下腹の出っ張った中年男があぐらをかいていた。こいつがパパさんか。ママさんとお揃《そろ》いのジャージ姿だ。もう一人、下川岳と対角線を成す位置に、衣類入れらしいバスケットケースに腰かけて、上半身裸の若い男がしきりと貧乏ゆすりをしていた。右肩から二の腕にかけてと、染《し》みだらけのカットオフジーンズの裾《すそ》から覗《のぞ》く足首にも派手なタトゥがある。両耳に小ぶりなリングタイプのピアスをいくつも着けている。ガムを噛みながら、何か面白い芸当でも見るような薄笑いを浮かべていた。

「何度も同ンなじことを言わせるなよ」

パパさんが言った。顔も太ってむくんでいるのに、ぎょろ目だ。

「ちゃんと約束するからさぁ。お父さんかお母さんのキャッシュカードを持って
――」

「暗証番号も忘れンなよ」と、若い男が口を挟む。芝居じゃないかと思うほど、典型的なチンピラの口のきき方だ。

「暗証番号がないと意味ないっしょ」

「私らは金さえもらえればいいんだよ。取引が成立するまで。美香ちゃんは大事に保護しててあげるからさぁ」

階下の女は、女の子を〈片付けた〉と言った。下川岳はそのことを知らされていない。

「そ、園井さん、に、会いたい」

若い男がいきなりキレた。「だからぁ、キャッシュカードが先だって言ってるだろがぁ、このうすらボケぇ！」

孝太郎はその部屋を出た。残りの部屋はふたつ。美香はどこだ。

向かって右の部屋。まるで物置だ。段ボール箱や衣装ケースがゴタゴタと積み上げられている。窓のカーテンは閉まっている。

向かって左の部屋。

一転、この部屋はがらんとしていた。ドアの反対側の壁に窓がひとつあるが、ベニヤ板で完全に塞《ふさ》いだ上に、縁をビニールテープで目張りしてあった。

監禁部屋だ。こいつらが〈目的〉のために使っていた部屋だ。その何よりも動かしがたい証拠が、壁際《かべぎわ》に存在していた。

天井の電灯は消えている。壁の下の方のコンセントに、小さな常夜灯がひとつ差してあって、ほのかな黄色い光が灯《とも》っていた。光源はそれだけで、だから最初は何だかよくわからなかった。巻いた絨毯《じゅうたん》か——

頭から尻の下まで、ぞんざいに青いビニールシートで包んである。その上から、さらにぞんざいに粘着テープを巻き付けてある。

裸の両脚が、シートの裾から伸びている。

うつぶせになっている。膝の裏側の柔らかな皮膚と、しっかり鍛えたふくらはぎ。

連日の部活で日焼けした健康な脚。脚の裏だけが真っ白だ。

この汚れは何だろう。腿《もも》のあたりに幾筋か、なすったようについている汚れは。

乾いた血の痕《あと》だ。

確かめなくても、死んでいるとわかった。あんなふうにシートと粘着テープでぐるぐる巻きにされて、ぴくりとも動かない。呼吸をしていない。

間に合わなかった。

体感はなくても、心があれば、絶望に慟哭《どうこく》することができる。

孝太郎は現滅しながら移動した。今は自分でもはっきりわかった。出現、消滅。出現、消滅。それを繰り返している。鼓動と同じリズム。その感覚がだんだん狭まってゆく。鼓動が早まるのに連れて、不吉な太鼓を打ち鳴らすように。

狩れ、狩れ、狩れ、狩れ――

階下から早足で、〈キティ〉がのぼってきた。ちょうど消滅した瞬間の孝太郎を通過し、突き当たりの部屋に駆け込んでゆく。その背後に孝太郎は出現し、〈キティ〉の後ろ姿を見送った。

「もう、ママさんとは話になンない！」

〈キティ〉は甲高い声を張り上げる。

「ガクちゃん、帰ろう。この人たち、調子こいてる」

「失礼なことを言うねえ」

「ガクちゃんからお金とらないでよ。あたしだって、規定の料金しか払わないんだからね！」

男たちはてんでに笑った。

「おまえ、面白《おもしれ》ぇなあ。どういうことになってンのかわかってねえだろ」

若い男が囃《はや》すように言う。〈キティ〉はさらに興奮する。

「何でガクちゃんを泣かせてンのよ。ガクちゃんは連れてくるはずじゃなかったでしょ。パパさん、ガクちゃんには手を出さないって言ったじゃない」

孝太郎は正面の部屋へと戻る。〈キティ〉のワンピースの後ろ姿が見える。細い両肩をめいいっぱい怒《いか》らせている。

小娘だ。外見だけならまったく無害だ。その身体の内側に蜘蛛《くも》の化け物を飼っているなんて思えない。

「うちのソフトで追跡できるのは、カレシのスマホだけだったんだよ。何度も説明したろうが」

太ったパパさんの声音は、まだ穏やかだ。言うことを聞かず屁理屈《へりくつ》を並べる娘を諭す父親のように。

「そ、そ。ミカリンちゃんが最新型のスマホ持ってなかったのが悪い」

ミカリン。タトゥの若い男が美香をそう呼んだ。そして孝太郎は気がついた。こいつのジーンズについた染み。あれは美香の血だ。

こいつ、美香に、何をしやがった。

「ガクちゃんもヤダ、鼻水なんか垂らして。なんでそんな顔してンの」

思いっきり侮蔑《ぶべつ》的な言い様だ。下川岳は両手で頭を抱え、縮こまっている。これは現実じゃない。悪夢だ。早く終われ、終われ、終わってくれ。

「ガクちゃんがあたしに意地悪するからいけないんだよ。わかった？　わかったら一緒に帰ろう」

「だからぁ、カレシにはまだ用があンだよ。オレがご自宅までお送りするの」

若い男はおちゃらけている。

「おねえちゃんは一人で帰ンな。帰れるうちに帰った方が身のためだよう」

「何よそれ。どういう意味？」

〈キティ〉が怯《ひる》み、声に怯《おび》えが混じる。

「おまえ、結局フラれちゃったわけよ。寂しけりゃ、オレが付き合ってやろうか」

「バカにしないでよ！　誰があんたなんか」

孝太郎の全身に体感が蘇《よみがえ》った。手足の指の隅々まで、熱い血が駆け巡る。

孝太郎は出現する。孝太郎であって孝太郎ではないものの完全体となって。自身が積み重ねてきた〈言葉〉の集積が象《かたど》るものとなって。

唸《うな》り声が聞こえた。住処《すみか》を荒らされ、仲間を屠《ほふ》られて憤《いきどお》る獣の声だ。オレの世界。オレの仲間。オレの大事なものをこいつらに喰われた。ならば、今度はオレがおまえたちを喰らってやる。

――小娘はおまえにやる。

ガラの囁《ささや》き。

孝太郎は咆哮《ほうこう》でそれに応じた。

自分が牙《きば》を剥《む》き出すのがわかった。持ち上げた両腕は生身の人間のそれではない。強靭《きょうじん》な筋肉に支えられ、艶々《つやつや》した漆黒の長毛が密集している。指先には鉤爪《かぎづめ》。鈍く光ってカチリと鳴る。

雄叫《おたけ》びを上げ、孝太郎は〈キティ〉に襲いかかった。

振り向きかける〈キティ〉の首を、その手でわしづかみにする。それと同時に、室内にガラが現れた。一対の大鎌《おおがま》を抜き、舞う。一閃《いっせん》。まずパパさんの、ついでタトゥの若い男の身体が両断され、大鎌の巻き起こす一陣の風に、上半身が浮き上がる。その顔の驚愕《きょうがく》。開きっぱなしの両目。若い男の口元には、まだ下卑た薄笑いが残っている。次の瞬間には、戻ってきた大鎌の刃に触れて寸断され、真っ黒な粉塵《ふんじん》となって部屋中に舞い上がった。

ガラは舞い続ける。黒い粉塵が渦を巻く。一対の大鎌に吸い込まれてゆく。

孝太郎は〈キティ〉の首を絞め上げ、高々と持ち上げた。ほとんど天井に届きそうだ。こちらを向かせる。小娘は度を失っている。めちゃくちゃに両手を振り回し、足で孝太郎を蹴ろうとする。

孝太郎は再び吼《ほ》え立てると、小娘の頭から喰らいついた。牙が小娘の眼窩《がんか》に食い込む。血が溢れる。それでもまだ手足が動いている。痙攣《けいれん》するように跳ねている。

孝太郎は〈キティ〉の頭部を喰い切った。血と一緒にそいつを吐き出す。〈キティ〉の頭は壁にぶつかり、軽い音をたてて、ボールみたいに跳ね返った。ガラの大鎌がそれをなぎ払う。

大鎌が目も眩《くら》むような閃光《せんこう》を放つ。刹那《せつな》のその光に、孝太郎は視た。〈キティ〉の恐怖に歪んだ顔を。その顔が真っ黒な血に染まり、頭のてっぺんから溶けて、大鎌に吸い込まれてゆく様を。

「ちょっと、これ何の騒ぎよ！」

ママさんの声だった。階段をのぼってきて、廊下で立ちすくんでいる。振り向きざま、孝太郎は女に向かって〈キティ〉の身体を投げつけた。とっさにそれを受け止め、抱えきれずに尻からどすんと倒れたママさんは、首のない死体と抱き合う恰好《かっこう》になって、悲鳴をあげた。金切り声で喚《わめ》きながら死体を押しやり、腰を抜かしたまま這《は》いずって逃げようとする。

孝太郎は大股《おおまた》に追いつくと、その腹を踏みつけた。ママさんはヒキガエルのような声をあげ、その声が濁ったかと思うと、口から盛大に反吐《へど》を吐いた。

孝太郎が足を持ち上げると、それでも女はまだ逃げようとしてみっともなくもがいた。

音もなく、孝太郎を通り抜けてガラが前に出た。両手に大鎌を構えている。刃《やいば》のすぐ下を握って手を広げている。刃の上部の丸い部分が左右の壁に触れ、ガラの移動に連れて、一本線が深々と刻まれてゆく。

これが現実と非現実を隔てる線だ。

ママさんを見おろし、その身体を両脚で挟むように、ガラは立ちはだかった。右手の大鎌の柄《え》を滑らせ、刃を差しのばすと、女の向かって左耳にあてた。左手の大鎌も同じようにして、女の右耳にあてた。

一対の大鎌の刃は、燐光《りんこう》のように冷たく、宝石のように眩《まばゆ》い光を放っていた。その光が女の醜く汚れた顔を浮かび上がらせる。

「た、助け、助けて」

美香もきっと、おまえにそう頼んだはずだ。何度も、何度も、何度も。

ぶっちがいにした両の大鎌で女の頭を挟み込み、ガラはゆっくりとそれを持ち上げた。

「たす、けて」

ガラが微《かす》かに肩をひねった。鈍い音がした。女の首が折れた。

ガラはそのまま、弛緩《しかん》した女の死体を吊《つ》り上げた。顔と顔が合う高さになると、

「さて」

孝太郎に聞かせるために、こう言った。

「私もこれを片付けるとしよう」

一閃。首が切断され、次の一閃で、ママさんの身体もまた黒い粉塵に変わった。大鎌の餌になってゆく。

粉塵の最後の一粒まで消えると、室内の空気が変わった。清浄な、清涼な気が満ちた。穢《けが》れが浄《きよ》められたせいばかりではない。ガラの大鎌が放つ光のせいだ。

弧を描く刃が延びてゆく。それぞれの柄がひとまわり太くなり、そこに模様が浮かび上がり始めた。複雑に入り組んだ唐草模様のようでもあり、象形文字が連なったもののようにも視えた。

刃と柄のつなぎ目に、花弁のようなものが盛り上がってきた。見る間に丸くなり、花ではない別の形を為《な》してゆく。

髑髏《どくろ》だ。大口を開いた髑髏だ。絶叫する髑髏の口のなかから、凍った三日月のよう

な鎌の刃が生えている。

「――この髑髏は、二つでひとつ」孝太郎に背中を向けたまま、ガラは言った。「その名は、〈場所という名の髑髏〉。ひとつは〈輪《サークル》〉の来《きた》る場所を語り、今ひとつはその行き着く場所を語る」

大鎌の刃は、髑髏の舌なのだ。

まず右の大鎌を、次に左の大鎌を、ガラは軽々と振って背中に収めた。たったそれだけの動作なのに、大鎌の刃が生む震動を、孝太郎は感じることができた。

ガラの背に収まった一対の大鎌は、それぞれが最初の一本の大鎌よりも大きい。成長し、完全体になったのだ。三日月のような刃は、青白く、ゆっくりと明滅している。

そう、呼吸している。

「――完成したんだな」

ガラは振り返り、孝太郎の目を見てうなずいた。

ガラは言った。「私は発《た》つ」

悲嘆《ひたん》の門《もん》へ。

孝太郎は何も考えなかった。だから迷いもしなかった。

「オレも連れてってくれ」

ガラは無言で孝太郎を見つめる。

「オレはもう、この世にいられない。いや」

自分で自分にかぶりを振る。

「この世にいたくない」

美香のような少女が、ゴミみたいにブルーシートにくるまれてしまう世界。山科鮎子のような女性が、手の指を全部切り落とされ、亡骸《なきがら》が空き地に捨てられるような世界。

その世界を少しでもよくしたいと思った。救いたいと思った。

——だからオレは怪物になった。

もう、戻れない。

あの瞬間。〈キティ〉の頭を喰い千切った、あの感触。

この先どれくらい生きようと、どんなに幸せになろうと、どれほどいい思いをしようと、あの瞬間の快楽ほどの凄《すさ》まじい快楽には出会えまい。

牙を生やした外見だけではなく、孝太郎はもう中身まで怪物に変わってしまった。

「どこでもいい。オレもあんたについて行く。あんたの戦いを見届けたい。あんたが

——息子を取り返して再会する、その瞬間に立ち会いたい」

いつの間にか、孝太郎は泣いていた。

「それしか、オレにはもう希望がないから」

その後は、どこへ行ってもいい。どこへも行けずに、現実と非現実の狭間《はざま》を漂うことになろうとかまわない。

いつかお茶筒ビルの屋上に、森崎友理子と彼女の師匠のアッシュという〈狼《おおかみ》〉が現れたとき、彼らの後を追って、次元の狭間に棲《す》む猟犬が襲ってきたことがあった。あれは〈ティンダロスの猟犬〉だと、アッシュは言っていた。

オレはもしかしたら、あの猟犬たちと同じようになるのかもしれない。あのときは、おぞましい肉球と爪の感触を背中に感じただけだったけれど、今の孝太郎にはティンダロスの猟犬たちの姿が見えるような気がした。

ガラは軽く首をかしげた。長い黒髪が、たった今まで丁寧にくしけずり、なでつけられていたかのように、かぐわしく香って肩から流れる。

ガラの髪の匂《にお》いを感じたのは初めてだ。

「おまえは正義を求め、復讐を果たした。恥じることは何もない」

許しを求める〈渇望《かつぼう》〉。安らぎを願う〈渇望〉。我欲に走る〈渇望〉。他人を喰らう

〈渇望〉。それを狩り集めた女戦士の言葉。

孝太郎は自分を納得させようとする。無理だ。いっそう激しい嗚咽《おえつ》がこみ上げてくる。

「——でも、オレは怪物だ。怪物になっちまった。正しいことをしたのか、間違っていたのか、今はもうそれもわからない」

わかるのは、間に合わなかったというだけだ。助けられなかったというだけだ。手遅れになってから振るった暴力の快感に、酔いしれてしまったというだけだ。

「あんたはずっと前から、オレに警告してくれてた」

——おまえは後悔する。

「なのにオレ、ぜんぜん耳を貸さなかった」

都築のおっさんにも、何度も忠告されたのに。森崎友理子にも心配してもらったのに。

ガラが軽く顎《あご》をしゃくり、孝太郎の背後を示した。「様子を見てやれ」

すぐピンとこなかった。下川岳だ！　孝太郎は大慌《おおあわ》てで突き当たりの部屋に飛び込んだ。

少年は気絶していた。手錠をかけられ、足を縛られたまま、胎児のように身を丸めて倒れている。

「彼に——見られたのかな」

室内は荒れていた。乱闘の痕跡がありありと残されている。だが、パパさんママさん、タトゥの男、〈キティ〉の死体はない。血痕もない。連中はただ忽然《こつぜん》と消えた。

この家にある亡骸は、美香のものだけだ。

ガラが歩み寄ってきて身を屈《かが》め、下川岳の恐怖に窶《やつ》れた頬に触れ、それから額に触れた。三本の指で強く押す。

と、固く閉じていた下川岳の瞼《まぶた》が震えた。

「これで、我々の記憶は残らない」

だが、美香の記憶は残る。美香がどんな目に遭わされたのか。その原因が何か。彼自身の恐怖の記憶も残る。途方もない恐怖感と、それさえ天秤《てんびん》をつり合わせることができないほど大きな無力感と罪悪感も。

——ごめん。

謝罪の言葉とは、どうしてこんなに短いのだろう。

この部屋にも窓がひとつあり、二重カーテンが閉められている。軽く手をかけて外を覗くと、すぐ隣の家の窓に、すべて明かりがついていた。その先は四階建てのマンションで、やはりあちこちの窓が明るくなり、ベランダで人影が動いている。この家の様子を覗《うかが》っているようだった。悲鳴や怒号が、近所に聞こえたのだ。

「きっと、すぐ警察が来るよ」

また不可解な失踪《しっそう》事件の発生だ。一度に四人、しかも、調べてみれば四人とも誘拐殺人事件の容疑者たちだ。一人生き残った少年の証言は、作り話みたいに現実味を欠いている。気絶してしまって、気がついたら犯人たちは消えていました――

事情を察することができるのは、二人の〈狼〉たちを除けば都築のおっさんだけだ。

また怒るだろうな。

パトカーのサイレンが近づいてきた。孝太郎は目を閉じて耳を傾ける。

これが、この世で最後に耳にする音だ。

3

どこを歩いているのだろう。

ガラに従い、歩き始めてどのくらい経《た》つだろうか。孝太郎は闇《やみ》のなかにいる。

自分の足音が聞こえる。足元は土ではない。硬く滑らかで、ひんやりとした感触だ。

そこに爪先がつくたびに、かちり、かちりと小さな音がする。鉤爪だ。獲物の肉に食い込んで離れない、肉食恐竜のそれのような爪。

自分が異形《いぎょう》のものと化したことを実感する。牙と鉤爪、そしてこの大きな身体。鼻をつままれてもわからないほど濃い闇のなかにいても、体感がある。オレは巨体だ。一歩足を踏み出すごとに、背中の、肩の、腕の、ふくらはぎの、分厚い筋肉の動きが感じられる。

ガラの姿も闇に溶けこんでいる。目には見えない。だが、見失うことはない。

闇のなかで輝くものがあるからだ。ガラの完成した一対の大鎌に生じた、〈場所という名の髑髏《どくろ》〉。その眼窩の奥が光っている。青白い光。瞬くのではなく、ときどき揺れる。炎だ。漆黒の闇のなかを、髑髏の瞳《ひとみ》に灯る鬼火のような炎に導かれて、孝太郎は進んでゆく。ガラの歩みに連れて鬼火は上下に動き、闇に軌跡を残す。その優美な曲線が孝太郎を手招きする。

ふと思い出した。十年ほど前のことだ。家族旅行で信州に行った。ファミリーで楽しめるトレッキングコースを踏破し、老舗《しにせ》の温泉旅館に泊まることが目的だった。

旅館のそばに、蛍が集まる沢があった。夜更《ふ》けて、旅館の主人の案内で、宿泊客が集って見に行った。幼い一美が夜の山道を怖がるので、手をつないでやった。

小さな沢には、蛍の光が溢れていた。遠い銀河の星々をひとすくい持ってきて、その場に置いたかのような眺めだ。ただこの星々は生きていて飛び回り、呼吸するように明滅を繰り返していた。

両親は光の群れに魅了されている。一美も驚きに目を瞠《みは》り、大喜びだ。しっかり握りしめていた孝太郎の手を離し、その手をそっと舞い飛ぶ光の方へと差し伸べる。

孝太郎の目は、群れの外へと惹《ひ》きつけられた。一対の光。つがいの蛍だろうか。群れから漂い離れて、森の奥へと飛んでゆく。見守るうちにも、行ってしまう。

——どこ行くの？

好奇心に急《せ》かされて、孝太郎はそれを追いかけた。つがいの蛍が、自分だけを選んで、どこかもっと綺麗《きれい》な場所に案内してくれるような気がした。孝太郎が追いかけると進み、止まると止まって、ふわりふわりと誘いかけてくる。おいでよ、おいでよ。

最初のうちは足元が不安で、一歩一歩確かめながら歩いていた。そのうち、何も気にならなくなった。この特別な蛍についていくなら怖くない。だってとっても親しげだ。孝太郎の顔のすぐそばまで飛んでくる。ほら、ほら、おいでよおいでよ。

そしてふわり。ひときわ高く舞い上がった。孝太郎はそれを追い、ジャンプするように大きく足を踏み出した。

そのときだ。背後から誰かに抱き留められた。がっちりとした腕が孝太郎を摑《つか》んでいる。

——ぼっちゃん、危ない！

旅館の主人だった。鉱山で使うみたいなライトのついたヘルメットをかぶり、その下の顔が強張《こわば》っていた。

——足元を見てごらん。

ライトに照らされて、孝太郎は見た。いつの間にか沢のそばの斜面を登っていた。その先は部分的に土砂が崩れ、崖《がけ》になっている。孝太郎はその縁に立っていた。

——蛍を追っかけてきたんだ。

——あいつらはこんなイタズラをしないよ。それはきっと、何か別のものだね。山にはいろいろいるからね。

闇にはいろいろいるからね。

なぜ今、こんなことを思い出すのだろう。〈場所という名の髑髏〉の光を追いながら。

「——行くな」

はっきりした肉声だった。孝太郎は足を止めた。回想はシャボン玉のように消え、自身の巨体の重さを感じる。

「三島孝太郎、この先へ進むな」

誰だ。聞き覚えのある男の声。ひたひたと足音をたてて進んできた闇のなかの道。その後方から呼びかけてくる。

「これが最後の忠告だ。この先へ進んではいけない」

思いがけないほど間近で、ガラの声が応じた。「立ち去れ、不浄の者よ」

男の声もこれに応《こた》える。「戦士よ、私は〈輪《サークル》〉のか弱き子に呼びかけているのだ」

「ここにか弱き者はいない。この闇を抜けることができるのは、我らと同等の力を持つ者のみ」

行くぞ。ガラが孝太郎を促す。孝太郎は立ち止まったまま、くちびるを噛んだ。牙の感触がする。

——ユーリの師匠だ。

アッシュ。双剣使いの黒衣の男。〈狼〉。

「思い出してくれたか」

姿の見えない声。ただ呼びかける声音だけ。そこに、安堵《あんど》の響き。

「それは、おまえがまだ人間であることの証《あかし》だ。三島孝太郎、おまえ自身を思い出せ」

孝太郎は立ちすくむ。

「ユーリのことも思い出してやれ」

謎《なぞ》めいて、不思議な話ばっかりしてくれた、黒髪の美少女。

「ユーリから、彼女の兄さんのことを聞いたろう？　おまえは彼と同じ道をたどろうとしている。だからユーリは案じているんだ」

あの噓《うそ》みたいな話は真実だった。今の孝太郎にはわかる。

「ユーリもそこにいるのかい？」

「あいつには無理だ。俺の力、俺の資格でも、この闇の麓《ふもと》に至るまでが限界なのだ」

〈狼〉の力では、守護戦士のガラにはかなわない――

「だからこれが最後だ。三島孝太郎、思い出せ。おまえは人間だ。親に育《はぐく》まれ、友と笑い、日々を生きている人間だ」

孝太郎は考える。立ちすくんだまま考える。しかし、思考よりも鮮明なものに囚《とら》われてしまう。〈きらきらキティ〉の首を喰い千切ったときの、あの感触。

――オレは、もう人間じゃない。

「オレは人殺しなんだ」

後方の闇に向かって、孝太郎は答えた。

「オレは怪物になってしまった」

それを裏付けるように、しゃべる度に牙が動く。

「おまえの見ているものが、おまえの感じていることが、すべて真実とは限らない」

アッシュは呼びかけてくる。

「おまえは魅入られているのだ。〈輪〉でもっとも強きものに。あまりに強大で根源的であるが故《ゆえ》に、善悪を超えた存在に」

魅入られている。誰かに同じことを言われた覚えがある。

都築のおっさんだ。

——俺も君も、魔物に遭った。そして魅入られた。

——魔物の使う黒い魔法は劇的だからな。

孝太郎はつとよろけて、たたらを踏んだ。爪先の鉤爪が硬い音をたてる。

——こんな身体《からだ》になってしまって。

両手を持ち上げ、検分してみる。あまりに暗くて見えない。何も見えない。ただ重たい。巨体だ。そして何だろう、この臭《にお》いは。

獣臭《じゅうしゅう》。血の臭い。全身に染みついている。

オレなんかが、もう人間であるものか。

森永健司と同じだ。だから、オレも彼と同じ決断をする。自分がやったことのツケは、自分で支払わなければいけない。

でも、後悔はしていない。

「戻れないよ」

アッシュに答え、背中を向ける。〈場所という名の髑髏〉の光が、前方で揺れている。

「待て、三島孝太郎」

「ユーリにも、あんたから別れを伝えてほしい。心配してもらって、嬉《うれ》しかった」

「今なら引き返せる。礼なら自分で言え」

「オレは戻らない」

これは、三島孝太郎の選択だ。

「三島孝太郎！」

アッシュの声が乱された。ラジオの音声に雑音が混じるみたいに。電波が弱くなっていくみたいに。

「み、しま、こう、たろう」

呼びかけが消え、沈黙が来た。闇の沈黙。重力を伴い、ここを支配する静けさ。

目を閉じ、それに身をゆだねる。何と心安らぐことか。

孝太郎は再び歩み始める。〈場所という名の髑髏〉の導きに従って。

道がゆるゆると上り、弧を描き始めた。時計回りのカーブだ。足の裏から伝わってくる硬く冷たい感触にも馴染《なじ》んで、孝太郎はゆっくりと理解し始めた。

——回廊だ。

ガラと二人で、巨大な回廊を歩んでいる。闇に目が慣れたのではなく、闇と一体化してきた。だから見えてきた。

進行方向の左側には、何も存在していない。広がる虚無の暗黒。〈無〉の宇宙。

だが、右側には円柱が林立している。そのひとつひとつが超高層ビルのよう。それも、一匹の蟻《あり》の目で仰いだそれのよう。

感嘆の眼差《まなざ》しで、孝太郎はそれらを仰ぐ。怪物になり果てても、心さえあれば感動することはできる。

美しい。人の理解を超えた美と、その大きさ。人を驚かせるための巨大さではない。人を超えようとする巨大さでもない。最初から、人の感覚を尺度としていない大きさ。

そして、人の手では作り出せない形状。一瞥《いちべつ》では直線に見えるものが、見直せば緩やかな曲線に見える。黒曜石の如《ごと》く輝くかと思えば、大理石のように華やかな光を湛《たた》える。

円柱は回廊の内周を縁取り、回廊とその内側の世界を隔てる境界にもなっている。回廊にはガラと孝太郎しかいないが、円柱の内側の世界には無数の気配が満ちていた。翼のはためく音がする。囁きを交わす声がする。短い歓声。驚きの声。言葉は聞き取れない。人間の声ではない。

鳥の囀《さえず》り、獣の唸り、風の音、波頭の砕ける響き。生きものが発する声と、自然が生み出す物音。そのすべてを含み、そのいずれとも等しくはない。

何かが近寄ってくる。傍らの円柱の陰から、孝太郎を見つめて、すぐに去る。翼の端が視界をよぎる。刹那に見て取ったその姿は、ガラの真の姿とよく似ていた。

ということは、この内側の世界は——

「これこそが、〈始源の大鐘楼〉を支える柱の列だ」

ガラの背中が答えた。歩みを緩めず、さりとて急ぐ様子もない。

「この柱の内側が、私の〈領域《リージョン》〉だ」

今、二人がさしかかった円柱が、まばゆく白い光を放った。光は下から上へと走り、その軌跡に不可思議な文様を浮かび上がらせて、すぐ闇に沈んだ。

一瞬の光は、円柱そのものは照らしても、それが林立する内側を照らすことはない。その闇は厚く、広大に過ぎる。どこまでもどこまでも。

孝太郎の胸に当惑が生まれた。

「こんな真っ暗なところが？」

〈狼〉の二人が畏《おそ》れはばかり、ここの守護戦士には逆らえないというほどの、尊い世界。それが闇のなかとは。これまで、孝太郎が漠然と抱いてきたイメージともかけ離れている。言葉が生まれ出《いず》る場所は、もっと清浄で明るくて、天国のようなところではないのか。

「我らには、闇という使命がある」

闇であれ。さればこそ光を支え得る。

「この回廊を上りきれば、大鐘楼へ達する。〈輪《サークル》〉の根源を司《つかさど》るふたつの場所のうちのひとつ」

我らはその影だ――

何かが素早く足元を横切り、左足の甲を踏みつけて走り去った。孝太郎は驚いた。どこから来てどこへ行ったのだ？　そして今の感触は？

あの忌《い》まわしい肉球。穢れた呼気。ティンダロスの猟犬ではないか。

「あんな怪物がここにいるのか？」

「この回廊は奴《やつ》らの通り道でもある」

ガラたちの守る〈領域〉のすぐ外側を、我が物顔で闊歩《かっぽ》しているのか。

「案ずるな。今はもう、奴らもおまえを襲いはしない」

「――オレも怪物だからだよな」

そして今後は、あいつらと共にこの闇のなかで生きてゆく。いや、〈生きる〉という表現をしていいのかな。単に〈存在している〉だけなのでは？

この闇に閉ざされた〈領域〉で、ガラたちはどんな暮らしをしているのか。そこに社会生活はあるのか。ちらりと浮かんだ疑問を、孝太郎はかぶりを振って自ら退けた。

その問いに意味はない。存在しているが実在しないものが、どうやって社会を構成しようか。〈輪〉のなかで、人間たちの心によって「存在している」と認知されたときだけ現れるものが、人間のように暮らすわけがないのだ。

――でも、それなら。

ガラと、彼女の息子の関係はどうなるんだ。ガラが「我が分身」と呼んでいた、オーゾという名の戦士。

それは、人間たちと同じ親子関係なのか。孝太郎と母・麻子のように？　園井貴子と美香のように？　血を分けた母子《ははこ》。幸福も不幸も、喜びも悲しみも共にする。

美香を想《おも》うと、怪物の胸の奥が疼《うず》く。その痛みを堪《こら》えるために、孝太郎は強いて記憶を呼び起こし、奥歯で嚙《か》みしめた。〈キティ〉の首の感触。呆気《あっけ》なく折れた頸骨《けいこつ》。溢《あふ》れた血の熱さ。そしてあの悲鳴。

心が乱れる。思考が途切れる。ガラと、その愛《いと》しい息子。〈無名の地〉へ追放された我が子を取り返すために、人びとの生々しい渇望を狩り集めていたガラ。

愛しい息子。あの闇のなか、無数の怪物の翼がはためく世界であっても、愛情の絆《きずな》に結ばれた家族の関係は成り立つ――

成り立つ、のか？　社会を構成し得ない〈非実在のもの〉に、愛はあるのか。

孝太郎の足取りが鈍った。

円柱の内側に満ちている闇。これがガラの世界。

孝太郎が胸に描いていた〈物語〉とは、まったく異なっていた。

引き返せ。

怪物の心臓の鼓動を乱す、声なき声。

そのとき、唐突に闇が切れて、光が現れた。

——鐘だ。

暗黒の満ちた回廊の世界を封じている分厚い闇を突き抜けると、そこは彼方《かなた》まで広がる光の世界。その中心に、それは存在した。

これこそが〈始源《しげん》の大鐘楼《だいしょうろう》〉。

純白の石柱に支えられ、水晶で象られたドーム型の屋根の下に、雄々しく、美しく、優美なカーブを描くその形状《フォルム》。それそのものは、白銀にかすかな黄金の輝きをまぶしたような色合いだ。表面に彫刻の類《たぐ》いはなく、水のように滑らかだ。鐘の形状を損なう装飾も一切ほどこされていない。

緩やかに、円を描いて揺れている。見る者の陶酔を誘う、優美な動き。この鐘の揺動が描く真円は、世界にただひとつの美、ただひとつの正義、ただひとつの真実を内包する。

音は無い。

この荘厳《そうごん》な鐘は、音を生まない。生み出すのは〈言葉〉のみ。

だが、その〈言葉〉も目には見えない。鐘はただ悠々と揺れているだけだ。

「——本当に、ここが言葉の生まれ出《いず》る場所なのか」

思わず口をついて出た孝太郎の素直な問いかけにも、ガラは歩みを止めなかった。

「誰がこの鐘を撞《つ》いてるんだ?」

人間はもちろん、生きものらしいものの姿はまったく見当たらない。

大鐘楼のある高みよりも、空はさらに高い。乳白色の雲の隙間《すきま》から、淡い金色の光がいくつかの束に分かれて降り注いでくる。そこを横切る鳥の影はない。

生物の息づかいも、風の音も無い世界。

絶対の静寂の、何と清浄なことだろう。

鐘の動きに見惚《みと》れているうちに、孝太郎はようやく気がついた。〈言葉〉のほかにも、この鐘が生み出しているものが、たったひとつだけある。

影だ。その巨大な存在が光を遮り、足元に落とす影。その影もまた、鐘が描く真円の動きに従って動いている。

〈始源の大鐘楼〉の真下の世界、ここを支えている土台である世界を取り囲む円柱の列が、白く光っては闇に沈むことを繰り返していたのは、上方にあるこの鐘の影が移動していたからではないのか。ガラの〈領域《リージョン》〉であるあの世界は、鐘のもたらす影によってできているのだ。

闇であれ。さればこそ光を支え得る。

存在するが実在しないものが生み出す影。それは、存在するが実在しない闇。

ガラは、その闇の守護戦士。

お茶筒ビルの屋上で初めてガラと遭遇して以来、孝太郎は彼女と言葉を交わし、意思を通わせ、自分なりに彼女を理解してきたつもりだ。同時に、彼女の守る〈始源の大鐘楼〉とはどんな場所なのか、折々に想像してきた。漠然として、子供の見る夢のようなイメージではあるけれど、同じ立場に立たされた、孝太郎と同じ文化圏の同年代の青年なら、描くイメージは似たり寄ったりだろう。

ギリシャ神話の世界のような神殿。そのもっとも奥まった場所に、ひときわ荘厳な佇《たたず》まいの鐘楼が建っている。そこには多くの神官や巫女《みこ》が仕えている。そしてそこを守るのは、様々な武器と防具で身を固めた凜々《りり》しく勇壮な戦士たちだ。

だがここには、そんなものは何もない。

ここに、人が心に抱くイメージはない。そこから紡《つむ》ぎ出されるもの、

——そう、物語だ。

物語など、断片さえも存在していない。

だから清浄なのか。どんな筋書きにも左右されないから。ただ〈在《あ》る〉だけだから。

言葉はここで、究極の無垢《むく》なものとして生まれ出る。どんな物語にも染まらず、どんな意味も持たない。

その無垢で無意味なものに意味を与え、命を与えることができるのは、人間のみ。

だから、この場所は清浄でなければならない。意味という塵《ちり》があってはならない。ここに音が存在しないのも、音には必然的に意味がつきまとうからだ。

ここは、虚無と同じだ。

それに比べて、大鐘楼の足元の闇の、何と騒々しく活気に満ちて、映像的であったことだろうか。ティンダロスの猟犬のような存在でさえ、形があり名前を得ているという点では、この大鐘楼よりも遥《はる》かに人間的だ。

迷いが、当惑が、孝太郎という怪物の身体の奥底で、かすかに疼いた。

人がその生きる意味を表し、社会を築くよすがとする〈言葉〉というものが、こんな虚無から生まれ出てくるものだろうか。

いや、事実を問うてはいけない。孝太郎は自分に問わねばならないのだ。この虚無から生まれ出るものが私たち人間の〈言葉〉であると、自分は、三島孝太郎は、認めることができるだろうか。

――もう、そんな問題じゃないんだ。

強くかぶりを振った。二度、三度。頭を抱え、目を閉じて。

――認めるか認めないかなんて、オレには選べない。

いくつかの選択を繰り返した結果、こうしてここにいる。だから、受け入れるのみ。瞼を開き面《おもて》を上げ、足元に目を落として、初めて気づく。いつのまにか中空を歩んでいる。あの回廊にいたときのような、足の裏と指の鉤爪があたる床の感触もない。たじろいで、周囲を見まわす。白く、ほの明るく輝く雲に包まれている。いつ大鐘楼を通過してしまったのか。もう、あの場所よりも高く昇ってきてしまったのか。

雲を分けて、ガラの漆黒の翼が見える。その長身。その黒髪。くっきりと見分けられるのはそれだけだ。右を見ても、左を見ても、振り返っても、ただ雲、雲、雲。ほの白く、清々《すがすが》しく輝いている、初雪の朝のように清浄なもの。実存を欠き、ひたすら清浄であるというだけのもの。

引き返そうとしても、道はない。

「——戻れば迷うだけだ」

孝太郎の思考を読み、それを言葉にして退路を断つように、ガラが言った。

「ここから帰る道はない。おまえの〈領域〉にも、他のどんな場所にも」

〈無名の地〉を目指すほかに、すべはない。

「この清らかな虚無を抜け、〈無名の地〉に至るには、〈場所という名の髑髏《どくろ》〉が必要にして不可欠だった。そして、ひとたびそれを手に入れたからには、他の場所へ行くことはできなくなる」

ガラも〈清らかな虚無〉と言った。孝太郎は目を——怪物の一部である目をしばたたく。

「あんたも、ここは空っぽで何にもない場所だって思うんだね？」

「思うのではない。知っている。ここは虚無の階《きざはし》だ。〈始源の大鐘楼〉と〈無名の地〉を繋《つな》いでいる」

しかし、〈場所という名の髑髏〉の導きがなければ、守護戦士であってもここで迷う。そしてどこにも帰還することはできない。

孝太郎は歩んでいるのではなかった。進んでいるのでもなかった。漂っている。この薄明るい虚無に呑《の》み込まれぬよう、孝太郎を繋ぎ留めているのは、ガラの存在だけなのだ。

だから、引き返せない。

しかし孝太郎は怯えない。叫ばない。逃げ出さない。

もう、そんな人間らしい反応を示す資格はないからだ。それでもまだほんの少し、残響のようにかすかな〈孝太郎らしさ〉があるから、怪物の孝太郎はここから逃げ出さない。

ちゃんとわかっている。孝太郎は自分自身を思い出している。アッシュの言葉は親切ではあったけれど、的外れだった。

三島孝太郎は、自らの意思を持って、大洋に浮かぶたったひとつのブイのように、ガラという闇の力に引かれ、漂ってゆく。

足の裏に、やわらかな土の感触。

その一瞬で、白く清らかな虚無が後退した。

すべての純白と清浄が後方に吸い寄せられ、孝太郎をかすめて消えてゆく。前方に、新たな世界が開けてゆく。

地面。そして風だ。枯れ草の匂いを含んだそよ風が頬を撫《な》でてゆく。孝太郎は思わず手を上げて、風の匂いを確かめるように自分の頬に、鼻に触れてみた。

かぐわしい、春の枯れ草の匂い。しっとりとした秋の宵の夜気。

草原だ。ほかのどんな場所でもない。

夜だった。月も星もない。だが、ここにあるのは闇ではなく夜だと、直感でわかった。

だだっ広い草原の彼方に、無数の灯がともっている。またたき揺れる灯火。あれは人家の灯だ。街の灯だ。

世界の端から端まで占めているような草原。ところどころに緩やかな起伏があるが、視界を遮るものは何もない。孝太郎はまるで神の目を得たかのように、この世界をひと目で見渡すことができる。

「ここが――」

傍らで、ゆっくりと両脚を揃《そろ》え、姿勢を正し、軽く顎を上向けて、ガラが応じた。

「〈無名《むめい》の地《ち》〉だ」

ガラは立ち尽くす。

孝太郎も立ち尽くす。

二人は肩を並べていた。文字通り、肩の高さが同じだ。孝太郎という怪物は、かつて彼自身が「巨人のようだ」と恐れつつ仰いだガラと、同じ体格になっているのだ。

物語の源泉。すべての物語が生まれ、還《かえ》るところ。〈無名の地〉。

しかし孝太郎には、その草原も、夜空も、風の匂いも、みんなみんな親《ちか》しいものだった。名称を知っている。言葉で言い表すことができる。〈無名〉なんかじゃない。

円柱に囲まれた闇の世界と、その闇を生む輝かしい無音の鐘と、あの薄明るい虚無とを通り抜けた後の目に、耳に、感覚のすべてに、ここの自然は優しい。夜の手触りさえも優しい。

　そして、その夜の彼方に明滅する、ひとかたまりの灯の群れ。ガラの結界のなかで仰いだ超高層ビル群のように遠い。だがここの空間にはまったく歪《ゆが》みがない。遠近法は、孝太郎が長く馴染んできた現実のそれと等しく、自然環境も、あまりにも現実にそっくりだ。

　だから孝太郎は刹那、自分がもう人間ではなくなっていることを忘れ、瞬間移動で異国へ運ばれた大学生のような気分になった。ここはどこ？　ヨーロッパかな、南米かな。この広い草原は世界自然遺産？

　明かりが灯《とも》るところには、人がいる。

「あれは城だ」

　ガラが手を上げ、彼方の灯の群れを指さす。

「正しくは〈万書殿《ばんしょでん》〉という。〈輪《サークル》〉に現れた書物のうち、ここに留め置かねばならぬと定めた万巻の書を守っている」

「図書館みたいなもの？」

　ガラが微笑した。「そうだ」

「この世でいちばん大きな図書館だなあ」

灯の数と、その散らばり方のスケールから推《お》して、〈始源の大鐘楼〉よりも巨大な建造物だろう。

その〈万書殿〉の灯の群れから、ぽつりとひとつの灯が離れ、ちらちらと動き始めた。続いてもうひとつ、さらにひとつ。点と点が繋がり、列になって移動してゆく。

「無名僧《むめいそう》どもだ」と、ガラが言った。「作務《さむ》に向かうのだろう」

「作務？　働くってことだね」

ガラは孝太郎に目を向けてきた。

「ここに〈労働〉は存在しない」

そうか？　でもユーリ――森崎友理子は言っていた。無名僧たちは〈無名の地〉で、〈咎《とが》の大輪《たいりん》〉を回している、と。それは労働ではないのか。

「――労役、か」

ユーリの話を思い出しながら、孝太郎は言った。「無名僧は過《あやま》ちを犯してここに囚われた人間だから、ただの労働者じゃなくて、刑務所の受刑者みたいなものなのかな」

ガラはその問いには答えず、

「無名僧は人間ではない。もと人間だ」と言った。「あの〈狼〉の娘の兄も、無名僧になったと言っていたな」

そして軽く首を傾《かし》げ、夜の草原を渡る風のなかに黒髪を流して、歩き始めた。

孝太郎も一歩を踏み出す。〈無名の地〉に刻む歩み。怪物として。もと人間として。もと三島孝太郎として。

肩を並べる二人の〈人ならざるもの〉。夜露に濡《ぬ》れた草を踏みしめてゆく。その慈悲深い感触に、孝太郎はひそかに感謝した。おかげで、オレは自分の足跡を目にしないで済む。

ガラは身構えていないし、緊張した様子もない。〈悲嘆の門〉はどこにあるのだろう。まだまだ、もっと遠いのだろうか。

孝太郎の小声の問いに応じるように、夜空の一角で星が流れた。

「流れ星だ！」

思わず、子供のように声をあげてしまった。

孝太郎の歓声がスイッチになったかのように、夜空に次々と星が現れ始めた。ひとつひとつは〈万書殿〉の灯よりも淡く、頼りない。だが空を覆《おお》う夜のベールを彩《いろど》る微小な宝石のようなその光は美しく、尊く、そしてやっぱり孝太郎にはとても親しい、現実の自然とそっくりの眺めだった。

草原の彼方に木立が見えてきた。こんもりとした森。小高い丘。低く身を屈《かが》めるように幹を曲げ、枝を横に伸ばした古木。〈草原〉という舞台に、ひとつ、またひとつと配置されてゆく大道具のように、夜のなかに顕在化してゆく。怪物と化した孝太郎の目は、ひととき少年の目に戻り、それらのすべてに驚きと喜びを覚えた。

やがて――

異邦の地の景色に魅せられる少年の眼差しの純粋な好奇の喜びを消し去るものが、冷ややかに、不吉に、立ち現れてきた。

漆黒の柵《さく》。〈無名の地〉の中心、〈万書殿〉へ近づこうとする者を阻《はば》む境界。

一歩、また一歩。近づいてゆく。ガラの足取りは変わらない。だが孝太郎の気持ちは急く。早足になる。

びっしりと立ち並んでいるのは、ただの鉄の棒ではない。槍《やり》だ。仰いでも仰いでもその先端を見極めることができないほど長く強大な槍が地面に突き立てられている。そしてそれらを横に結んでいるのは、やはり漆黒の盾。こちらを向いている表側に、鈍く光る銀色の線で、五芒星《ごぼうせい》が描かれている。

漆黒は錬鉄《れんてつ》。銀色は水銀。行く手を塞《ふさ》ぐ槍と盾の列をすり抜けてくる夜風に、かすかに鉛の匂いが混じり始めた。

これは城を守る鉄柵ではない。街を囲む鉄柵でもない。檻《おり》だ。こんなもので外界と隔てられる場所は、

——牢獄《ろうごく》だ。

「止まれ」

ガラが声を出し、彼女自身も足を止めた。

4

孝太郎は夜の底で目を凝らす。

林立する槍の向こうに、〈万書殿〉の灯。群れ集って揺らめき続けているが、物理的な距離は少しも縮まっていない。それを囲う鉄柵も、こうして眺めれば、草原にひとつまたひとつと現れた森や古木と同じように、あるとき忽然と出現したような、あるいは孝太郎の脳裏に認知された幻に過ぎないような気もする。

ここもまた、存在するが実在しない場所。

そのとき気づいた。鉄柵を形作る横線を成す無数の盾。そのなかで、ガラと孝太郎の正面にあたる二つだけ、五芒星の模様が刻まれていない。ただの滑らかな漆黒。

ガラが緩やかに右腕を持ち上げ、一対の大鎌《おおがま》のひとつを抜き放つと、その先端を盾に向けた。

「——ここに〈輪《サークル》〉は始まり」

ガラの声か？　彼女の口元が動いたようには見えなかった。共鳴を誘う、呪文《じゅもん》のような低い呟《つぶや》き。それを受けて、正面の黒い盾のうちのひとつ、向かって左側のものに、〈目〉が開いた。眠れる漆黒の巨人が瞼を開いたかのように。

金色の白目。紡錘形の黒い虹彩《こうさい》。悪魔の眼《まなこ》だ。いつか、ガラの瞳もこんなふうに見えたことを思い出す。

ガラは続いて左腕を持ち上げ、残った大鎌を抜いた。その先端が正面に向けられる。

「——ここに〈輪〉は終わる」

向かって右側の黒い盾も瞼を開けた。黒曜石のような白目に、金色の虹彩。

槍と盾で形作られた鉄柵に、双眸《そうぼう》が開いた。その射貫くような眼光に、孝太郎は思わず片手で目を覆った。これを正視してはならない、という気がした。

両腕で軽々と大鎌を差し伸べたまま、ガラは朗々と呼びかけた。今度は間違いなくガラの声だ。

「この地を守るものに告ぐ。我を認めよ。〈場所という名の髑髏《どくろ》〉に導かれ、〈悲嘆の門〉を通り、万書殿を訪《おとな》うことを望む決闘者がここに在る」

決闘者？

かっと見開かれた門の双眸に、いちだんと強い光が宿った。同時に地鳴りが始まった。孝太郎は慌てて身を低くする。大きな、不恰好《ぶかっこう》な右手を地面につく。

揺れている。足元の地面が震動している。

途方もない時間を、沈黙に蓋《ふた》され闇に閉ざされていた、何か途方もなく大きなものが動き出した——

無数の槍と盾の作る鉄柵の正面の部分、光る双眸を中心に、左右にそれぞれ一〇メートルほどの幅の部分が下降を始めた。鉄柵が下がり、地面の下に吸い込まれてゆく。驚きに目を瞠《みは》って見守るうちに、門の双眸も再び眠るように瞼を閉じ、地下に呑み込まれてゆく。

ガラが両腕の大鎌を下げ、頭上に目を向ける。孝太郎も鉄柵の上方を仰いだ。

——こうやって開くのか。

いや、違う。地鳴りと地響きは止《や》まず、鉄柵はどんどん下降してゆくけれど、消え失《う》せはしない。

やがて、真っ黒な影の塊が見えてきた。鉄柵に巻きついている。鎖か——？

うねうねと幾重にも巻きついている。いや、ひっかかっているのか。鉄柵が下降するに従って、その影の質感が見てとれるようになってきた。

鎖ではなかった。金属ではない。現実離れしたサイズの縄でもない。さりとて生きものでもない。

石だ。

でもこの恰好、形状《フォルム》は。

ドラゴンだ。〈無名の地〉を守り、同時にそれを内側に囲う鉄柵にその巨体を巻きつけ、閂《かんぬき》となっている。

石像ではない。直感的にそう思った。このドラゴンは、ここに巻きついた状態で石と化したのだ。猛々《たけだけ》しく剝《む》き出された牙《きば》。片方は半ばたたまれ、片方は半ば開いた一対の翼。左前脚は鉄柵に鋭い爪《つめ》をかけ、右前脚は宙に差し伸ばされている。後脚は力強く鉄柵を摑み、今にも反動をつけて飛び立たんばかりではないか。

「下がれ」

ガラが言った。自分に投げかけられた言葉だと確かめるために、孝太郎はその顔を見た。

「私から離れろ」

孝太郎は動くことができず、自分でも何を言おうとしているかわからないまま、半端《はんぱ》に口を開いた。「ガラ――」

「これが〈悲嘆の門〉の門番だ」

この石化したドラゴンが。

ガラは孝太郎を見返ると、うなずいた。

「私は負けない」

孝太郎はぎくしゃくと動き、よろけて尻餅《しりもち》をついてしまった。鉤爪《かぎづめ》で地面をひっかき、踵《かかと》で押すようにしてずるずると後ろに下がる。

ガラは両腕の大鎌の柄《え》を摑み直すと、門番に向かって二歩、三歩と歩み寄り、それに正対した。

「不幸なる門番よ」

高らかに呼びかける声。

「ここに〈輪〉は始まり――」

右手の大鎌を振り上げ、脚を踏ん張り、全身の筋肉をしならせて、渾身《こんしん》の力を込めて、ガラはそれを石化したドラゴンに向かって投げつけた。あの大鎌が、玩具《おもちゃ》のブーメランのようにくるくると回りながら空を飛ぶ。

硬質な、きらめくような音がたった。大鎌の刃《やいば》の先端が、ドラゴンの片方の翼の根元に深く食い込む。長い柄が震動してぶうんと唸《うな》るような音をたてた。孝太郎はふと、マコちゃんが連れていた巨人の、あの毒虫の大群の羽音の唸りを思い出す。

「不吉なる門番よ」

さらに朗々と声を張って、ガラは左手の大鎌も同じように振り上げ、投げつけた。

「ここに〈輪〉は終わる」

こちらの刃の先端は、ドラゴンのもう片方の翼の根元に、がっちりと食い込んだ。

どちらの大鎌の刃も、ほとんど根元のところまで、石化したドラゴンの身体に突き刺さっている。そのせいで、あの大口を開いた〈場所という名の髑髏〉が、ドラゴンの翼の根元に喰らいついているように見える。眼窩《がんか》の奥で揺らめく鬼火は、獲物を得た歓喜に震えているかのようだ。

孝太郎は身震いした。

そして、笑い声。

誰だ？　誰が笑っている。髑髏の笑いだ。やっぱりこいつらは喜んでいる！

〈場所という名の髑髏〉は歯を剝き出して笑い転げながら、崩れ始めた。眼窩の鬼火が消え、頭頂から微細な黒い粉と化し、ほろほろと風にさらわれてゆく。

髑髏が完全に消えてしまうと、支えを失った大鎌の柄がぱたりと倒れ、石化したドラゴンの背中や胴を滑って、その足元に落ちた。

からん、ころん。

「さあ、おまえは〈渇望《かつぼう》〉を得た」

ガラの声が響き渡る。

「不浄なる門番よ、蘇《よみがえ》れ！」

石化は一斉に、ドラゴンの身体のあらゆる場所から、同時に解け始めた。色彩が戻る。質感が戻る。石と化していた怪物に、命が戻ってくる。

ガラはこのために渇望を集めていたのか。巨体を石に変えられ、この門の上に固められることによって、他の何よりも強大な〈門番〉となり得ていたドラゴンを、生身の怪物に戻すために。

いちばん最後に蘇ったのは、ドラゴンの両目だった。瞼《まぶた》が開き、目玉が動く。その漆黒の瞳《ひとみ》。宇宙のもっとも深い場所にある、宇宙でもっとも小さなブラックホール。

ドラゴンが身をよじり、頭を持ち上げ、翼を広げた。その目がガラを認めて険しく輝く。

ガラ、武器を失って、どうやって闘うんだ。

雄叫びが響き渡った。また地鳴りを呼び、風を巻き起こす咆哮。

ドラゴンの——だけではなかった。ガラも吼え立てていた。身構え、両腕を広げ、ドラゴンを見据えて変身してゆく。本来の姿に戻ってゆく。

その足元の影が膨らむ。そのシルエットが孝太郎の視界を覆う。これまで、一度だけ見せてくれた彼女の《正体》もまた一種の擬態に過ぎなかったのだと、孝太郎は悟った。ガラの本当の正体は、古代の人びとがその力を畏れ、その姿の怪しいことを恐れ、忠実にその姿を写すことを憚らざるを得なかった魔物・ガーゴイルの素材というだけではなかった。それよりも恐ろしく、それよりも強く、それよりも忌まわしい。

力と闇と混沌から生まれた、生きものを超える実在なき存在。

その場に這いつくばったまま、孝太郎は見つめる。二体の異形の決闘者の激突を。

　　　　その瞬間——
　　悪寒を覚えて、都築は首をすくめた。

時刻は午後九時三十五分。都築は野呂と連れだって、お茶筒ビルの足元に立っていた。傍らにはあの気のいい相沢青年がいる。三人から少し離れたところで、警備会社の担当者が脚立を椅子代わりに通用口の前に陣取り、膝の上に広げたノートパソコンを使って、新たに導入されたセキュリティ装置の動作状況をチェックしていた。

相沢青年から野呂に連絡があったのは、つい昨日の午後のことだ。依然、不良債権として凍結されたままのお茶筒ビルだが、屋上のガーゴイルにまつわる噂《うわさ》のせいか、年末以来、不審事や侵入者が後をたたなかった。そこでセキュリティ装置を設置し、正門と通用門の鍵《かぎ》を交換する工事を行った。装置は既に稼働《かどう》を始めている。

「セントラルラウンドビルのことでは、うちの管理に不行き届きな点もありまして、町内会の皆さんにもご心配をおかけしましたので、一応、こんな形になりましたって ことで、実地にお見せしたいんです。町内会の皆さんに安心していただければ、もう夜間パトロールをしていただく必要もなくなるでしょ?」

その丁寧な連絡は会社の意向ではなく、相沢青年個人の親切心から出たものだろう。野呂はそれを受け、都築にも声をかけてくれた。二人で話を聞いといて、次の集まりのとき、都築さんから役員に説明してやってくださいよ。私は機械にゃ弱いからねえ。

だから、こうしてここにいるのに。

——何だ、今のは。

うだるような盛夏の山は越えたが、熱帯夜は続いている。ここ数日は特に湿気が多く、西新宿の街中では、この時刻でも突っ立っているだけでじわりと汗が滲《にじ》んでくるほどに蒸し暑い。

なのに、背筋を走ったこの冷気は何だ。

「都築さん、どうしたね？」

野呂に問われて、都築は身じろぎした。夏物のポロシャツの背中が汗でべっとりと濡れている。

「いやぁ、夏風邪を引いたようですよ」

「そういえば顔色がよくないねえ」

野呂は小首を傾げた。

「……ここの照明のせいかなあ」

警備会社の担当者は、ちょうど人感センサーライトのシステムを説明しているところだった。点《つ》いたり消えたりする指向性の強いLEDライトの眩《まぶ》しさに、相沢青年は目をぱちぱちさせている。

「まあ、大したことありませんよ。相沢君、これだけ明るければ、夜でも安心だね」

都築は相沢青年の幅の広い背中をぽんと叩《たた》いた。身体を動かすと、寒気は消えた。

「はい、ありがとうございます」相沢青年はにこにこする。「でも、お二人とも本当に、中はご覧にならなくていいんですか」

「そこまでするると、あんた、また上のヒトに睨《にら》まれちゃうよ」

久々に会って話を聞いてみたら、前回、都築と一緒にこのビルの内部を調べたことで、相沢青年は上司に叱《しか》られたのだという。君の一存で外部の人間を入れるとは何事だ、と。

「バレなければ大丈夫ですよ。今度は僕、口をつぐんでますから」

野呂が呆《あき》れた。「何だよ、自分でしゃべったの？」

「幽霊が怖いから、町内会の防犯担当の役員さんについてきてもらったんだって言ったら、先輩には大ウケだったんですけど、担当部長はカンカンになっちゃって」

「しょうがねえなあ」

二人は笑い、あまり愛想のよくない警備会社の担当者も薄笑いする。都築はまた首筋をさすり、両肩をちょっと上下に動かしてみた。

「でもその部長さん、怒ったくせに、やっぱりまたこうやってあんたを一人で寄越すんだね。こんなお荷物物件に関わるのは面倒臭いってか」

野呂の分析に、相沢青年は大真面目《おおまじめ》な顔をして、声をひそめて言った。「ていうか、実は部長も幽霊が怖いんだと思いますよ」

これは、野呂にはまさに〈大ウケ〉した。夜の繁華街の裏道に笑い声が響く。

「こうなったら、早く売れるといいね」

「そうですねえ」

警備会社の担当者がモニターを指し示し、お茶筒ビルの内外に設置した監視カメラの映像を見せる。画面が四分割されて、一度に四ヵ所の映像を同時にチェックすることができるのだという。

「ずいぶん手間と金をかけたもんだ」

「ちょっと正面玄関へ回ってみます」

モニターを囲んでいる三人から離れ、都築は正面玄関の方へ歩き始めた。

「私が映ったら、声をかけてくださいよ」

「あいよ～」

野呂の陽気な返事を背中に、壁面と塀の隙間を抜けてお茶筒ビルの正面に回り――出し抜けに、都築は立ち止まった。その衝撃が腰にずきんときた。

見苦しいチェーンと南京錠《ナンキン》が撤去され、正面玄関はすっきりした。その観音開きの扉に、黒いジャケットを着て黒いブーツを履いた黒髪の少女が背中をもたせかけている。その愛らしい顔と、華奢《きゃしゃ》なシルエットに見覚えがあった。

「――あんた！」

少女は姿勢を正すと、口元に指を立てた。静かに、という意味だ。

都築はさっと背後に目を配り、少女に駆け寄った。少女のほの白い顔の口元に、淡い笑みが浮かぶ。

「心配しなくても、ほかの人には気づかれません。わたしは師匠よりはまだ実在してるけど、見えない人には見えないから」

世迷《よま》い言だ。都築は覚えている。この少女は、三島孝太郎と二人、ここの屋上で二度目にガラに会ったとき——都築がガラを問い詰めたとき、不気味な黒装束の男と共にどこからともなく現れて、やっぱり世迷い言を吹いていた。確かユリコとか、ユーリとかいう名前だったはずだ。

「おじさんは、三島君ほどじゃないけど、守護戦士ガラの力の影響を受けたことがあるでしょう。だからわたしの姿が見えるのよ」

気が急《せ》いているから、声をひそめようとすると、都築は息が切れた。

「おまえさん、何者なんだ」

「今は説明を繰り返してる時間がありません。三島君から聞いてください」

そして少女は手を伸ばし、都築の手を掴《つか》んで握りしめた。細い指は、思いがけず強《きょう》靭《じん》な力を秘めていた。

「それをお願いするために来ました。あとで三島君から話を聞くことができるように、彼のことを考えていてあげてほしいんです。彼が還ってこられるように、ずっと念じていてあげてください」

おじさんの声なら、届くかもしれないから。

「──どういうことだね」

正対して見つめ合い、都築はようやく、この少女の思い詰めた眼差しに気づいた。

「三島君、行ってしまった」

呟くと、その目の縁に溜《た》まった涙の粒が揺れた。

「止めようとしたけど、行ってしまった。そして始まってしまった」

都築には、譫言《うわごと》にしか聞こえない。意味がわからない。まるっきり──

わからないわけではないのが恐ろしい。

「ガラと一緒に、彼はどこかに行ったのか」

少女はうなずいた。涙は一粒だけ。口元は気丈に引き締まっている。

「何が始まったっていうんだね？」

通用口の方から、野呂の陽気な声が呼びかけてきた。「都築さん、映ってるよぉ。ちょっと動いてみてくださいよ」

少女が手を離してくれたので、都築はその場で体操でもするみたいに両手を上げ下げした。あははと相沢青年が笑う声が聞こえる。

「守護戦士ガラは、必ず門番を倒します」と、少女は言った。「それが〈無名の地〉の理《ことわり》だから。〈悲嘆の門〉を通ろうとする者が、門番に敗れることはない。だから」

少女はくちびるを噛む。

「――三島君は還ってこられない」

都築はまだ両手を上げたまま少女を見つめる。もういいよ都築さんと、野呂が面白そうに呼びかけてくる。

「でも、祈っていてあげてください。もう、それしかできることはないから」

今度は都築の方が、とっさに、少女のか細い腕を摑もうとした。が、その指は空《くう》を摑んだだけだった。

少女は消えた。たった今ここにいたのに。

都築は胴震いすると、ズボンの尻ポケットから携帯電話を引っ張り出した。三島孝太郎。あたふたとキーを押す。

呼び出し音が鳴り始める。三回鳴って、留守番センターの合成音声が応答した。

学生たちの夏休みの最後の日、西新宿の街の片隅で、都築は立ちすくむ。

——三島君。

大人の忠告を聞かない、一本気で小生意気な小僧の顔が目に浮かぶ。

君の身に何が起きているんだ。


誰かに呼ばれたような気がして、真菜は目が覚めた。

ぼんぼりのような常夜灯の明かりが、部屋の一角をやわらかく照らしている。真菜のベッドの枕元《まくらもと》には、カラフルな動物のぬいぐるみがいくつも並べてある。ふかふかの枕の上で頭を動かし、薄い夏掛け布団《ぶとん》から肩を出して、そちらに目をやってみる。

ぬいぐるみの誰かに起こされたとは思えなかった。

——みんなもオヤスミナサイだから。

初子おばあちゃんは、いつもそうやって真菜を寝かしつけてくれるのだ。ぬいぐるみたちと順番に挨拶《あいさつ》をかわす。ぺぺちゃん、おやすみなさい。クーちゃん、おやすみなさい。パンダちゃん、おやすみなさい。

以前の真菜は、よく夜中に目を覚ましては泣いた。そうすると初子おばあちゃんが来てくれる。でも初子おばあちゃんは眠そうだったり、寒そうだったり、くたびれていたりするから、真菜は次第に、枕に顔を押しつけてこっそり泣くようになった。くたびれて眠そうな初子おばあちゃんを見ると、いつもくたびれていて眠そうで、あの雨と風の怖かった夜、眠ったままとうとう起きなかったママのことを思い出すからだ。初子おばあちゃんも起きなくなってしまったらどうしよう。

でもこのごろは、真菜は夜中に泣いたりしない。一度眠ると、朝までぐっすりだ。あのお兄ちゃんが、真菜のママはいつでも真菜と一緒にいるよ、これからもずうっとそばにいるよって言ってくれたから。

なのに、今夜はどうして目が覚めちゃったんだろう。

真菜はベッドの上で起き上がった。エアコンの青いランプが小さく灯っている。真菜ちゃんが暑くないように、この青いおめめが見張っててくれるからねって、初子おばあちゃんは言ってた。でも真菜は知っている。佐藤センセイに教わったもん。あれはただのランプだ。

目はますます冴《さ》えてきて、喉《のど》が渇いてしまった。真菜は膝を抱える。そしてひとつ息をすると、わかった。

この年頃の子供にだけ備わっている、心と身体《からだ》を直《じか》に繋ぐ回路。ある年齢に達すると自然に切れてしまう伝達装置のスイッチ。その働きが、真菜に教えてくれた。

——お兄ちゃんだ。

何か起こってる。

ママが眠っちゃって、目を覚まさなくなったあの夜みたいに。

何か怖いことが起こってる。

——かいぶつ。

夏掛け布団をはぎ、膝立ちになって、真菜は両腕いっぱいにぬいぐるみたちを抱きしめた。ぺぺちゃん、クーちゃん、パンダちゃん。その優しくすべすべした丸い顔と丸い瞳《ひとみ》。

名づけようのない不安を、真菜は彼らと分け合い、慰め合う。短い夏の夜であっても、幼子にとってはまだ始まったばかりだ。


人間とはまったく異なる形状《フォルム》の怪物同士の闘い。激突する巨体と巨体。

孝太郎は感じた。これほど巨大なエネルギーがぶつかり合い、暴れ狂う。この闘いは生きもののレベルで測れるものではない。台風や竜巻、地震や津波や噴火と同じだ。自然現象だ。人はその前で呆然《ぼうぜん》と目を瞠《みは》り、ただそれが鎮《しず》まるのを待つしかない。

古代の人びとは、自然の猛威を神々の怒りになぞらえた。破壊の限りを尽くす神々は、その姿形も恐ろしいものに思い描かれ、邪神として独立し、やがて多くの怪物たちがそこから生まれた。

すべての怪物は零落した神々の末裔《まつえい》だ。

そのうちの二体が、今、孝太郎の面前で闘っている。凄《すさ》まじい咆哮《ほうこう》が轟《とどろ》き、その動きによって巻き起こされるつむじ風と地鳴りに、怪物の一員となったはずの、獣の身体と鉤爪を持ち、忌《い》まわしい獣臭《じゅうしゅう》を放ちながら闇《やみ》を歩むものの眷属《けんぞく》となったはずの孝太郎でさえ、まともに立っていられない。目を開けていることさえ難しい。

これがガラの真実の姿。〈始源の大鐘楼〉の三之柱《さんのはしら》の守護戦士の姿。嫌というほどよくわかった。あんなちっぽけな大鎌など要るものか。あれは全然、武器などではなかった。ただの鍵に過ぎなかった。

ガラの小山のような拳《こぶし》が空《くう》を切り、唸る。ドラゴンの背中は剣の山。しなやかにうねり、拳を受け止めて跳ね返す。長い尾が地を打ち、土埃《つちぼこり》を巻き起こし地割れが走る。

林立する黒い槍は揺らぐことさえない。その内側に囲まれた世界もしんと静まりかえっている。遠くまたたく〈万書殿〉の灯は、宇宙の彼方《かなた》、太陽系とは別の銀河のように取り澄ましている。

漆黒の肌のガーゴイル。白刃のように閃《ひらめ》く牙と爪。鞭《むち》のように空を泳ぎ、ドラゴンの首に巻きつく尾。ガラは闘う。孝太郎はそれを見守り、それに見入り、それに魅入られる。

互角だった趨勢《すうせい》は、ガラがドラゴンの片方の角をへし折ると、一気に変わった。意思と力を示してうねり、波打ち躍動していたドラゴンの胴が、重力に負け始めた。世界を巻き取り持ち上げることも可能な尾が、空《むな》しく上下して地を叩くだけになった。牙を剥き出しにガラに挑みかかる顎《あご》は空を噛《か》む。その隙《すき》を突いて、ガラはドラゴンのもう一本の角をもぎ取った。一緒に頭の皮膚の一部が剝《は》がれ、生々しい血が飛び散る。

ドラゴンの咆哮が悲鳴に変わった。

ガラの両手がその首っ玉をつかむ。〈無名の地〉の夜の闇に光る歯列。ガラはドラゴンに嚙みつこうとしている。

孝太郎の心の視界いっぱいに、あの光景が蘇った。自分の体験だからこそ、外から見ることはできなかったはずの光景が、ありありと見えた。いや、視《み》えた。

今、同じ形の死を与えようとしている。その首を喰い千切る孝太郎。ガラは〈無名の地〉を守る門番に、〈キティ〉を捕まえ、
首筋に嚙みつき、歯を食い込ませ、同時にその頭と身体に両手を掛け、渾身の力を込めて喰い千切る。

青空の下、公園の芝生の上を転がってゆくボール。地面の出っ張りにぶつかって軽

く跳ねる。ああ、〈キティ〉の首もそうだった。何と軽く、何と小さく、何と簡単に宙を跳んだことか。寸前まで、人の身体の一部だったことなど忘れたかのようにあっさりと。

雄叫びをあげ、ガラがドラゴンの首を喰い切り、その頭をつかんで高々と頭上に持ち上げた。

ひと呼吸遅れて、ドラゴンの巨体がどうっと横倒しになってゆく。その轟音《ごうおん》の残響のなかで、ガラが叫んだ。何かを叫んだ。孝太郎には聞き取れない言語。あるいは言語でさえないかもしれない音声。

ガラから借り受け、今や孝太郎のなかに根付いた左目の力が、それを〈言葉〉として視せてくれた。

「〈万書殿〉よ、我を認めよ！」

ガラは遠くまたたく灯の群れに、勝ち名乗りをあげているのだ。

「我が名はガラ。〈始源《しげん》の大鐘楼《だいしょうろう》〉三之柱を護《まも》る戦士にして、戦士オーゾの母なる者。ここに〈悲嘆の門〉の門番を斃《たお》し、開門を求める！」

敗れたドラゴン――門番の巨体が、ガラの頭上に掲げられた頭部も、残りの身体も同時に、再び石化を始めた。灰色の冷たい石に変じ、そして端から風化してゆく。岩石が塵《ちり》に還る年月が、早回しでドラゴンを消してゆく。

それと同時に、ガラも変身を始めた。孝太郎が最初に気づいたのは、彼女の足元の影だ。小さくなってゆく。孝太郎がいちばんよく知っている、見上げるような長身に漆黒の髪、白い顔、背中に翼を持つ、人ではなく人に似た、美しくも異形《いぎょう》の女に戻ってゆく。

遠くまたたく〈万書殿〉の灯の群れが、一斉に揺らめいた。

そして一陣の風が吹き寄せる。ガラの髪が舞い上がる。孝太郎も全身にその風を受ける。風に包まれる。冷ややかで清らかな水のような感触。まるで洗われているかのよう——

自分の手を見おろすと、元に戻っていた。

人間の手だ。人間の脚だ。人間の身体だ。

顔に触れてみる。十九年間馴染《なじ》んできた三島孝太郎の顔。牙はない。獣臭も消えた。

Tシャツにジーンズ。踵の減ったスニーカー。美香を捜そうと、四丁目の角の公園を目指して自転車を走らせたときの恰好のまま。

「そこを動くな」

〈万書殿〉に目を向けたまま、姿勢を正してその場に立ち、ガラが言った。

「すぐに迎えが来る」

膝が萎《な》えて、孝太郎はうまく立ち上がることができない。何度も試みては転び、地面に手をついた。オレもちゃんと立とう。ガラの道連れだ。〈無名の地〉への来訪者だ。だらしないところを見せちゃいけない。

何とか膝立ちになり、面《おもて》を上げると、〈万書殿〉の灯の群れに変化が起きていた。ここに着いたとき、ガラが指さして教えてくれたのと同じ光景だ。ぽつり、ぽつり。〈万書殿〉から灯の点が現れて、次第に数を増し、列をなして移動している。

こっちにやって来る。

「――あれも無名僧たちか？」

灯の列を見守りながら、ガラは目を細めてうなずいた。

「この地に存在し、自ら動くものは無名僧どもだけだ」

ほかに人はいない。生きものもいない。

「無名僧どもは〈無〉だ。何万人も存在するが、一人しかいない。万にして一、一にして万だという。しかしそれも実は無意味な言葉の綾《あや》に過ぎない」

なぜなら、〈無〉を数えることは不可能なのだから。

孝太郎はようやく自分の足で立った。Tシャツの皺《しわ》を伸ばし、ジーンズの膝をはたく。無名僧たちの列は近づいてくる。

かすかに金属の軋《きし》む音がした。そして軽く地面が揺れる。

林立する槍とそれを繋《つな》ぐ盾によってつくられた柵。魂を揺さぶるような地響きと共に、それが向こう側に開いてゆく。〈門番〉のドラゴンが石化し、閂《かんぬき》となって封じていた〈悲嘆の門〉。その開門の時がきた。

もう、ガラと孝太郎と、無名僧たちのあいだを遮るものは何もない。

〈無名の地〉の底を歩み来る、黒い集団。手に手に松明《たいまつ》を掲げている。禿頭《とくとう》。白い顔。身を包む簡素な黒衣。裸足《はだし》で草原を踏みしめてくる。声はない。足音もない。気配さえ感じさせない。

ひたひたと黒い波が寄せてくる。一人一人の無名僧の顔が見分けられるほどの距離まで迫った。孝太郎は驚きに息を呑《の》む。

みんな同じ顔だ。

同じ顔。どこかで見たことがあるような、整った目鼻立ち。ユーリの瞳。〈キティ〉の頰。マコちゃんの眉《まゆ》。一美の口元。誰かに似ていて、誰でもない。

無名僧たちは三列になり、密《ひそ》やかな葬列のように歩み寄ってくる。完全に開け放たれた〈悲嘆の門〉が、彼らの掲げる松明の明かりを受けて、幾筋もの長く鋭利な影を落としている。

ガラはその場を動かない。無名僧たちを待ち受ける。孝太郎もその傍らに立った。

無名僧たちの歩みが止まった。これほどの人数なのに、一糸乱れぬ動きだ。万にして一。どれほど大勢いても、一人しかいない。

列の先頭の三人の無名僧。その中央の一人が進み出てきた。ガラに向かってゆっくりと一礼する。

「〈始源の大鐘楼〉三之柱の守護戦士、ガラ殿」

呼びかける声は、青年のそれだった。

ガラの横顔に、かすかな表情が浮かんだ。眼差《まなざ》しが揺れた。

「貴殿は〈悲嘆の門〉を開かれた。何故《なにゆえ》に、そして何用《なによう》があり、〈無名の地〉の万書殿を訪《おとな》われるか」

ガラも、大股《おおまた》に一歩前に出た。

「我が子を返していただきたい」

無名僧が問う。「その子の名は」

「戦士オーゾ。私の一人子《ひとりご》です」

「その罪は」

「我らに課されし戒めを破りました」

「その戒めとは」

「闇であれ」

ガラの返答が、鞭のように夜気を打つ。

「オーゾは光を求め、我らが闇の〈領域《リージョン》〉から逃亡を謀《はか》りました。〈始源の大鐘楼〉を支える、我らの存在意義を裏切りました」

そうか――

孝太郎は、通り過ぎてきた回廊の内側の、あの闇の国を思う。虚無の清浄のなかに浮かぶ〈始源の大鐘楼〉よりも、はるかに活気に満ちて騒々しく、人間的だとさえ感じたあの深く濃く、広大で深海のような暗黒。

孝太郎のその感覚は、間違いではなかったのだ。あの闇のなかには、確かに人間的なものが存在していたのだ。そしてその存在は、人間的だからこそ、闇に倦《う》み、闇に疲れて光を求めた。ガラの息子・戦士オーゾは、他の〈領域〉への憧《あこが》れのために、背中の翼を広げてあの闇のなかから外へ羽ばたいたのだ。

――それが罪なのか。

他の世界に憧れを抱くことが？　闇に閉じ込められ、闇であることを強いられる立場に逆らうことが？

「我らは闇」と、ガラは続ける。「言葉の生まれ出《いず》る〈始源の大鐘楼〉の清浄を護るべく、闇を引き受けることが我らの使命。それを捨て去ることは許され難き罪。己《おのれ》の望む物語を生きんと欲した大罪です」

松明の揺らめく炎の照り返しを禿頭に受け、無名僧がうなずく。

「確かに、その大罪故《ゆえ》に、戦士オーゾは〈万書殿〉に囚《とら》われておられます」

「お返し願いたい」

願うという言葉の表現とは裏腹に、ガラの声音は猛々しい。

「我らは闇。闇であり続けるために、守護戦士は〈無〉になることからは逃れ得る。それが〈輪《サークル》〉の理《ことわり》であるはずです」

「しかし、代償が必要です」と、無名僧が応じた。「戦士オーゾの犯した物語の罪を償う、身代わりの用意はおありか」

ガラが答えた。「然《しか》り。ここに」

い、い、
ここに。

孝太郎はただつっ立っていた。ガラが何を言ったのかわからない。

ここに？

無名僧たちの無数の眼差しが、孝太郎に注がれる。みんなが孝太郎を見ている。ちっぽけな人間の若造の姿に戻った三島孝太郎を見ている。この世にあらざる場所に佇《たたず》む、無力な人間を見ている。

無名僧が応じた。「では、お受け取りいたしましょう」

その返答と同時に、数人の無名僧たちが前に出て来た。孝太郎に近づいてくる。迫ってくる。黒衣に包まれた痩《や》せた腕が伸びてくる。

「ちょ、ちょっと待った」

待ってくれ。これはどういうことだ。

「何だよ、ガラ。身代わりって何だ？」

ガラは、遠くまたたく〈万書殿〉の灯の群れを眺めている。その端正な横顔。長い黒髪。

孝太郎は無名僧たちに腕を摑まれ、肩を押さえられ、引っ張られる。開け放たれた〈悲嘆の門〉の内側に。

「やめてくれよ。何だっていうんだ」

無名僧たちの同じ顔。同じ身体。同じ動作。同じ意思。同じ声音と同じ言葉。

「咎人《とがびと》よ」

「物語の罪を犯した咎人よ」

「貴方《あなた》の時はここに停まる」

「貴方はここで永遠を得る」

「咎人よ、さあ来なさい」

「永劫《えいごう》の物語を廻す、咎の大輪のもとへ」

やめてくれ、放してくれ！　孝太郎は叫び、めちゃくちゃに手足を振り回して逃げようとした。多勢に無勢だ。まるでかなわない。孝太郎を捕らえて連れ去ろうとする無名僧たちの力は強く、それでいて彼らの姿は影のようにとらえどころがない。抗《あらが》おうとしても、繰り出す拳は空を切る。蹴《け》り出した足の先には何も触れない。こいつらは〈無〉。ただ強力な意思を持つだけの虚無だ。

「ガラ、助けて！」

孝太郎は地面に倒れ、首根っこや腕や肩やシャツの背中を摑まれて、ずるずると引きずられ始めた。スニーカーの爪先が空しく地面を蹴る。指が枯れ草を摑む。駄目だ。どんどん引きずられてゆく。松明の炎が描き出す鉄柵《てつさく》の影の奥へ。

これが三島孝太郎を待ち受けていた結末だ。

「ガラ、なんでこんなことするんだよ！」

もう泣きわめくことしかできない。ガラが離れてゆく。引き離されてゆく。

「オレは身代わりなんかじゃない！　身代わりになんかならない！　そんな約束なんかしてないぞ！」

涙に歪《ゆが》む視界のなかで、ガラの長身が翼ある闇の塊に変わってゆく。

「――すまない」

初めて遭遇したときと同じだ。ガラは謝罪している。そしてあのときと同じように、その謝罪は淡々として、抑揚を欠いていた。

それは、意味を欠いていたからだ。

「私は言った。おまえは後悔する。そうなると知っていたから」

そうなるしかないと知っていたから。

「おまえはおまえの望む物語を生きた。望むままに悪を狩った。その物語の行き着く先はこの地だ。私は知っていた」

――すまない。

「最初は私がおまえを選んだ。最後はおまえがおまえを選んだ」

おまえは後悔する。何度もそう警告されたのに。

言葉の生まれ出る虚無を護る戦士は、虚無の闇だ。虚無は意味を寄せ付けない。虚無は意味を求めない。

虚無には、心なんかないからだ。

孝太郎はようやく納得した。あまりにも遅すぎる得心《とくしん》。

都築のおっさんは正しかった。

——あの女戦士は〈概念〉だ。

人間は、〈概念〉などという形のないものと闘うことはできない。ただそれに染まり、それに呑み込まれるばかりだ。

——君も俺も、魔物に遭った。

守護戦士ガラの正体は、人間を人でなしに変えてしまう〈概念〉だったのだ。

柔らかく枯れた下草の地面を引きずられていきながら、まだ空しく足で地面を蹴り、抗いながら、孝太郎はただただ叫んだ。言葉にならない憤怒《ふんぬ》と恐怖に叫んだ。

オレは正しいことをしたかった。オレは悪を許せなかった。人殺しを放っておけなかった。それだけだったのに。

怪物になってもいい。そう思った。闇に潜んで生きることになってもいい。そう思った。この手で摑んだ正義が、この手で守ったささやかな幸福が、遠くでほのかに輝くのを見ることさえできればそれで報われる、と。

だけど、何にもわからず、何にも感じ取ることのできない〈無〉にはなりたくない。

そんな取引はしていない。

騙《だま》された。嵌《は》められた。ほかの誰でもない、三島孝太郎こそが、ガラのいちばんの獲物だったのだ。我が子の身代わりとなる咎人を求めていたガラにとって、孝太郎は飛んで火に入る夏の虫だった。

ちっぽけな羽虫。踏みにじったことさえ気づかない。

——すまない。

意味のない、ただの言葉。

——おまえは後悔する。

孝太郎を惑わせ惹《ひ》きつけた、謎《なぞ》めいた予言。

すべては餌《えさ》だった。孝太郎は奮い立ってそれに食いついた。なんてバカだったんだ。取り返しのつかない愚行だ。

「嘘《うそ》つき！」

もうガラの姿は見えない。孝太郎は無名僧たちに懇願する。

「おい、待ってくれよ！　オレは騙されたんだ！」

だが、孝太郎は進んで騙されたのだ。悪を狩る快感に酔い痴《し》れ、耽溺《たんでき》していったのは孝太郎自身だ。引き返すチャンスから目を背け、誰の忠告にも耳を貸さなかった。自分で紡《つむ》ぐ、正義の制裁の物語が心地よかったから。その物語のなかにこそ、生きる意義と目的があると信じてしまったから――

いいや、信じ込まされたのだ。

「この大嘘つき！　何が戦士だ！　おまえなんかただの魔物だ！」

泣きわめきながら、孝太郎はガラを罵《ののし》った。声が届いているかどうか、もうわからない。無名僧たちは容赦なく孝太郎を引きずってゆく。背中には枯れ草の感触。頭上には夜空の星がまたたく。松明の火花が舞い上がる。

ずっと無言だった無名僧たちが、低く声を揃《そろ》えて歌い始めた。お経のような、不可思議な言葉の羅列。聞き取ることができない。耳を覆《おお》いたくなる不吉な音律。

「うるさい、やめろ！　放せよ、放してくれ！」

泣いても叫んでも、どこにも届かない。誰も助けに来てはくれない。

ここは〈輪《サークル》〉の根源。そして〈輪〉の最果《さいは》ての地。

言葉がその誕生のとき、意味を持ってはならないのならば。

言葉がその誕生のとき、完全に清浄でなければならないのならば。

人がなぜ、言葉を求めよう。どうして言葉を生み出すことができようか。〈始源の大鐘楼〉。言葉の生まれ出る根源の地が、限りなく美しく清らかな無音の場所であることは、〈言葉〉の存在意義そのものを裏切っている。己の存在が落とす影のなかに闇を封じ込め、ひたすら清浄であろうとする存在は、それだけで欺瞞《ぎまん》に満ちている。

言葉が清浄であろうはずがない。言葉が意味を持たずに生まれ出るはずがない。

それは〈輪〉のなかの大きな嘘だ。

それもまたひとつの物語に過ぎない。

守護戦士のガラは、開け放たれたままの〈悲嘆の門〉の傍らに佇む。無数の槍《やり》が形作る門と、その足元から長く延びる影。それを踏みしめるガラもまた、あたかも影の牢獄《ろうごく》の囚人になったかのようだ。

そして待っている。解放のときを。

草原を夜風が渡る。〈万書殿〉の灯の群れは輝かしくまたたく。

ガラは待っている。戦士は待っている。己がいるべき場所に戻るときを。

今この瞬間にも、光溢《あふ》れる大鐘楼から無数の言葉が生まれ、生まれ出る言葉と同じ数の闇がその足元に封じられてゆく。

我らはそれを守る。言葉の闇が〈輪〉を侵さぬように。闇であれ。闇と一体であれば、闇に害されることはない。

我らは暗黒を引き受ける。我らの在《あ》る限り、〈輪〉の栄光は続く。

それもまたひとつの物語に過ぎなくても。

――母上。

言葉を感じて、ガラは目を上げた。

我が子、我が息子、戦士オーゾだ。

おお、その姿の何とかそけきことだろう。夜気のなかに震える影に過ぎない。しかも、ガラ自身の影よりも薄く、頼りない。

〈無名の地〉に時はない。それでも、ここに囚われるものは、たちまち本来の姿を失ってしまうのだ。

ガラは人に似せた化身《けしん》を解いた。身代わりの若者への最後の礼儀に、まとっていた姿を捨てた。取り戻すのは守護戦士の真の勇姿。門番と闘った時の姿だ。

オーゾよ、思い出せ。これがおまえの姿。

――母上。

オーゾの声ではない。ただの言葉。彼の意思を伝達する響き。

「オーゾ、おまえは解き放たれた」

ガラは彼に呼びかけた。

「〈始源の大鐘楼〉に戻ろう。我らの使命を果たすのだ」

〈輪〉が始まり、〈輪〉が終わるときまで、我らはあの闇のなかに在る。

――なりません。

古来、人びとに、魔物と呼ばれる異形の姿。〈悲嘆の門〉の落とす影のなかで向き合う、二体の翼ある闇。

――母上、なりません。

あなたは欺瞞を操り、人の子をこの地に導いた。

――それは過《あやま》ちです。かの者は、私の身代わりにはなり得ません。

幼く無知で、あまりにも弱い。

――私はこの地に留《とど》まります。

ガラは問いかける。「何故だ、オーゾ」

かそけき影が震えて応じる。

――刹那《せつな》であれ、私は〈輪〉に満ちる光を見ました。

光の世界を垣間見《かいまみ》た。

——母上、そして私は、あなたが持ち得ないものを得た。心というものを。

——それと引き替えに、私はこの地で無になりましょう。

ガラは目を細める。

しかし、動揺はない。悲しみもない。驚きもない。心がない。存在するだけ。ガラが母であり、オーゾが子であるのは、あの世界のなかに置かれたときそうであったからだ。対峙《たいじ》する二人は、ただ互いに互いの分身。本来はひとつの存在。

——私は無名僧になる。自ら進んで、己の咎を負うのです。

ほんのひととき、外界を視た代償に。

——母上、お別れいたします。

オーゾの気配が離れてゆく。〈万書殿〉へと去ってゆく。

ガラはその場を動かない。〈悲嘆の門〉の落とす長い影のなかにとらわれた囚人。影の一部と化した、魔物を象《かたど》った闇。

オーゾは戻らない。

ガラは目を上げ、〈無名の地〉の広大な夜空を仰ぐ。

〈万書殿〉の方向から、また一陣の風が吹きつけてきた。その風が足元を払い、何かが軽い音をたてて転がってきて、魔物の爪先《つまさき》にぶつかった。

大鎌《おおがま》の柄《え》だ。刃《やいば》を失い、〈場所という名の髑髏《どくろ》〉も消えて、ただの棒っ切れにしか見えなくなっている。

拾い上げようとして身を屈《かが》め、ガラは魔物の手を止めた。

もう、その必要はない。

大鎌の柄が、両端から灰と化してゆく。みるみるうちに風にさらわれ、消えてゆく。

守護戦士の武器が消え、使命も消える。

ガラは魔物の足を踏み換え、踵《きびす》を返した。

〈万書殿〉に背を向け、来た道を振り返る。それを待っていたかのように、地響きをたてて〈悲嘆の門〉が閉じ始めた。

無数の槍が落とす影が、異形の顔に縞《しま》をつくる。門が閉じてゆくのに連れて、次々と縞も流れる。

この門をくぐる者、すべての希望を捨てよ。

虚空《こくう》に向かい、ガラは魔物の両腕を広げた。背中の翼も広げた。一度、二度、強く羽ばたく。鉤爪《かぎづめ》を鳴らす。その全身を、〈悲嘆の門〉が落とす影の縞が通過してゆく。

我が子オーゾは戻らない。希《のぞ》みは消え、私は渇望《かつぼう》を失った。

開門の代償を支払わねばならない。

ひと声高く咆哮《ほうこう》をあげ、力強く地を蹴り、漆黒の魔物は〈無名の地〉の夜空に舞い上がった。

奈落《ならく》の底へ落ちてゆく――

あまりに激しく泣き叫んだので、息が切れて意識も途切れた。だが孝太郎の記憶は途切れてはいない。無名僧たちの手で長いこと引きずられ、これが永遠に続くのかと思ったころ、背中と尻《しり》に触れる地面の感触が、硬いデコボコ道のそれに変わった。同時に、念仏みたいな無名僧たちの歌声も止《や》んだ。

そして、仰向《あおむ》けの視界いっぱいの灯火。〈万書殿〉に着いたのだ。そこらじゅうで灯が揺れている。その灯が照らし出し、浮かび上がらせる書架、書架、書架。

壁を埋め尽くす本の列。びっしりと並んだ背表紙のあいだ、わずかな隙間《すきま》を埋める闇。

仰ぐ天蓋《てんがい》。巨大なドーム。その全貌《ぜんぼう》を見て取ることはできない。これほどの数の灯火でも足りない。通過してゆく書架。太い柱と梁《はり》。びっしりと文様が描かれた壁。光と闇が混じり合い、ほのかに懐《なつ》かしい、古書の匂《にお》い。

床がつるつるする。無名僧たちの裸足がひたひたと音をたてる。いつの間にか人数が減っていた。孝太郎を引きずっているのは二人。足元についてくるのは一人。松明《たいまつ》はどこかに置いたのか、胸の前に手を上げ、両手の指を組み合わせている。

たった三人だ。前の二人の腕を振り払い、後ろの一人を蹴っ飛ばして逃げ出せないか。

足が動かない。

廊下を曲がる。また曲がる。書架、書架、書架。通路にまで本の列。燭台《しょくだい》に灯《とも》された蠟燭《ろうそく》の明かり。今、通りしなに目に入った細い化粧柱には、漢字が浮き彫りになっていた。

暴れよう。さあ、今だ。抵抗しよう。逃げ出すんだ。

やっぱり身体が動かない。手足の感覚がない。摑まれていること、引きずられていることさえ、もうぼんやりとしか感じない。

進行方向のどこかで、鎖が巻き上げられる音がした。続いて、何か重たいものが軋みながら持ち上げられてゆくような音。

そして唐突に終わりが来た。孝太郎は放り出された。また真っ暗だ。だが今度は、星も灯火もまったくない。掛け値無しの暗黒。

ただ放り出されたのではない。どこか真っ暗なところに投げ込まれたのだ――と悟った瞬間、また鎖が動く音がして、落とし戸が閉じた。三人の無名僧のシルエットが上方へと消えてゆく。

孝太郎は落ちてゆく。

落ちてゆく。漂うような緩慢な落下。身体の自由は利《き》かない。ここに放り込まれたときと同じ姿勢のまま、溺死体《できしたい》のように手足を広げ、仰向けのまま落ちてゆく。

いや、沈んでゆくんだ。

どこまでもどこまでも深い縦穴。そのなかに暗黒が満ちている。水よりも、血よりもさらに濃い闇。孝太郎はちっぽけな石のように沈澱《ちんでん》してゆく。

――どうなっちゃうんだ？

今はまだものが考えられる。手足は動かないけれど、目は見えるし耳も聞こえる。口を開いて叫んでみようとする。声は出ない。闇がたぷんと寄せてくる。思わず呑み込んでしまう。呑み込んだ分だけ闇になる。

沈みながら、溶けてゆく。

両目から、耳の穴から、爪と皮膚との隙間から、闇が染みこんでくる。真っ暗な浸透圧。冷たくはない。寒くもない。痛みはない。怖くもない。

ただ侵入してくる。そして孝太郎はそれと一体になってゆく。

頭の中心にまでこの闇が入り込んできたら、

――〈無〉になるんだ。

剝ぎ取られてゆくのではない。消されてゆくのでもない。ただ身が軽くなってゆく。失《な》くなってゆく。

今まで必死に摑んでいたものが、摑もうという意思と一緒くたに消えてゆく。

三島孝太郎という〈個〉の境界線が溶けてゆく。外部の闇と融和してゆく。

自分って何だ？　オレって誰だ。今まで何をしてきた？

ティーカップの底の角砂糖のように、音もなく崩れてゆく。

誰を殺したって？〈狩猟《ハンティング》〉って何だっけ。誰が憎いって？　あの血は誰の血だ。

遠い、遠い。どんどん沈む。闇の水面《みなも》はもう遥《はる》か頭上だ。深い、深い。

何て楽なんだろう。

何て心地いいんだろう。

〈無〉になることは、究極の幸福を得ることだった。何も感じず、何も思い出さない。

それなら、何にも責められない。

人間であることをやめるのは、これほど幸せなことなんだ――

がくん。

震動、そして停止。孝太郎は闇の奈落で宙づりになる。溶けかけた輪郭が動揺する。そして唐突に、時間の逆回転が始まった。釣り上げられる。降下から上昇へ。沈澱から浮上へ。深みから水面へ。

それこそが苦痛だった。誰だ？　なぜこんなことをする。戻さないでくれ。戻りたくない。沈んでいきたい。溶けていきたい。

声のない叫びをあげるために、孝太郎は口を開いた。その動作を自覚した。息苦しさに胸を掻《か》きむしった。その動作も自覚した。

三島孝太郎という存在を象《かたど》る境界線が再構成されてゆく。

手の指が動く。頭が揺れる。足がじたばたと空《くう》を掻いている。浮上、浮上、浮上。

孝太郎の周囲の闇が急降下してゆく。

そして飛び出す。万華鏡のように眩《まぶ》しく明るい灯火と書架の列。一瞬、視界を埋め尽くして通過して――

飛んでいた。風がまともに目に入る。手で顔を覆おうとして、全身で風を切っていることに気がついた。

飛んでいる。気流に乗って、夜空を流されてゆく。自分自身の輪郭がどんどんくっきりしてゆく。身体を侵食していた〈無〉を振り落としながら、孝太郎は流されてゆく。

〈万書殿〉だ。遠ざかってゆく。列を成して進んでゆくのは無名僧たちだ。彼らの行く手の丘の上に見える、あれは何だ？　松明が輪になっている。ひとつの町ほどの大きな輪が一対。そこで大勢の無名僧たちが廻っている。それとも彼らが、あそこで何かを廻しているのか？

――〈咎《とが》の大輪《たいりん》〉。

全《すべ》ての物語を繰り出し、すべての物語を回収する、一対の巨大な車輪。

孝太郎のちっぽけな身体。〈万書殿〉も巨大な松明の輪も置き去りに、さらに上昇しながら飛んでゆく。こんなに力強く、こんな速さで飛んでいたら、もうすぐにも達してしまう。あの立ち並ぶ槍の列に。〈悲嘆の門〉に。

――〈輪《サークル》〉に生きる子よ。

孝太郎を包み込み、空をよぎって運んでゆく気流が呼びかけてきた。

――おまえをおまえの世界に還《かえ》そう。

誰の声だ。すごく近い。ただ聞こえてくるのではない。何か鳴動する大きなものに耳を押し当てて、その響きを全身で感じとっているような感じがする。

——無事に帰るためには、おまえの意思が必要だ。

思い出せ。鳴動が伝えてくる。

——おまえがこれまでの生で目にした、もっとも光輝くものを。もっとも美しく優しいものを。

必ず思い出せ。

——おまえが、もっとも尊いと感じたものを思い出すのだ。それが標《しるべ》となり、おまえを導いてくれよう。

そして気流は出し抜けに消え、孝太郎は夜空に放り出された。一瞬、雄々しく黒い翼が視界の隅を横切って消えた。

——すまない。

また、謝罪の言葉だ。

〈無〉から奪還された三島孝太郎という身体は、重力に従って放物線を描き始める。その軌道は、この地の月が夜明けまでに描く軌道に等しい。

見破られた贋《にせ》硬貨。役に立たなかった代替品。軽々と投げ捨てられる。この地で不要と見定められたものは、〈悲嘆の門〉には意味がない。門は阻《はば》まない。門を開ける代償も、門を閉じる力も要らない。

だが孝太郎は視た。共に過ごした現世の短い月日で、孝太郎が得たと思った共感の残滓《ざんし》が、彼に視せた。

〈悲嘆の門〉に、新たな門番がいた。全身が石と化した異形の怪物。草原に立つ訪問者には認めることさえかなわぬ門の天辺の高みに、不動の閂《かんぬき》として固定されている。石になったガラの姿だ。

これがこの門の開閉の理《ことわり》か。

門番を斃《たお》してこの門をくぐる者が、次の門番となる。その望みがかなおうがかなうまいが、目的が果たされようが果たされまいが、〈悲嘆の門〉はその番人を消費し、交替を迫るのだ。

すべての希望を捨てよ。

——ガラ。

裏切られたのに、騙されていたのに、それでも孝太郎の胸に悲しみが突き上げてきた。

——こうなるとわかってて、あんたはここに来たのか。

子供のために。「私の一人子《ひとりご》」のために。

それは〈心〉の働きじゃないのか。

あんたにも〈心〉はあったんじゃないのか。

「ガラ！」

いっぱいに声を張り上げて呼びかけ、孝太郎はきりきりまいしながら夜空をよぎって落下してゆく。

もうここはどこでもない。落ちている。ただ落ちている。スピードが速すぎて何も見えない。自分が上を向いているのか下を向いているのかもわからない。

――無事に帰るためには、おまえの意思が必要だ。

どうしろっていうんだ。

――おまえが、もっとも尊いと思うものを。思い浮かべろ。それが標になる。

そんなものはあったろうか。あったと思った、見つけたと信じたら、儚《はかな》く消されてしまった。その記憶ばかりが鮮明だ。

山科鮎子は殺されてしまった。真岐《まき》誠吾《せいご》への尊敬には疑念の疵《きず》がついた。もう誰も、何も信じられない。だからもう何でもありだ。そうしてひとたび友人を脅して利用したら、もう誰の知恵も、誰の思いやりも受け取ることができなくなってしまった。

誰も信じられないのは、誰のことも信じようとしないからだ。そこから、他人《ひと》の血で手を汚すまでは一直線だった。

美しいもの、温かいもの、尊いもの。

美香を助けることができなかった孝太郎に、そんな善きものが残されているわけがない。

——オレはどこにも帰れない。

標なんか見つからない。

また怪物になりたい。怪物になって、地面にぶつかって木《こ》っ端微塵《ぱみじん》に砕けてしまいたい。

そうだよ、もういい。いいからオレを死なせてくれ。

——思い出せ、尊いものを。

何にもないよ。

——ひとつぐらい、いいことをしておきたい。

い、い、お兄ちゃん。

孝太郎は目を見開いた。

——ママはずっと、真菜ちゃんと一緒にいるよ。

真菜に寄り添っていた。あの子の笑顔をほのかに照らしていた。

孝太郎の目から涙が溢れた。

オレはあのとき、天使の輪っかを視た。

その輪の放つ輝きが、周囲の夜を、闇《やみ》を打ち消し、燦然《さんぜん》と孝太郎を包み込んでゆく。


——起きろ、小僧！

一喝されて跳ね起きた。

そのつもりだった。が、身体《からだ》は動いていない。半身を起こしただけだ。だけど頭ががんがんする。

ここはどこだ。オレはどうしてコンクリの上にいる？ この液体は何だ？

オレの血だ。鼻血だ。わあ、大変だ。Tシャツの胸元が真っ赤に染まっている。

口のなかに何か入っている。ぷっと吐き出したら、膝《ひざ》の上に落ちた。歯の欠片《かけら》だ。

くちびるの端から血の混じった涎《よだれ》が滴《したた》った。

痛い。血の味が塩っ辛い。目が回る。

ここは——現実の世界だ。ここは四丁目の角の公園だ。目の前にあるのはあのベンチだ。

蜘蛛《くも》の化け物の姿は見当たらない。ベンチを染めていた血糊《ちのり》も消えている。

頭が痛む。鼻血が流れる。これは幻じゃない。生身の孝太郎が流している血液だ。

近くで犬がリズミカルに吠《ほ》え、裏返ったような人の声が聞こえてきた。

「うわ！　君、どうしたんだい？」

柴犬《しばいぬ》を連れた老人が、目を丸くして立ちすくんでいる。つるりとした禿頭《はげあたま》に傍らの街灯の光がきれいに映る。孝太郎がそちらに顔を向けると、表情が驚愕《きょうがく》から恐怖に変わった。

「すごい血じゃないか」

駆け寄ってきて、助け起こそうとしてくれる。孝太郎はその腕にすがりついた。オレなんかどうでもいい。美香だ。美香はどうした。

「す、すみません、ここで中学生の女の子を見かけませんでしたか？　ボーイフレンドと一緒で、何かトラブルに遭ってるのかもしれなくて」

老人は見るからに狼狽《ろうばい》した。「トラブルって、喧嘩《けんか》かい？」

「いえ、そ、そんなんじゃなくて」

孝太郎はぐらぐらと頭を振った。

「君のこの怪我《けが》は？」

「わかりません。覚えてないんです。でも、早く助けないと大変なことになる」

声を出すと息があがり、吐き気が突き上げてきて、げえっとえずいた。

「こりゃいかん。救急車を呼ぼう」

老人の姿が歪んで見える。飼い主のまわりをうろうろしている柴犬が、遠くなったり近くなったりする。ひどい目眩《めまい》だ。

そこへ、また別の声が聞こえてきた。

「あ、あそこです、お巡りさん！」

今度はジョギングウエアを着た女性だ。巡査が一緒にいる。二人で駆け寄ってきた。

「君、大丈夫？」

「動いちゃいけない、横になっていなさい」

孝太郎は公園の地面に寝かされた。無線が鳴る音がする。視界がぐるぐる回る。

「今、救急車が来るからね」

ジョギングウエアの女性が孝太郎の手を握りしめる。そして急《せ》き込んだ口調で、励ますように続けた。「わたし、あの車のナンバーを見たからね。お巡りさんが手配してくれるって。お友達は大丈夫よ。きっとすぐ見つかるからね」

お友達？　車を見た？　何を言ってるんだ、この人は。柴犬が吠えている。巡査が無線機に向かって何か言っている。逃走車両——連れ去られたのは若い男女——目撃者による通報――負傷者が一名――

胸が悪くなるような目眩のなかでも、孝太郎の理解が追いついてきた。美香とガク先輩があの連中にさらわれるところを、この女の人が目撃していたんだ。そして交番に報《しら》せてくれたんだ。

あ、の、連中。誰だっけ。記憶があるはずなのに、脳がすべて真っ黒に塗り潰《つぶ》されたみたいになって、何も浮かんでこない。

「お巡りさん、救急車まだですか？」

ジョギングウエアの女性は、首にかけていたタオルを孝太郎の顔にあててくれた。

「この子、お友達を助けようとして殴られたんです。犯人は素手じゃなかった。何か工具みたいなものを持ってたの」

ショックで声が震えている。吠える柴犬の首を押さえていた老人が、彼女のことも宥《なだ》める。

「落ち着いて。若い人のことだからね、酔っ払って喧嘩でもしたんだろう」

「そんなんじゃありませんよ！　この子のお友達をさらっていったのは、デブの中年とチンピラみたいな男だったんだから！　この子が大声で助けを呼んでたから」

デブの中年とチンピラみたいな若い男。あのゴミ溜《た》めみたいな家にいた三人のうちの二人。〈キティ〉と一緒に——

記憶が戻りかける。それを阻むように、吐き気と目眩の真っ暗な大波も寄せてくる。

「君、しっかりして！　すぐ手当てしてもらえるからね。お友達も助けてもらえるからね！」

もう無理だ。目を開いていられない。押し寄せる大波に呑まれてゆく。

だがその寸前に、孝太郎は見た。ジョギングウエアの女性の腕時計。すぐ目の前にあるその盤面の表示。

〈PM 6:32〉

時間が戻っている。

——美香。

オレは間に合ったのか。美香とガク先輩が、まさに連れ去られそうになっている現場に駆けつけることができたのか。そして二人を助けようとして殴られ、ここに倒れた——

ブラックアウト。孝太郎の意識が途切れた。

古い、壊れかけのテレビのようだった。

ときどき、幽霊のように頼りない映像が浮かび上がってきて、短時間だけ映る。それも断片的なものだ。画面の端が歪む。かと思えばまったく何も映らないのに、音声だけがはっきりと聞こえてくる。

「ひどい脳震盪《のうしんとう》だって。殴られたのはおでこの方なんだけど、頭の反対側に小さい血《けっ》腫《しゅ》ができてたね。ガイショウセイコウマクカケッシュっていうんだって」

ぶうん。雑音がして声が途切れる。

「でも、ともかく命が助かってよかった」

母・麻子の声だ。母さん、オレ——

急に眩しいほど明るくなり、鮮明に一美の顔が見えた。

「お兄ちゃん、気がついた?」

びっくりしたような声だ。孝太郎は応じようとして口を開けた。喉《のど》の奥がごろごろ鳴る。機嫌のいいときの猫のごろごろではなくて、鳩《はと》の喘鳴《ぜんめい》のような音。

「安心して、美香は無事だよ。ガク先輩も大丈夫。犯人も捕まったからね」

車が検問でどうとかこうとか言って、一美の顔がぼんやりと霞《かす》んだ。声も遠くなる。

孝太郎は意識をしっかり保つため、深く息をしようとした。美香は無事だ、無事だ、無事だ。

頭が痛い。鼻も痛い。背中も腰も痛い。

犯人が捕まった？　あのゴミ屋敷みたいな家の表札、何だっけ。

〈IMAZAKI〉。

自分でもわからないうちに、声に出して言ったらしい。そうそう、と応じる声がした。

「イマザキよ、あの夫婦。あたしたちの話、聞こえてた？　とんでもない連中だよ。けど、いちばんとんでもないのは」

〈きらきらキティ〉だ。オレは知ってる。知ってる、知ってると繰り返しながら、孝太郎は泥に埋もれるように眠った。

次に目を覚ますと、真岐誠吾と芦谷要《あしやかなめ》が顔を並べて覗《のぞ》き込んでいた。

「コウタロウ、カナメだよ、わかる？」

わかるけど、なんでそんなに瞼《まぶた》が腫《は》れてるんだよ。もしかして泣いてたのか？

「コウダッシュ、お手柄だったな」

真岐の目元が優しく笑っている。

「やっぱりおまえは正義の味方だ」

違いますよ、真岐さん。オレは正義の味方の正反対だ。それとも、正義の味方を突き抜けちゃったのかな。〈キティ〉の首を喰い千切ったりしたんだから。

「マコちゃんもコウタロウに会いたがってた。すごく心配してるよ」

「〈ティーンのお悩み相談室〉は、今、彼が大車輪で洗ってるところだ。過去にもいくつか怪しげなやりとりがあったんだが、監視対象《ウォッチ》にはなってなかった。こうなった以上は隅から隅まで調べあげてやるからな」

「コウタロウ、聞こえてる？」

今は痛みよりも眠気の方が強い。眠って眠って、現実逃避だ。美香は助かった。犯人は捕まった。でもオレは獣みたいな怪物になって人を喰った――

いや、違うのか。

時間が戻ったんだから、そんなことは起こっていないんだ。美香とガク先輩は、あの家に連れていかれ、監禁される以前に発見されて保護された。イマザキ夫婦も、チンピラみたいなタトゥの男も、〈キティ〉も生きている。ちゃんと存在している。行方不明になってはいないんだ。

だけどオレは、そのことを覚えてない。四丁目の公園で、自分がどうしたのかも記憶にないんだ。

――それに、ガラとのことは？

あっちはすべて、なかったことなのか。三島孝太郎のあの体験は、丸ごとリセットされてしまったのか。

それとも、あれは最初から幻覚だったのか。四丁目の公園のベンチの上に、熾火《おきび》みたいな目玉をきょときょとさせている蜘蛛の化け物を発見した、あのとき以降の出来事は。

——おまえの見ているものが、おまえの感じていることが、すべて真実とは限らない。

アッシュの呼びかけが耳に蘇《よみがえ》る。

——でも、ガラは？

甲高い機械音が響いて、まわりが騒がしくなった。孝太郎の身体状況をモニターしている機器が、警告音を発したのだ。血圧と心拍数が急上昇。

身体のせいではない。心のせいだ。こみ上げてきた強い悲嘆に、孝太郎の心臓が悲鳴をあげているのだ。

ガラはもういない。守護戦士ガラだった魔物に遭うことは、もう二度とない。すべて終わった。最悪の結果は免れた。最後の一線を越えずに、三島孝太郎は救われた。

だが、ガラはもういない。

「逆行性健忘《ぎやつこうせいけんぼう》というんだよ」

病室に備え付けの椅子《いす》は硬くて、都築は尻が痛そうだった。

「頭を強く打つと、その前後の記憶が飛んじまうんだ。だから君は、美香さんたちを助けようとしたときのことを――現実の出来事を覚えていないんだ」

言って、元刑事はちょっと鼻を鳴らし、小声で言い足した。

「君が覚えている方の記憶も、同じように飛んじまうといいのにな」

事件から一週間を経て、孝太郎は一般病棟の個室で、ベッドの上に座っている。頭にはまだ包帯とネット。痛みはずいぶん薄らいで、楽になってきた。

おかげで、こうして都築と会うこともできる。おっさん、見舞いにはやっぱりこれだろうと、大きな果物籠《かご》を持ってきてくれた。

孝太郎は語った。都築にしか語ることができない、あの夜の出来事を。〈始源の大鐘楼〉を目にし、〈無名の地〉に至り、〈悲嘆の門〉を仰いだ、その結末までを。

おっさんは、その体験を、その記憶を、飛んでしまえばいいと否定するのか。

「オレは、そうは思いません」

孝太郎の返事に、都築は意外そうな顔をしなかった。

「オレにとっては、あっちの方が事実だから。実際に起こった出来事だから」

都築は孝太郎の顔を見つめて、ゆっくりとかぶりを振った。「いいや、それは間違いだ。こっちの方が事実なんだよ」

〈ティーンのお悩み相談室〉を舞台にした事件の続報は、今も連日、テレビのニュースショーを賑《にぎ》わしている。サイトを運営していたのは今崎俊樹《いまざきとしき》、四十六歳。自称システムエンジニア。彼の内縁の妻の仲井美枝子《なかいみえこ》、四十歳。彼女は今崎の家の近くで小さなスナックを経営しており、あの家で孝太郎が遭遇した三人目の男、タトゥの男はその店の常連客だった。杷野信治《はのしんじ》、三十一歳、無職。傷害と婦女暴行の前科あり。パソコンにもネットにもまったく暗いこの男が今崎と美枝子を手伝っていたのは、もっぱら、〈お悩み相談室〉がその裏の顔、復讐《ふくしゅう》代行サイトとしての顔を見せるときだった。

真岐の話によると、〈お悩み相談室〉が開設されたのは五年前の四月。当初は本当に学生を対象とした悩みごと相談サイトで、その内容も、恋愛関係や友達関係のトラブルのほか、容姿の悩みや学業の悩みなど、「いかにもそれらしい」ものだったという。

それが変質し始めたのが一昨年の春先からのことだ。ある中学生から持ちかけられたいじめの相談で、加害者のいじめグループのリーダーを呼び出し、「反省文」を書かせた上に、慰謝料と称して金品をたかりとったことがきっかけになったのだという。杷野信治が仲間に入ったのもこのころだ。世間知らずのティーンエイジャーを相手に強要や恐喝を行うとき、彼の前歴とあの外見は、確かに効果的だったろう。それ故《ゆえ》に、このサイトは一部の学生たちのあいだで、「いじめの相談をすると、すぐ解決してくれる」と評判になっていた。

――うちの〈学校島〉がまったくマークしていなかったのは、でっかいミステイクだ。

と、真岐は悔しがっていた。

今回ほど乱暴な手口ではなくても、今崎たちはしばしば、相談者からの依頼で復讐や制裁の対象となった若者や少年少女を車に乗せて連れ回したり、自宅に数時間監禁したりしていた。現状、その種の被害を訴える声が続々と寄せられている上に、昨秋都内で起こった男子大学生の失踪《しっそう》事件に今崎たちが関わっているのではないかという観測も出てきて、マスコミの報道はいっそう過熱している。

それにもちろん、〈キティ〉の存在も大きい。十六歳の女子高生が、片思いの相手のガールフレンドを拉致《らち》して暴行することを、金を払って〈業者〉に依頼していたのである。彼女と業者を繋《つな》いだのがネットであることも、既存のメディアにとってはネット社会批判の恰好《かっこう》の口実になる。とはいえ、テレビや新聞では匿名《とくめい》の〈キティ〉を、顔写真も自宅の住所も親の職業も、何から何までさらしているのはネットの方で、それもまた侃々諤々《かんかんがくがく》の議論を呼んでいた。

〈キティ〉はもともと勝ち気な少女だったという。彼女の性格がきついこと、異常なほど負けず嫌いであること、言い出したらきかないことは、周囲の者たちによく知られていた。小学校五年生のとき、担任の女性教師を嫌って激しく反抗し、結果的にその女性教師を休職に追い込んでしまったこともあった。

リセットされたあの夜の経験のなかで孝太郎が耳にしたとおり、〈キティ〉の家は裕福で、それを本人も自慢にしていた。この町では外来組の富裕層の一員だ。孝太郎たちや園井家のような〈土着民《どちゃくみん》〉を見下げる感覚が強く、今回、〈キティ〉の美香に対する攻撃がここまでエスカレートしたのも、根底にその感情があったからなのだろう。

そんなこんなが、こっちの事実だ。

孝太郎はもう、その子細への興味を失っていた。美香は助かった。連中は捕まった。そっちはそれでいい。

でも満足はできない。大いに不満だ。

「〈輪《サークル》〉の理《ことわり》だか何だか知らないけど、どうせ時間を巻き戻すなら、たかだか数時間じゃなくて、もっとうんと前から戻してくれたらよかったのに」

山科鮎子が殺害される以前に。森永健司が西武新宿線沿線のホームレス失踪に気づく以前に。それなら、孝太郎は自分の生のすべてがリセットされたってかまわない。

だが、その捨て鉢な呟《つぶや》きを、都築は厳しく諫《いさ》めた。「たかだか数時間なんて言い方をするな。その数時間で、美香さんは助かったんじゃないか」

悔しいけれど、その言は正しい。おっさんはいつも正しいのだ。だから、つい逆らいたくなる。

「美香さん、可愛《かわい》い子だな。君の妹さんは昔風の美人タイプだ。お母さん似のようだね」

豪勢な果物籠を抱え、えっちらおっちらと都築がやって来たとき、麻子と一美、貴子と美香の二組の母娘《ははこ》が、ちょうど病室に居合わせたのだ。都築はケロッとして、三島君のバイト先の知人ですと自己紹介し、女性陣はそれを素直に受け取った。母・麻子は都築を、クマーで真岐よりも上席の偉い人だと思ったらしい。やたら丁寧に挨拶《あいさつ》していた。

「私なんぞがこんなことを言うのは差し出がましいが、子供がこういう事件に巻き込まれると、ある意味、本人以上に親がダメージを受けるものなんだ。園井貴子さんのことは、ちょっと心配だね」

確かに、ほとんど怪我もなく、顔色もよくなっていた美香よりも、貴子の方が憔悴《しょうすい》しているように、孝太郎も思った。

「はっきり口に出しては言わないけど、貴子さん、オレがこんなふうになったのも、自分のせいだと思ってるみたいです。自分が無力で、母親としてしっかりしていなかったから、オレまで巻き込む羽目になったんだって」

だろうな、と都築はうなずいた。

「それは誤解だと、辛抱強く話してあげなさい。今度の件は、被害者の側からコントロールが利くような事態じゃなかった」

君なら説得できるよな？　と言う。

「十ヵ月にも満たないあいだに、まるで地獄巡りをするみたいにさ、胸が悪くなるような悪ばかりを見てきたんだから」

「違いますよ」

即座に否定されて、都築が驚いたように眉毛《まゆげ》を動かした。

「オレがガラの力を借りて視《み》てきたのは、悪じゃありません。あれはみんな〈言葉〉

なんです。人間の想《おも》いから生じた言葉」

言葉は、発せられた瞬間から過去のものとなる。だから、すべての言葉は〈言葉の残滓〉でもあって、落ち葉のように降り積もってゆくのだ。

都築はしげしげと孝太郎の顔を見た。

「私も、いっぺんだけ視たからな」

〈なかちゃん〉の店頭で、七夕の短冊《たんざく》を染める血の色を。

「あれからいろいろ考えたよ。それで――思うんだ。ガラが君に教え、君がいろいろ経験してきて思う、その〈言葉〉と〈言葉の残滓〉のことをね、昔から人は、こう呼んできたんじゃないかねえ」

業《ごう》、と。

「人の業だよ。生きていく上で、人がどうしようもなく積んで残してゆくものだ。それ自体に善悪はない。ただ、その働きが悪事を引き起こすこともある」

孝太郎の視た巨人や双頭の怪物は、それを形にしたものだ。

「――ガラは、〈悪〉だったと思いますか」

わからない、と都築は答えた。

「あの女については、私の考えは変わらないよ。あれは概念だ。だから実在していな

い。それ以上のことはわからん。だが君はあの女に騙《だま》され、利用されたんだから
──」

「そうじゃなかったのかもしれません」

ガラはこう言っていた。最初は私がおまえを選んだ。最後はおまえがおまえを選んだ。

「あれは、オレの選択でした。ガラのせいじゃない」

その選択の誤りを、戦士オーゾの選択が救済してくれたのだ。

「それで君の気が済むのなら、そういうことなんだろう」

都築は言って、自分にもそう言い聞かせるように、ひとつうなずいた。

「お茶筒ビルに買い手がつきそうだよ」

都築は硬い椅子から腰を上げた。

「君が入院しているあいだに、話がまとまっちまうかもしれない」

「店舗ができるなら、オレたち、堂々と中に入れますよね」

「屋上にのぼるのは無理だろうがな」

「一階のフロアは、レストランが営業できそうな造りでしたよ。もしそうなったら、快気祝いにそこで奢《おご》ります」

「あいあい、楽しみにしてるよ。そのころには、君の欠けた前歯に真っ白な差し歯が入って、男ぶりが上がってるかな」

からかうように笑うくせに、都築の目は笑っていなかった。きっと、孝太郎も同じなのだろう。

——もう会わない方がいい。

それがお互いのためだ。言外にそう諭されていると、孝太郎は感じた。

都築は見舞いに来てくれたのではない。別れを言いに来たのだ。事件は終わった。私は引き揚げる。小僧、君も君の人生に戻れ。

いかにも刑事らしいふるまいじゃないか。

孝太郎の頭蓋骨の内側にできた外傷性硬膜下血腫《がいしょうせいこうまくかけつしゅ》は、幸い、手術を必要とするほどの大きさではなく、血腫が自然に体内に吸収されて消滅するまで、慎重に経過を観察するだけでいいということになった。それでも結局、入院生活は半月を超えた。

しつこい残暑もようやく引いてゆく。孝太郎が階段を使って病棟の屋上までのぼり、秋風にひるがえる洗濯物を横目に、見上げるような高い金網のフェンスに沿ってぶらぶら歩いていると、真岐誠吾がひょっこり顔を覗《のぞ》かせた。

「看護師さんに聞いたら、屋上で体操してるんじゃないですかって教えてくれた」

「体操はまだ無理っぽいです」

「ここ、屋上が開放されてるんだな」

「物干し場なんだけど、隠れ喫煙者の天国になってるんですよ」

真岐は秋風と日差しに目を細めた。

「五年ぐらい前になるかな。鮎子が髄膜炎《ずいまくえん》にかかって入院したことがあってね」

当時、山科社長は喫煙者だったそうで、

「具合がよくなるとすぐに、こっそり煙草《たばこ》を吸える場所を探し始めてさ。また、教えてくれる仲間がいるんだよ。俺は、いい機会だから禁煙しろって言ったのに」

孝太郎は彼の顔を見つめた。社長の死後、真岐が自分から彼女のことを話題にするのは初めてだ。

その話は続かなかった。真岐はすぐ孝太郎に背中を向け、フェンスに指をかけて、

「けっこう高いな。くらくらする」

事件は終わった。俺は引き揚げる。都築は去った。だが、孝太郎にはひとつ疑問が残されている。その答えを得ないと――少なくとも問いを投げかけてみないと、孝太郎はまだ引き揚げることができない。

「真岐さん？」

この場にいるのは二人だけだ。こんな機会はもうないだろう。

「何だ」

ちらっと振り返り、その表情から、真岐は孝太郎が何を訊《き》こうとしているのか察したようだ。また背中を向けた。

「田代慶子さんって女性――」

「まだ居所がわからないままだ」

「真岐さん、あの人と付き合ってたことがあるんじゃないですか」

真岐の背中が瘦《や》せている。山科鮎子の死によって人生の大事な部分を奪い取られ、命の一部を削り取られ、彼は縮んでしまった。

もう、もとには戻るまい。そう思うと、孝太郎は息が詰まるような悲しみを覚えた。

それでも、問うた。「田代さんと親密だったんでしょう？」

イエスかノーか、どちらかだ。ほかに答えようはない。孝太郎の一太刀を、受けるか逃げるかどちらかだ。そう思ったのに。

「鮎子は知らなかったはずだ」

真岐は、そう答えた。

「俺が悪いんだ。でも、鮎子を傷つけたくてしたことじゃない。彼女に気づかれるようなヘマはしなかった。本当に一時の気の迷いっていうか、短期間のことで、つくづくバカな真似《まね》をしたもんだと思ってる」

そこまで言って、やっと振り返って孝太郎と目を合わせた。

「でも、そんなの言い訳にもならないな。田代慶子が鮎子を——手にかけたのは、俺と関係があったからだ」

孝太郎は言った。「オレも、そう思った時期がありました」

「そうか」

「今は違います。考えが変わりました」

真岐の表情がかすかに歪《ゆが》み、すぐ元に戻った。そうか、ともう一度言った。

「でも、俺の考えは変わらないよ」

失ったものは戻らないのだから。

「わかりました。不躾《ぶしつけ》に、すみません」

「気がついたのは、葬儀のときか？　彼女、来てたからな」

「覚えていません」

「コウダッシュだけじゃないんだ。こういうことは隠してもバレる。警察には全部話してあるし——だから気にするな」

「はい」

真岐はフェンスから離れ、屋上の塔屋の方へ歩き始めた。

「見舞いがてらに、給料明細を届けにきたんだ。病室に置いてある」

「ありがとうございます」

塔屋のドアを開け、真岐は去ってゆく。都築と同じように去ってゆく。孝太郎は、今度は黙って見送りはしなかった。

「真岐さん、オレ、またバイトに行ってもいいですか?」

半ばドアに隠れて、真岐が横顔を見せた。

「東京支社は、今年いっぱいで閉鎖だ」

「じゃ、それまで」

「了解。前田に連絡してくれ。シフトを相談しよう」

塔屋のなかの急な階段を降りてゆく足音が聞こえた。かん、かん、かん。遠ざかる。

「おバカさん」

女の子の声に振り返ると、物干し綱に並んではためくまっ白なシーツのあいだから、森崎友理子が現れた。

「あんなこと、今さらもう訊かなくてもいいでしょうに」

相変わらず黒ずくめのファッションだが、相変わらず美少女だ。面憎《つらにく》い。

「もう訊かなくてもいいことだから、訊けたんだよ。師匠に叱《しか》られながら修行中の未熟な君にはわからないでしょうけれど」

〈狼《おおかみ》〉のユーリは、まともに気を悪くしたらしい。口を尖《とが》らせた。

「何よ、その言い方」

「君の力じゃ、あの回廊まで来られなかったんだってね」

「あなただって自力で行ったわけじゃないでしょ?」

何だか愉快になってきて、孝太郎は彼女に近づき、二人は並んでフェンスにもたれた。

「〈無名の地〉で——オレ、君の兄さんに会ったのかな?」

ユーリがこちらに向き直った。小さくため息をついてから、答えた。

「兄という個人は、あそこにはいない」

口調は優しい。半分は孝太郎への優しさ。もう半分は兄さんへの優しさだ。

「あなたが会ったのは無《む》名僧《めいそう》。どこの誰でもない〈無〉に会っただけよ」

「そっか」

「あなたは戻ってこれてよかった」

「ありがとう」

　素直に言えた。ユーリはかぶりを振り、ポニーテールが揺れた。

「わたしは何もしていない。何もできなかった。あなたをここに連れ戻したのは、あなたと繋がっていた物語の力。お礼を言うなら、そっちに言って」

「うん。退院したら、真っ先に会いに行く」

　意識不明でICUにいるあいだに、孝太郎の携帯電話にはたくさんの着信記録が残り、山のようにメールが来ていた。いちばん多かったのが長崎兄妹《きょうだい》からのものだ。返信できるようになると、孝太郎はすぐ初子に連絡した。驚かせちゃってすみません。

ニュースで見て心臓が止まるかと思ったわ、真菜ちゃんも心配してるのよ――

「世界でいちばん可愛い女の子に会うんだから、世界でいちばん旨《うま》いシュークリームを買って行くんだ」

「あら、浮かれてること」と、ユーリは笑った。

　その明るい笑い声が胸に沁《し》みた。孝太郎は急に心が砕け、頭を下げ、両手で顔を覆《おお》った。

「オレ、君の忠告を聞かなかった。間違ったことばっかりやってしまった」

　取り戻せないこと、巻き戻せないことばっかりやってしまった。

ユーリは答えない。気配がすっと離れた。

「そんなことないわよって慰めてほしいのなら、おあいにくさまね。わたしは消えるわ」

さよなら。

「ちょっと待てよ！」

慌《あわ》てて呼びかけたときには、もう姿が消えていた。

「ひどいよ。何しに来たんだよ」

教えてほしいのに。ほかの誰にも尋ねることはできない。でも、君になら訊ける。みっともなく泣き顔をさらして、すがりついてでも訊くことができるから。

「オレはこれから、どうすればいい？」

孝太郎の問いだけが取り残される。

——生きていけばいいのよ。

返事が聞こえた。

——生きて、生きて、生きて。

孝太郎は顔を上げ、周囲に広がる景色を見回した。現実を見回した。世界を見回した。

ここが、〈輪〉だ。物語が続き、命が巡り、祈りが届き、嘆きが響く。

——〈輪〉の小さき子よ、生きなさい。

ずいぶん長いこと、孝太郎は一人で屋上の片隅に佇《たたず》んでいた。やがて——

「すまない」

孝太郎は言った。

「すまない」

風の音に混じって、耳の底にかすかに、あのときの無名僧たちの歌が、あるいは呪《じゅ》文《もん》のようなものが聞こえたような気がした。〈無名の地〉の夜の底の草原の匂《にお》いを感じた。

今や、かつてガラだったものが守る〈悲嘆の門〉の彼方《かなた》の地。〈輪〉の最果《さいは》てに向かって、三島孝太郎は小さく告げた。

生きてゆくよ。

この作品はフィクションです。
取材の過程で、ピットクルー株式会社の皆様と、毎日新聞社東京本社社会部の記者の方々にお世話になりました。本作が語っている物語の嘘《うそ》に、一抹の〈真実らしさ〉が備わっているとしたら、それは皆様のご助力のおかげです。ありがとうございました。

二〇一五年一月吉日

宮部みゆき

解説

武田徹

たとえば英国がEUに過大な拠出金を払っていると報じられ、国民投票でEU離脱にイエスと応《こた》える流れに勢いをつけた。あるいはローマ法王がトランプ候補への支持を表明したと大統領選中に伝えられ、トランプ大統領誕生に寄与した。いずれも事実に反していたが、こうした「フェイクニュース」がソーシャルメディアを介して拡散し、国際社会の今後の趨勢《すうせい》を決めかねない大事な選択にすら影響を及ぼしてしまう。

『悲嘆の門』の解説で、なぜこんな話題を持ち出したのか。それは、こうしたフェイクニュースを論じるにあたって「物語」をキーワードに出来ないかと筆者が考えているからだ。フェイクニュースはゼロから作られるわけではない。そんなことがあるかもしれないという想像、そうあったらいいという期待や願望、それらが先行し、ジグソーパズルのピースのようにそこに当て嵌《は》まるフェイクニュースが作り出される。

このジグソーパズルは「物語」の形式、つまり物事がある起点から因果的に繫《つな》がり、結末にいたる形式を備えている。英国がＥＵから離脱すれば大陸経由で流入する移民が減って、昔のような平和な暮らしが帰ってくる――。こうしたハッピーエンドの「物語」を脳裏で想像している人々がいる。その物語には移民を流入させるトンネルとして機能するＥＵが悪役として登場する。悪役ＥＵであれば、愛すべき我らが英国から過大な拠出金を搾《しぼ》り取っているという話も本当だろうと判断し、断固としてＥＵとの悪しき関係を絶たねばならないという決断が選ばれる。ＥＵ離脱という選択は幸福なイギリス生活の再興という「物語」を完成させるピースなのだ。

こうして「物語」がフェイクニュースを生み出し、またフェイクニュースの受け皿ともなって現実を変えてゆく。そう考えてみるとフェイクニュースは今に始まったものではない。こうあって欲しい、こうあるべきだ、こんなことはあってはならない……、人々が抱く願望、当為、禁忌等々の理念や感情は「物語」の形式の中で表出する。人はこうした「物語」の形式を擁する秩序の中で生きている。「物語」の中には現実に根ざす傾向を備えたノンフィクションもあれば、実証よりも想像が勝るフィクションもある。その中で想像が勝っているものの一部を、最近になって改めて「フェイクニュース」と命名しているのだ。

二〇一六年はそんなフェイクニュースの当たり年だったが、この時期を回顧する未来の歴史家の眼差《まなざ》しの下ではフェイクニュース氾濫《はんらん》の史実が二〇一六年の年表に記載されることになるだろう。フェイクはこうしてファクトに変換される。しかし、そのファクトを相手に描かれる歴史がまた一つの視点で情報の因果を連ねた一つの「物語」を構成することはいうまでもない……。

このようにして「物語」に始まり、ファクトの挙例や実在しないフェイクに偏ったりしつつまた「物語」に帰ってゆくコミュニケーションの循環を考えようとしていた筆者は、宮部みゆきさんの『悲嘆の門』に出会って驚いた。宮部さんもまた「物語」に始まり「物語」に終わる世界を、筆者のように無骨な書き方ではなく、より洗練された、それ自体ひとつの「物語」として世に問うていたのだ。

『悲嘆の門』は先行する『英雄の書』と設定を共有する。世界の果てに存在する〈無名の地〉。そこでは数え切れない人数の〈無名僧〉が一対の巨大な〈咎《とが》の大輪〉を回している。〈物語の罪〉を犯した咎人が、個々の人格や姿形を失った黒衣の僧〈無名僧〉となって〈咎の大輪〉を回すことで〈罪〉を償っている。〈無名僧〉に回される〈咎の大輪〉は一つが〈物語〉を繰り出し、一つがそれを回収する。

この〈無名の地〉から繰り出された全《すべ》ての物語が織りなす世界が〈輪《サークル》〉と呼ばれる。それは世界に対する解釈＝物語の集積だ。そこには多種多様な解釈＝物語である

〈領域《リージョン》〉が内包されている。人類を単位に考えるなら、地球全体がひとつの〈領域〉となり、民族や国家を単位に考えるならその民族集団や国家が共有する解釈の物語が〈領域〉となる。

こうした〈物語〉の中には人々が相争ったり、一方が一方を虐《しいた》げたりする危険なものも含まれている。そうした危険な〈物語〉は〈無名の地〉に封印されているが、その封印が破られることがある。あるいは既に写本として出回っている危険な物語が悪さをする場合もある。そこで悪しき物語を狩る働きをする〈狼《おおかみ》〉たちが登場する。

『英雄の書』は一人の少女が〈無名の地〉を訪れ、自ら〈狼〉となって失踪《しっそう》した兄を探す旅に出る冒険譚《ぼうけんたん》であった。その旅の途上では想像上の異世界が多く描かれた。それに対して『悲嘆の門』は現実の現代社会の描写をより重点的に描く。たとえば主人公のアルバイト先として「クマー」というサイバー・パトロール会社が登場する。クマーはネット上に存在するあらゆる情報を監視し、法律や法令に抵触するもの、不健全で危険なもの、犯罪に結びつきそうな内容の書き込みを見つけ出し、調査し、警察などと協力することもある。

クマーのようにネットパトロールを請け負う会社や部署は現実社会に実在する。宮部さんも実在の会社に取材し、小説の着想を得たと書いている。そうしたパトロールの仕事が実現したのはインターネットが物語を記録する巨大なアーカイブになったからに他ならない。ネットに一度書き込んだことは、たとえ本人が削除したところで消えることはない。既にコピーされていることも多いし、検索エンジンがキャッシュに記録を残す。期待や妄想や情念、一時の感情に駆られて書き捨てられた暴言や誹謗中傷《ひぼうちゅうしょう》がネット上には蓄積される。

『英雄の書』以来の物語設定に照らして言えば〈咎の大輪〉から繰り出される〈物語〉をテキストのかたちで見せるのがインターネットなのだ。願望や渇望や欲望、怒りや嫉妬《しっと》や復讐《ふくしゅう》の感情に突き動かされ、生身の人間としての日常よりもこの〈領域〉に流布《るふ》する〈物語〉の方を大事にしてそれを叶《かな》えようとする生き方が宮部ワールドでは〈物語の罪〉であり、それを犯したものが〈無名僧〉になるのだが、インターネット社会にも〈物語の罪〉が氾濫している。誹謗中傷やヘイトスピーチのかたちで「物語」が過剰な攻撃性を担《にな》う事例が後を絶たない。秋葉原の歩行者天国の雑踏にクルマで突っ込み、車外に飛び出してナイフで見ず知らずの人達に切りつけた連続殺傷事件の犯人となった青年は、ネットで暴言をはかれ、それに対応しようとしてネットで大立ち回りを演じているうちに自分自身の言葉に縛られ、自分で自分を断崖絶壁《だんがいぜっぺき》まで追い込んでしまった。そのプロセスは、電子掲示板のログ（蓄積記録）を辿《たど》ることで追うことが可能で、事件後にはマスコミの多くが探索作業に夢中となった。

クマーはそうしたログを事件が起きる前に調べ、犯罪等を未然に防ぐ仕事をしている。会社が用意したツールを使ってネット上の発言をチェックする業務に携わっていた主人公はある時、〈始源の大鐘楼〉を護《まも》る〈守護戦士〉に出会い、過去の〈物語〉の蓄積を直接見ることができる「眼」を与えられる。

その眼力を用いて社会に渦巻く〈物語〉を見てゆくことで、主人公は嫉妬や妄想に駆られて恋敵を殺したり、罪のない女性が変質者の餌食《えじき》となる事件を解決してゆくが、いつしか「〈物語の罪人〉たちを狩る」という正義の〈物語〉に自らも縛られてゆく。

作品後半の展開は息もつかせぬ迫力があり、読む者を捉《とら》えて離さない。ぜひ読者自身で堪能《たんのう》していただきたい。ここでは最後に『英雄の書』『悲嘆の門』の面白さを少し異なる視点で解説したい。

両作を読んで筆者は「クレタ人のパラドックス」という概念を思い出していた。「クレタ人は嘘《うそ》つきだ」とクレタ人が言う。この場合、話者のクレタ人が嘘つきであれば「クレタ人は嘘つきだ」という発言内容が嘘、つまり「クレタ人は嘘つきではない」ことになるし、話者のクレタ人が本当のことを言っているとすると「クレタ人は嘘つきだ」という発言内容と矛盾してしまう。要するにクレタ人が嘘つきなのかそうでないのか分からなくなる。これは二十世紀の論理学が注目したパラドックスで、解決のために多くの論理学者が知恵を絞ってきた。

『悲嘆の門』の中で「言葉という精霊《すだま》」の生まれる〈始源の大鐘楼〉と物語の源泉である〈無名の地〉が「互いの尻尾《しっぽ》を呑《の》み込み合う二匹の蛇」のように存在していることについて、『英雄の書』の主人公だった少女が物語を越境して登場し、説明する箇所があるが、そこで「言葉がなかったら、誰も物語を語れない」一方で「言葉の始源についての語りは、物語である」ことが語られる。なるほど新約聖書「ヨハネによる福音書」は「はじめに言葉あり」の一節で始まるが、それ自体が聖書という物語の中で意味を与えられている。

『悲嘆の門』の主人公は、そんな『英雄の書』の主人公の説明を「こんにゃく問答」だと茶化すが、それは言説内容の否定ではない。あまりに正しい真理を前に笑うしかないということだろう。世界を分節し、認知可能なものとする言葉と物語が互いに支え合う構造は確かに存在しており、言葉を使う動物である人間は常に「物語」の中にいるのだ。

読者は今、コンパクトな文庫本の装いとなった『悲嘆の門』を手にして読んでいる。つまり「物語」の外にいるようだが、そこで示されている内容は私達が「物語」の中にいるということだ。「物語」の外にして内、内にして外。内か外かが決定不能となるスリリングな感覚をもたらすことは本書の魅力のひとつだろう。そこでクレタ人のパラドックスを避ける方法がないかを考えた論理学者たちのように決定不可能性から逃れようとする必要はない。むしろ決定できない目眩《めまい》のような感覚を存分に味わい、楽しむことが『悲嘆の門』の正しい読書法のひとつなのだと思う。

その経験は、フェイクニュースや日々ネット上に吐き出される暴言の類《たぐい》までをも生み出しながら「物語」を盛んに更新し続けているネット社会のリアリティを知り、〈物語の罪〉を犯さず、また自らその被害者にもならずに生きるために必要な「物語」に対する適度の距離感や、「物語」への免疫力を身につける機会にもなるのではないか。

（平成二十九年十月、ジャーナリスト・専修大学教授）

この作品は平成二十七年一月毎日新聞社より刊行された。

宮部みゆき著

理　由

直木賞受賞

被害者だったはずの家族は、実は見ず知らずの他人同士だった……。斬新な手法で現代社会の悲劇を浮き彫りにした、新たなる古典！

宮部みゆき著

模　倣　犯

芸術選奨受賞（一～五）

邪悪な欲望のままに「女性狩り」を繰り返し、マスコミを愚弄して勝ち誇る怪物の正体は？著者の代表作にして現代ミステリの金字塔！

宮部みゆき著

あかんべえ

（上・下）

深川の「ふね屋」で起きた怪異騒動。なぜか娘のおりんにしか、亡者の姿は見えなかった。少女と亡者の交流に心温まる感動の時代長編。

宮部みゆき著

かまいたち

夜な夜な出没して江戸を恐怖に陥れる辻斬り〝かまいたち〟の正体に迫る町娘。サスペンス満点の表題作はじめ四編収録の時代短編集。

宮部みゆき著

孤宿の人

（上・下）

藩内で毒死や凶事が相次ぎ、流罪となった幕府要人の祟りと噂された。お家騒動を背景に無垢な少女の魂の成長を描く感動の時代長編。

宮部みゆき著

ソロモンの偽証

―第Ⅰ部　事件―

（上・下）

クリスマス未明に転落死したひとりの中学生。彼の死は、自殺か、殺人か――。作家生活25年の集大成、現代ミステリーの最高峰。

悲《ひ》嘆《たん》の門《もん》（下）

新潮文庫　み-22-34

平成二十九年十二月一日発行

著者　宮《みや》部《べ》みゆき
発行者　佐藤隆信
発行所　株式会社　新潮社
郵便番号　一六二―八七一一
東京都新宿区矢来町七一
電話　編集部(〇三)三二六六―五四四〇
読者係(〇三)三二六六―五一一一
http://www.shinchosha.co.jp

価格はカバーに表示してあります。

乱丁・落丁本は、ご面倒ですが小社読者係宛ご送付ください。送料小社負担にてお取替えいたします。

印刷・錦明印刷株式会社　製本・錦明印刷株式会社

ISBN978-4-10-136944-0　C0193